D1731100

Truksvalin
Band I: Der Weg

Rolf
Clostermann

Truksvalin
BAND I: DER WEG

© VAT Verlag André Thiele, Mainz am Rhein 2011

Umschlag, Satz und Gestaltung: Hauke Niether, Lübeck
Lektorat: Norbert Henning, Mainz
Korrektorat: Senta Röhr, Berlin
Endredaktion: Angelika Henning, Mainz
Druck und Bindung: Anrop Ltd., Jerusalem

www.vat-mainz.de

INHALT

KAPITEL 1

Filibus Platin

Filibus Platin wohnte in einer Höhle unter dem Kenninhügel nahe beim Bauernhof. Mit seinen neunhundert
Jahren war er noch recht jung. Neunhundert Jahre, das ist
für einen Kennin nicht viel. So mancher war älter als das ganze Menschengeschlecht. Filibus Platins Onkel Buri Bautermann zum Beispiel: Der hatte schon die Entstehung der Erde
miterlebt. Man konnte ihm sein Alter aber wirklich ansehen.
Er ging stark gebeugt und stützte sich stets auf eine knorrige Eichenwurzel. Wegen seiner Weisheit und seiner enor-
men Zauberkräfte, die er sich im Laufe der Äonen angeeig-
net hatte, hatte man ihn zum Vorsitzenden des Ältestenrates
gemacht.

Filibus war ein typischer junger Kennin, stets zu Schabernack und Streichen aufgelegt. Oft trieb er sich auf dem Hof
des Bauern herum. Sein Lieblingsplatz war der Hühnerstall.
Der arme Hahn und seine Hennen! Filibus hopste von der
Hühnerleiter direkt auf den Rücken des überraschten Go-
ckels. Hei! Da ging es ab im Galopp! Der Hahn mit einem
entsetzten »Kikerikiii!« und panischem Gegacker rannte,
als ginge es um sein Leben. Wild mit den Flügeln schlagend,
kreuz und quer, raste er durch den Stall, dabei alles anrem-
pelnd, was ihm im Weg stand. Das führte natürlich zu erst-
klassiger Aufregung unter den Hühnern. Filibus krallte sich
noch fester ins Gefieder und gluckste und quietschte vor Vergnügen. Dem Bauern war der Aufruhr gar nicht recht. Denn

durch die viele Hektik verloren die Hennen die Lust am Eierlegen. Was aber sollte er tun? Die Hühnerhaltung hatte den Bauersleuten noch nie so recht Freude gemacht, schließlich hatte Filibus auch schon die Hühner der Eltern und der Großeltern und der Urgroßeltern gepeinigt.

Der Bauer dachte bei sich: ›Ich habe ja noch die Kühe und die Felder.‹ Die viele Milch und die regelmäßigen Ernten hatten ihm und seiner Familie Reichtum und Wohlstand gebracht. Wen scherte es, dass all das auf Filibus und seine Freunde zurückging? Er lachte über seinen Großvater, der hatte ihm nämlich weismachen wollen, er hätte diesen Segen nur den kleinen Kerlen aus dem Hügel zu verdanken. Jedes Jahr, wenn wieder mal eine gute Heuer anstand, sagte der Großvater zum Bauern: »Ja, ja, wenn du die Kennin nicht hättest ...« Als er noch klein gewesen war, hatte er dieses Gerede geglaubt, aber heute? In einer Zeit der Lastwagen, der Traktoren und des Kunstdüngers war er von der Wirkung der Technik und der wundervollen Elektronik der Maschinen überzeugt. Er leugnete allen Einfluss der Kennin, und es war ihm unmöglich, ihr stilles Wirken überhaupt wahrzunehmen.

Filibus Platin war die Haltung des Bauern gleichgültig, solange er seinen Leuten nichts antat und sie in Ruhe ließ. Es gab andere Hofbewohner, mit denen er sich sehr gut verstand. Zum Beispiel war da das Bauerntöchterchen. Leslie Marie mit ihren gerade einmal sechs Lenzen war ein hübsches Mädchen mit blonden Zöpfen. Sie verstand nichts von Maschinen oder Geld, jedoch eine Menge von Blumen. Sie liebte sie über alles, sie sprach sogar mit ihnen. Auch mochte sie die Tiere. Die Gans Agathe war ihre beste Freundin. Mit ihr hockte sie oft zusammen und heckte alle möglichen Streiche aus. Einmal vertrieben sie gemeinsam den Fuchs, der es auf die Hühner abgesehen hatte. Und da Leslie Marie und Agathe sich so gut verstanden, machte Agathe das Menschenkind eines Tages mit Filibus Platin, dem Zwerg vom Hügel hinter dem Hof, bekannt.

Leslie Marie war den ganzen Tag über sehr beschäftigt gewesen. Sie hatte mit der Mutter schon in aller Frühe Holunderbeeren gesammelt, und diese mussten selbstverständlich sofort verarbeitet werden: waschen und abzupfen – das machte richtig schön rote Fingerspitzen. Dann hatte Mutter die Beeren gekocht und zu Saft und Marmelade verarbeitet. Leslie war die ganze Zeit dabei und hatte dann schließlich die Reste zum Kompost gebracht. Danach machte sie sich auf die Suche nach Agathe.

Die fand es auf der Wiese mit der kleinen Erhebung richtig schön. Es war ihr Lieblingsplatz. Müde ließ sich das Mädchen neben sie ins Gras fallen.

Agathe schien etwas unruhig. Kaum hatte sie sich hingesetzt, sprang sie auch schon wieder auf. »Was ist denn los mit dir? Ist ein Fuchs in der Nähe, oder was treibt dich um?«, frug Leslie.

Die Gans kam ganz nah an sie heran, als wollte sie sich anlehnen. Leslie strich sanft über ihr Federkleid. Das Rot an ihren Fingern strahlte hell, obwohl es schon dämmerte.

»Genau wie meine Zipfelmütze«, hörte sie sagen.

Verblüfft blickte sie Agathe an. Konnte die Gans etwa sprechen? Nein, bestimmt nicht. Und außerdem hatte sie keine Zipfelmütze auf.

»Ich mag Rot, heute tragen ja immer mehr Menschen nur noch Schwarz, als ob sie trauern müssten. Haben auch allen Grund dazu. Ist nicht mehr so wie früher. Ist vieles nicht mehr in Ordnung. Aber ihr Kinder könnt vielleicht noch etwas retten«, klang es hinter der Gans hervor.

Dann erschien ganz langsam, zunächst schemenhaft, dann immer klarer sich abzeichnend, ein Kennin, wie Leslie sie auf Bildern schon gesehen hatte. Ihr Streicheln geriet ins Stocken, sie hielt den Atem an, nahm Agathe fest in den Griff, als könnte sie nicht glauben, was sie sah. Ihr Mund blieb offen stehen, und alle Müdigkeit war verflogen.

»Darf ich mich vorstellen: Filibus Platin, ich wohne hier. Agathe und ich sind schon lange Freunde, und sie hat mir viel von dir erzählt. Deshalb fand ich es an der Zeit, dass wir uns kennenlernen«, begrüßte sie der Zwerg und strich sanft über ihre Fingerspitzen. Leslie lief ein Schauer über den Rücken, sie klappte den Mund zu und schaute auf Agathe, die sie ruhig mit einem Auge anblickte.

»Leslie, Leslie Marie ...«, stammelte sie.

»Ich weiß, ich weiß ... Wir Kennin wissen mehr über euch Menschen, als euch lieb sein kann. Soll ich dir etwas erzählen? Du bist ganz baff und sprachlos, deshalb ist es an mir, anzufangen:

Die Geschichte meiner Leute beginnt lange bevor die Erde durch die Menschen urbar gemacht wurde, als die Götter gerade den Verlauf der Weltengeschichte bestimmten. Die Entstehung des Geschlechts der Kleinen war mit der Schöpfung aufs engste verbunden. Sie wurden zu Schmieden der Götter, weil sie das Metall der Erdentiefe auf meisterhafte Weise zu bearbeiten verstanden.

Der Überlieferung nach lebte am Anfang der Weltgeschichte der Riese Ymir. Er begründete das Geschlecht der Frostriesen, die bis in unsere Zeit hinein das Wetter bestimmen.

Das zweite Geschlecht im Kosmos schuf der Riese Buri. Noch vor Beginn der Zeitrechnung wurde er im ewigen Eis eingeschlossen. Und erst als die Luft sich erwärmte und so das Eis schmolz, befreite er sich und begründete das erste Göttergeschlecht. Die Götter lehnten sich gegen Ymir auf und töteten ihn. Aus seinem Leichnam formten sie die Erde.

Das Fleisch verwandelten sie in fruchtbaren Boden. Aus dem Blut schufen sie Meere und Seen, aus Wirbelsäule und Knochen die Gebirge, aus der Schädeldecke das Himmelsgewölbe und aus dem Hirn die Wolken.

Aus den Funken des Feuers gossen sie schließlich Sterne und Planeten. Als alles erschaffen war, entwanden sich dem zur Landschaft gewordenen Fleisch des Riesen die Begründer eines neuen, sehr mächtigen Geschlechts, die ersten Kleinen, die Zwerge, Kennin, Dwarl – sie hatten so viele Namen, wie die Welt Regionen hat. Doch diese Ahnen waren noch nicht, wie ihre berühmten Nachkommen einmal werden sollten, ganz im Gegenteil. Wie Würmer waren sie, Würmer, die in Stein und Erde lebten, tief drunten im gewandelten Leib des Ymir.

Es blieb den Göttern in ihrer Festung Asgard nicht lange verborgen, was sich tief in Erdhügeln, Spalten und Höhlen bewegte. Die Götter begannen, den Kennin aufzuhelfen. Sie gaben ihnen Verstand, Sprache und Gestalt. Ihr Aussehen ward gedrungen, da sie ihr ganzes Tun und Trachten auf den Boden ausrichteten. Was sich oberhalb der Erde abspielte, interessierte sie nur wenig. Auf dem Kopf trug ein jeder von ihnen eine Mütze. Niemals nahm ein Kennin sie ab, aus Angst, jemand könne aus der Welt von oberhalb des Erdreichs etwas hinabwerfen. Denn die Welt da oben konnten die Kennin nicht leiden. Eigentlich hassten sie sie sogar.

Viele Berichte rankten sich um das Zwergengeschlecht. Zunächst mieden sie das Tageslicht, weil es die ersten Generationen schon mit dem kleinsten Sonnenstrahl in Stein verwandeln konnte. Auch wurde überliefert, die ersten Dwarl hätten sich dadurch vermehrt, dass sie ihre Nachkommen aus dem Stein herausmeißelten, denn damals gab es unter den Kleinen noch keine Frauen.

Zu großer Berühmtheit gelangten die Dwarl durch ihr handwerkliches Können, das nicht nur die Götter, sondern auch die Menschen entzückte.

Zum Nachteil hingegen gereichte ihnen nicht selten ihre körperliche Schwäche, durch die sie manchem Feind hilflos ausgeliefert waren. Von Geschlecht zu Geschlecht gelangten die Zwerge zu Weisheit, einer Weisheit, die sich allerdings auch mit einer guten Portion Narrheit und Hochmut verband.

Im Verlauf der Geschichte traten die Sterblichen, die Menschen, zunehmend in den Vordergrund. Die große Zeit der Kennin verlor an Glanz. Ihre Nachfahren fielen nach und nach in Bedeutungslosigkeit, wenngleich sie ihre Kunstfertigkeit sogar noch steigerten. Auch begannen die Menschen, die Achtung vor den kleinen Gesellen zu verlieren, etwas, was die Kennin freilich nur schwer verstehen konnten. Schließlich waren sie es ja, die den Menschen geholfen hatten und immer noch halfen, der Willkür der Natur zu trotzen, indem sie das Getreide besser wachsen ließen oder dem Vieh auf den Höfen außerordentliche Fruchtbarkeit verliehen.

Das aber sollte nicht ewig so bleiben. Die Menschen taten oft so, als gäbe es die Wichte nicht mehr, oder sie trieben ihren Schabernack mit ihnen. Das verletzte das immer noch stolze Volk der Kennin sehr – so sehr, dass es sich schließlich von ihnen abwandte ...«

Leslie Marie hatte aufmerksam zugehört, obwohl es recht spät geworden war. Aber ihre Eltern waren bei der Arbeit und erwarteten sie noch nicht. »Erzähl weiter«, bat sie, und Filibus fuhr fort:

»Früher überzogen riesige Wälder den Kontinent. Das Land war finster und gefährlich. Es war eine Zeit, in der gewaltige Wasserfälle die schroffen Felsen hinabstürzten und kristallklare Wildbäche sich in tiefen Schluchten verloren. Die Zivilisation hatte sich bei weitem noch nicht in alle Gegenden ausgebreitet.

Viele Bewohner lebten auf Bauernhöfen – größere Ansiedlungen gab es nur wenige – von der damals noch recht neuen Landwirtschaft und einem lebhaften Tauschhandel oder sie zogen als Jäger und Tagelöhner durch das unwirtliche Land. Manchmal sah man auch Handwerksleute auf der Wanderschaft. Die Wälder waren unheimlich und voller Räuber und Vagabunden.

Allerorten aber bestimmte die unberührte Natur das Leben. Auch das Wetter schien nicht selten bestrebt, den ungestümen Charakter der Landschaft zu betonen. Den heftigen Gewittern eilten meist die furchtbarsten Stürme voraus. Manch alter Baum, der schon Jahrhunderte überdauert hatte, fand so sein Ende. Der Donner rollte oft so laut, dass man meinen konnte, die Welt ginge unter. Dann aber, nach einer gewissen Zeit, legte sich der Wind wieder, und Stille und Frieden breiteten sich aus. Der Himmel klarte auf, und die Stechmücken begrüßten tanzend die ersten Sonnenstrahlen, die ihren Weg durch die dichten Wolken fanden. Wer sich an einem solchen Morgen früh auf den Weg machte, konnte bei wachem Sinn so manches erleben. Wenn der Zufall es wollte, bot sich dem einsamen Wanderer auf besonders abgelegenen Waldlichtungen ein wundersames Schauspiel: Mägdelein von süßer Schönheit hüpften lachend und ballspielend über die bunt blühenden Wiesen. Und folgte ihnen ein Jüngling mit verstohlenen Blicken, so konnte es geschehen, dass er schon bald entdeckt wurde und eine besonders Schöne ihn lockte mitzukommen.

Dann war's um den Armen geschehen. Näherte er sich dem Geschöpf, so betrat er unentrinnbar den Bannkreis des

Elfenvolkes. Er ward gezwungen, mitzutanzen und mitzusingen. Und dies Spiel würde für ihn kein Ende nehmen. Niemals würde er zurückkehren und seine Familie je wiedersehen.

Das Verhältnis von Mensch und Natur war damals von Furcht geprägt, aber auch von Respekt. Menschen, Elfen, Undinen, Kennin, Sylphen, alle kannten einander, verstanden und respektierten einander, die Tiere und alles, was lebte oder überhaupt auf der Welt war.

Die Menschen hatten in den Wäldern ihre Heiligtümer, bei denen sie sich Hilfe erbitten konnten, die zuweilen auch gewährt wurde.

Die Naturwesen lebten scheu und mieden die Menschen. Und nur der Zufall führte sie zusammen. So auch jenes Volk unter ihnen, das man das kleine, das stille Volk nannte. Still deshalb, weil es im Verborgenen arbeitete, weil es leise, kaum von menschlichen Ohren hörbar, in den Bergen die Erze, die seltenen Metalle, schürfte. Und klein, weil selbst die größten Zwerge noch sehr klein waren.«

Filibus war nicht entgangen, dass Leslie schon dreimal gegähnt hatte und sich offensichtlich nach ihrem Bett sehnte. Er gab ihr lächelnd die Hand:

»Du kannst jederzeit wiederkommen. Es gibt noch viel zu erzählen.« Dann nahmen sie Abschied.

An diesem Abend schlief Leslie schnell ein. Ihr Schlaf war voller Träume.

Filibus, Leslie und Agathe waren von nun an die dicksten Freunde. Immer öfter schlich sich Leslie Marie sogar nachts aus dem Zimmer, um sich im Garten mit Agathe und Filibus zu treffen.

Sie verabredeten sich meist an der alten Linde am Ende der Gemüsebeete bei dem zerstörten Zaun unweit des alten Melkstalles. Da saßen sie bei einer brennenden Kerze, die Filibus Platin aus Bienenwachs gedreht hatte.

KAPITEL 2

Der Kenninstein

Als die Erde noch jung war«, so erzählte Filibus Abende
»» später, »es liegt schon lange zurück, bedeckten dunkle
Kiefernwälder das Koselgebirge, und verwunschene Reiche
harrten ihrer Entdeckung. Unter den Menschen ging die Mär
vom Schatz der Gorgonen um, einem Hort aus der Anfangs-
zeit der Welt. Niemand wusste, wo er war, dieser Schatz. Nur
das eine wusste im Land des Koselgebirges jeder: Es waren
die Kennin, die ihn hüteten. Mehr wusste keiner. Und kein
Sterblicher hatte ihn je zu Gesicht bekommen.

Keiner, außer Geffrim.

Es war an einem heißen Tag. Allerorten feierten die Menschen die Sommersonnenwende. In den Dörfern trug man
Holz zu großen Haufen zusammen. Spielmannsleute zogen
durch die Straßen zu den Feuern hin. Kinder tanzten lachend und klatschend hinterdrein. Und während am Abend
die Flammen prasselnd und knisternd zum Himmel züngelten und die Menge singend sich an den Händen haltend um
das Feuer bewegte, hielt draußen in der Einsamkeit der Wälder die Natur den Atem an. Die Geschöpfe und Bewohner
des Waldes, der Moore, Bachläufe und Seen lauschten dem
leisen Säuseln des Windes in den Wipfeln der uralten Eichen. Selbst der schnarrende Ruf der Schleiereule verstummte in diesen Stunden. Einzig das Knacken der sich biegenden Äste in den hohen Baumkronen durchbrach die Stille.
Eine unheimliche Stimmung umgab jenen Platz, den man im

Volksmund den Kenninstein nannte. Er lag in der Mitte des großen Waldes am südlichen Rande des Koselgebirges und hatte die Form eines Obelisken, klotzig erhob er sich oben auf der Lichtung, halb bedeckt von einer alten Eibe. Sie hatte einen knorrigen Stamm, der sich unregelmäßig ausladend in drei kräftige Kronenäste verzweigte. Die Dorfbewohner mieden den Ort. Man munkelte, es ginge dort nicht mit rechten Dingen zu. Seltsame Wesen sollten an dieser Stätte hausen. Mancher Jüngling, der seiner Liebsten eine Probe seines Mutes erbringen wollte, brach in der Nacht der Sommersonnenwende zum Kenninstein auf und ward nie mehr gesehen.

Ganz anders erging es Geffrim. Er half oft in der Schreinerwerkstatt seines Vaters mit. Schließlich wollte der aus dem Sohn ebenfalls einen tüchtigen Handwerksmann machen. Eines Tages hielt eine prächtige Kutsche vor dem Haus des Vaters. Ihr entstieg ein hagerer Mann mit goldenem Stock, bekleidet mit einem scharlachroten Mantel, der bis zu seinen Beinkleidern hinabreichte. Er trug einen schwarzen Hut, an dem eine Hahnenfeder prangte. Ein feuerroter Bart reichte ihm bis auf die Brust. Sein finsterer Blick schien alles und jeden zu durchbohren.

Geffrims Vater fröstelte. ›Seid Ihr der Dorfschreiner?‹, fuhr ihn der Fremde an. Der Handwerker nickte und blickte verschüchtert zu Boden. Es war ihm unwohl. ›Wohlan! Dann fertigt mir einen neuen Stock. Und wehe, es gelingt euch nicht zum Besten.‹

Er zog einen dicken Lederbeutel aus der Tasche, öffnete ihn und entnahm daraus einen goldenen Knauf. Den legte er dem Schreiner hin. ›Befestigt dies an seiner Spitze und sorgt dafür, dass er zu Johanni fertig ist. Es soll Euer Schaden nicht sein. Bringt ihn mir dann zu meinem Haus am Fuße des Tobelberges.‹

Der alte Schreiner bedankte sich für den Auftrag und verneigte sich tief. Der Gedanke an eine Menge Goldes als Lohn für seine Arbeit stimmte ihn froh. Also schnitzte er einen Wanderstab, so kunstfertig, wie ihm nie zuvor einer gelungen war. Seinen Sohn aber beauftragte er, dem hohen Herrn den Stock zu bringen. Noch einmal mochte er dem unheimlichen Fremden nicht zu nahe kommen.

Geffrim brach am Tage vor Johanni auf und zog in die Berge. Gegen Abend, es dämmerte schon, verirrte er sich hoffnungslos im Wald. Er wusste nicht mehr ein noch aus. Schließlich gelangte er an eine Lichtung. Dort setzte er sich auf einen Baumstumpf und lehnte sich an den Felsen, der hinter dem Stumpf aus der Erde ragte. ›Die Eibe dort wird mich diese Nacht vor Sturm und Regen schützen‹, dachte er bei sich.

Geffrim zog sein Taschenmesser aus der Hosentasche und nahm vom Boden ein Stück Holz auf. Grübelnd schnitzte er daran herum. Allmählich entstand unter seinen Händen die Gestalt eines Männleins.

Die Sterne funkelten am blauen Nachthimmel. Es wurde immer dunkler, und Geffrim schlief über seiner Arbeit ein. Seine letzten Gedanken galten dem nächsten Morgen und wie er wohl aus dem Wald hinausfinden würde.

Plötzlich wachte er auf. Hinter sich im Gras meinte er, ein leises Tuscheln zu hören. Träumte er, oder war das Geräusch wirklich, dieses leise, fast schon unheimliche Tuscheln? Er sah sich um und fand sich ganz allein. So drehte er sich auf die andere Seite und schlief wieder ein. An einem Ort wie diesem aber, das konnte Geffrim damals nicht wissen, war ein Traum kein Traum, sondern stets Wirklichkeit.«

KAPITEL 3

In einer anderen Welt

Plötzlich stupste den jungen Schreinergesellen etwas in die Seite: ›He, du!‹, rief es aus dem Gras zu ihm herauf. Er blickte zu Boden. Vor ihm stand das kleine hölzerne Männlein, an dem er eben noch geschnitzt hatte.

›Ja, genau dich habe ich gemeint!‹, raunte ihm das Kerlchen zu.

Geffrim fuhr in die Höhe und rieb sich die Augen. Er kniff sich in die Seite, um festzustellen, ob er wachte oder schlief. Doch es half nichts: Vor ihm stand ein kleiner, hölzerner, sehr lebendiger Wichtelmann.

›Was willst du von mir?‹ Geffrim warf sich in die Brust und versuchte, seine Angst zu verbergen.

›Wir bewundern das schöne Ding an deinem Hals!‹, knurrte es, diesmal aus einer anderen Ecke. Die Stimme kam aus der Richtung, wo der große Granitblock lag. Geffrim schaute auf seine Brust. Die Stimme meinte das silberne Halskettchen mit dem Rosenkreuz daran, das Geffrim von seiner Patentante zur Geburt geschenkt bekommen hatte.

›Gib's mir!‹, befahl die Stimme hinter dem Felsblock.

›Ja, gib's uns!‹, stimmte das hölzerne Männlein ein. Geffrim aber dachte gar nicht daran. Warum sollte er diesem frechen Zwerg sein Kettchen schenken? Und wem gehörte überhaupt die andere Stimme?

›Nein, so geht das nicht‹, antwortete er mürrisch. ›Warum sollte ich euch mein Kettchen überlassen?‹

›Husch, husch‹, machte es, und der geschnitzte Gnom strich Geffrim mit seinem Handrücken über die Augen. Geffrim zuckte zusammen und blickte sich erstaunt um. Auf der ganzen Lichtung standen winzige Gestalten, jede einzelne kaum größer als eine Handspanne. Geffrim wurde unheimlich zumute.

Die Kennin liefen zusammen und bildeten um ihn herum einen ständig sich vergrößernden Kreis. Dabei plapperten und scherzten sie alle wild durcheinander. Einige von ihnen hatten dichte, schwarze Bärte. Andere waren blond, grau oder silbern. Allen gemein aber waren die runzligen Gesichter mit ihren langen, manchmal auch breiten Nasen und den zumeist buschigen Augenbrauen. Jeder von ihnen trug eine Zipfelmütze auf dem Kopf. Ihre Hemdchen und Mäntelchen bestanden aus grobem, zumeist braunem Sackleinen. Und ihre Pumphosen waren aus festem Filz gearbeitet.

Allmählich beruhigte sich die Ansammlung, und viele Augenpaare blickten Geffrim aufmerksam entgegen. ›Ein Menschenkind …‹, flüsterten die einen. ›Er trägt das Zeichen …‹, raunten die anderen. Plötzlich verstummte die Runde, und der Kreis öffnete sich. Auf einem Pony kam ein Dwarl, denn auch so wurden die Zwerge in dieser Gegend genannt, in die Mitte geritten. Er unterschied sich von den anderen durch seine imposante Erscheinung. Im Gegensatz zu seinen Gefährten trug er einen Mantel aus grünem Samt, reich mit Gold bestickt. Der tiefblaue Umhang hing bis zu den mit Gold besetzten Sporen an seinen Füßen herab. Was Geffrim aber am meisten beeindruckte, war die kunstvoll gearbeitete Krone auf dem Haupt. Eine schönere Arbeit hätte sich Geffrim in seinen kühnsten Träumen nicht vorstellen können. Im breiten Ledergürtel stak ein für die kleine Statur viel zu großes Schwert.

Der König – ja, es musste ein König sein – beruhigte seinen Hengst, klopfte ihm dabei sanft auf den Hals und begann, Geffrim zu mustern.

Geffrim hielt dem Blick des Königs stand und sah sein Gegenüber herausfordernd an. Die Augen des Reiters blickten gütig, aber bestimmt. Er hatte ein altes Gesicht. Die Haut war rau und erdig. Seine perlmuttfarbenen Haupthaare hingen ihm in langen Locken bis auf die Schultern herab. Sein dichter weißer Bart berührte fast die Mähne des Ponys.

›Wir grüßen dich, Geffrim, Sohn des Schreinermeisters Artificus‹, begann der König seine Rede. ›Hat dir denn noch niemand gesagt, dass es dem Menschengeschlecht verboten ist, diesen Ort am Abend der Sommersonnenwende aufzusuchen?‹

Artificus, so hatte seinen Vater noch keiner genannt. Geffrim war erstaunt, beschloss aber sogleich, sich nichts anmerken zu lassen. ›Nein!‹, antwortete er kurz. Auch wusste er nicht recht, wie er den König anreden sollte.

›Ich bin Ferroderich, Herrscher über das Reich der Alben. Du hast widerrechtlich die Grenze zu unserer Welt überschritten. Bisher wurde jedes Menschenwesen, welches es wagte, bei uns einzudringen, bestraft.‹

Geffrim erbleichte bis unter die Haarspitzen. Er wusste, dass die Kennin nicht zimperlich mit Menschen umgingen, die sich zu ihnen vorwagten. Seine Großmutter hatte ihm Geschichten darüber erzählt, die er bisher immer als Greisengeschwätz abgetan hatte. Was genau hatte sie ihm noch gesagt? Wer das Reich der Kennin ohne Erlaubnis betrat, bezahlte das mit seinem Leben, oder, was eigentlich dasselbe war, durfte nie in die Welt der Menschen zurückkehren. Geffrim senkte sein Haupt, sein Schicksal schien besiegelt, er blickte zu Boden und erwartete das Urteil.

Ferroderich aber sprach: ›Sorge dich nicht, Sohn des Artificus! Das Zeichen, das du um deinen Hals trägst, gibt dir Schutz. Außerdem hast du eine noch eine Sendung zu erfüllen. In ferner Zukunft wird dein Name ein großer sein. Alle Haderlumpen und finsteren Gesellen werden den Tag noch verfluchen, an dem du geboren wurdest, Schreinergeselle! Ab heute sollst du dich auf deine Aufgabe vorbereiten.‹

Der Albenkönig hielt inne und wendete sein Pferd. Er blickte auf die Schar der Kleinen und rief mit lauter Stimme: ›Tubor, her zu mir!‹

Ein Raunen und Getuschel verbreitete sich unter den Wichten. Ein stämmiger Kerl trat hervor. Er verneigte sich tief und zog ehrerbietig seine Mütze. ›Stets zu Diensten. Was darf ich für meinen König tun?‹

›Nimm diesen Jungen aus dem Geschlecht der Menschen und lehre ihn die hohe Kunst der Kennin. Bringe ihm alles bei, was er wissen muss. Und wenn du fertig bist, bringe ihn mir zurück.‹

Tubor verneigte sich. Er versprach, was gefordert worden war. Er würde alles in seiner Macht Stehende tun, um aus Geffrim das Beste zu machen. So nahm er seinen jungen Schützling an die Hand und bahnte sich mit ihm einen Weg durch das Gedränge.«

KAPITEL 4

Tubor

» **Geffrim folgte Tubor in den dunklen Wald.** Ihn fror. Der Kennin sah sich nicht nach ihm um. Sie hatten längst den festen Weg verlassen und zogen durch dichtes Gestrüpp.

›Sag, Tubor, wo führst du mich hin?‹ Geffrim als geübter Wanderer mit kräftigem Schritt hatte seine liebe Mühe, dem vorauseilenden Kennin zu folgen.

›Wart's nur ab. Wirst schon sehen‹, lachte der Wicht, ohne anzuhalten. In der Ferne wurde es heller. ›Der Waldrand‹, dachte Geffrim. Sie kamen über eine bunte Blumenwiese. Zwischen den letzten Bäumen und dem dichten Gras zeichnete sich ein schmaler Trampelpfad ab. Auf dem liefen sie ein gutes Stück entlang. Währenddessen pfiff Tubor ein fröhliches Lied. Der Weg mündete auf einen großen freien Platz.

Geffrim verschlug es die Sprache. Es wuselte dort vor Kennin. Einige saßen auf langen Bänken an runden Tischen. Man lachte und scherzte miteinander und war bester Stimmung. Zur musikalischen Unterhaltung sang eine Nachtigall ihr melodisches Lied. Käfer und Grillen schleppten Blütenkelche mit Tautropfen zur Erfrischung herbei. Hummeln summten um die Tische und verteilten Honig und Blütenpollen.

Tubor setzte sich mit Geffrim an einen der Tische und forderte ihn auf, es sich gutgehen zu lassen und den schönen Tag zu genießen. Unserem Schreinergesellen gefiel die Zwergengesellschaft gut. Er mochte sie.

Das lustige Treiben hatte ihn völlig vergessen lassen, dass er einen Auftrag zu erledigen hatte. Erst spät am Abend, als sich die Runde langsam auflöste, kamen ihm wieder sein Zuhause, sein Vater und der seltsame Fremde in den Sinn. Aber was sollte er tun? Ob man ihn wohl ziehen lassen würde? Das konnte er sich gewiss aus dem Kopf schlagen. Ferroderich, der König der Alben, hatte ihn schließlich zu Tubor in die Lehre geschickt, was auch immer das für ihn zu bedeuten hatte.

›Komm, Geffrim.‹ Bei Tubors Worten schreckte Geffrim aus seinen Gedanken hoch. ›Lass uns nach Hause gehen. Der Tag war lang. Morgen beginnt deine Ausbildung.‹

Geffrim folgte ihm zu einer Gruppe von Eichen, die am Fuße eines steilen Hanges wuchsen. Der Kennin lief zielstrebig auf die kräftigste und größte unter ihnen zu, blieb vor ihr stehen und pochte mit seinem Wanderstecken dreimal auf die Erde. Geffrim staunte nicht schlecht, als sich in dem Eichbaum eine schwere Tür öffnete. Sie traten ein, und Tubor schob hinter ihnen einen Riegel vor. ›So, da sind wir‹, murmelte er. Dabei nahm er eines der Öllichter vom Regal an der Wand neben dem Eingang. Er zündete die Lampe an und wies auf eine Treppe, die nach unten führte. ›Folge mir!‹, forderte er ihn auf und wandte sich um. Geffrim folgte ihm.

Tief hinab ging es, ins Erdreich. Er bemerkte auf dem Weg links und rechts etliche verschlossene Türen. Schließlich blieb Tubor vor einer stehen, öffnete sie und zeigte ihm ein karges, einfaches Schlafgemach.

›Hier darfst du dich niederlegen, bis ich dich morgen wieder abhole. Gute Nacht.‹ Tubor lüpfte kurz seine Mütze, dann trat er hinaus und verriegelte die Tür. Warum wurde abgeschlossen? Ausbildung und Gefangenschaft schienen hier ein und dieselbe Sache zu sein …

Geffrim sah sich im Zimmer um. Alles war akkurat hergerichtet: ein Bettchen, so groß, dass er gerade eben hineinpasste, ein Stuhl und ein schmaler Wandschrank. Ein Fenster gab es nicht. Doch auf kunstvoll gearbeiteten, goldenen Haltern standen mehrere brennende Bienenwachskerzen. Sie sorgten für ausreichend Licht. Was sollte er tun? Er legte sich in das Bett, dachte noch einmal über die Geschehnisse des Tages nach. Bald überkam ihn ein sanfter Schlummer. Er wachte von einem kurzen schrammenden Geräusch auf.

Es dauerte ein wenig, bis er ausfindig gemacht hatte, dass es draußen vom Gang her gekommen sein musste. Er richtete sich auf und rief: ›Ist da wer?‹ Keine Antwort. ›Tubor?‹, versuchte er noch, doch es blieb still. Er lauschte an der Tür und bemerkte, dass sie nicht mehr verschlossen war.

Frohen Mutes machte er sich auf den Weg durch die langen Gänge und traf schon bald auf einige Wichte, die ihn alle mit seinem Namen begrüßten. Dann tauchte Tubor auf und gab ihm jede Menge Aufträge. So begann der Tag mit reichlich Arbeit. Geffrim musste das Frühstück bereiten, die Betten ausschütteln, kurz: den Haushalt bestellen. Das hatte in Windeseile zu geschehen, denn die Kennin arbeiteten des Nachts, kamen also vor Tagesanbruch heim und nahmen dann noch schnell ihre Mahlzeit ein. Währenddessen hatte sich Geffrim um die Gemächer zu kümmern. Danach legten sie sich schlafen.

Nun war es aber nicht so, dass er über Tag nichts zu arbeiten hatte. Tubor hatte ihn angewiesen, in dieser Zeit die Behausung zu wischen und die vielen vorhandenen goldenen, zum Teil mit Edelsteinen besetzten Kleinodien blankzuputzen und darüber hinaus noch manches andere zu tun.

Danach musste Geffrim das Abendessen bereiten, denn bei Anbruch der Dunkelheit sprangen die Männlein wieder aus den Betten, um gleich darauf gestärkt ihrer Beschäftigung nachzugehen.

Täglich nahm Tubor Geffrims getane Arbeit in Augenschein. War er damit nicht zufrieden, und das kam leider allzu oft vor, dann verprügelte er Geffrim, dass dem alle Glieder schmerzten. Er schimpfte den Knaben einen Faulenzer und schickte ihn ohne Essen ins Bett. Das geschah Tag für Tag, Woche für Woche, Monat für Monat. Geffrim wusste, er war nicht faul. Er mühte sich redlich. Doch nie konnte er es dem Kennin recht machen.

Oft weinte Geffrim. Schließlich gab es niemanden, der ihm sein Leid hätte erträglicher machen können. Und dachte er an seinen Vater, dessen Auftrag er nicht erfüllt hatte, dann mochte er sich nicht einmal nach seinem Zuhause sehnen.

Das Ende kam überraschend. Es war eine Nacht im tiefen Winter. Schnee lag auf den Bergen und in den Tälern. In den Dörfern riefen die Kirchenglocken die Menschen zur Feier der Christmette. Geffrim stand gedankenverloren am Tor des Eichbaumes und lauschte ihrem Klang. Er dachte an seine Mutter, wie sie den Christstollen auf den Tisch stellte und die ganze Familie beisammen saß. Plötzlich fasste ihn jemand an die Schulter, und er wurde aus seinen Gedanken gerissen. Er wandte sich um. Tubor stand hinter ihm.

›Deine Probe ist vorbei, mein junger Freund‹, sagte er mit sanfter Stimme. ›Es beginnen jetzt die dreizehn heiligen Nächte. In dieser Zeit darf niemand im Koselgebirge arbeiten, auch wir Kennin nicht. Drum höre meine Worte. Von nun an sollst du von aller Arbeit befreit sein. Du darfst dich frei bewegen und überall hingehen.‹ Tubors Stimme senkte sich zu einem eindringlichen Flüstern. ›Nur ein Gebot sollst du nicht brechen: Das Land hinter dem Kenninstein darfst du nicht betreten – noch nicht. Tust du's dennoch, so wird dich der Teufel holen. Hältst du dich aber hieran, so werde ich dich nach den dreizehn Nächten in meine Lehre nehmen.‹ Tubor lächelte, drehte sich um und verschwand.

Die Kennin waren in den darauffolgenden Tagen nicht zu sehen. Geffrim saß gelangweilt in der Stube und wusste mit seiner freien Zeit so recht nichts anzufangen. Er schlief viel und streifte ziellos durch die dunklen Wälder des Kenninreiches. Zuweilen beschlich ihn das Gefühl, verfolgt oder beobachtet zu werden. Doch jedes Mal, wenn er sich umsah, war da nichts als der kahle Waldweg und das Gestrüpp, das hinter ihm lag – keine Menschenseele, kein Tier, nichts. Doch schaute er in das Dunkel des Waldes, so war ihm, als starrten ihm Hunderte glühender Augenpaare aus der Finsternis entgegen.

Die Nächte verstrichen. Der Tag war da, an dem Geffrim Tubor wiedersehen sollte. Er war schon früh aufgestanden, denn er konnte es kaum erwarten.

Die ersten Sonnenstrahlen, die hinter den Bergen hervordrangen, kündeten Großes an. Es roch überall nach feuchtem

Waldboden. Auch die Nadeln der Kiefernwälder strömten einen wunderbaren Duft aus. Schon als das erste Rot der Morgendämmerung am Himmel zu sehen war, erklangen Vogelstimmen und das Röhren der Hirsche aus dem nahegelegenen Wald. Es kam Geffrim alles so unwirklich vor. Aber er träumte nicht. Es war so. Die Tiere des Waldes stimmten ein Konzert an. Ein Konzert zu Ehren der kommenden Herrlichkeit. Geffrim setzte sich auf einen umgefallenen Baum und lauschte. Lange saß er so da.

›Ich grüße dich, Geffrim, Sohn des Menschen Artificus und Schüler des Tubor von den Kennin.‹

Geffrim blickte sich überrascht um. Da stand Tubor und sah irgendwie frischer aus als sonst. Er lachte und schien guter Dinge. ›Na?‹, fuhr er fort. ›Hast du dich gut erholt in den letzten Tagen?‹ – ›Gewiss, gewiss!‹, beeilte sich Geffrim zu sagen. Er wollte seinen Lehrer bei Laune halten. ›Schön, dann folge mir in den Wald. Du bekommst jetzt ein neues Zuhause.‹

Tubor schlug einen schmalen Pfad ein, der mitten in den Wald führte. Seltsam, Geffrim war dieser Weg noch nie aufgefallen. Zielstrebig schritten sie über den lockeren Boden, der bei jedem Tritt ganz leicht nachgab, so als liefen sie auf einer Federmatte. Sie kamen an Haselwurz und Fingerhut vorbei. Und manches Mal begegnete ihnen auch zwischen Moosbeeren und Seidelbast der leuchtend gelbe Huflattich. In einiger Entfernung vernahmen sie das Trommeln eines Schwarzspechtes bei der Futtersuche. Ab und zu blieb Tubor stehen, lauschte und wies mit dem Finger in die Ferne, dann suchte Geffrim im Halbdunkel der Dämmerung mit aufmerksamen Blicken den Wegrand ab, bis er tatsächlich ganz am Ende des Weges einen schwachen Lichtschein erblickte. ›Was ist das?‹, wollte er soeben fragen, doch Tubor hatte seine Frage schon erahnt. ›Elfen!‹, flüsterte er. ›Dort hinten tanzt ein Elfenring. Komm, wir wollen hingehen. Hier, nimm diesen Bergkristall.‹ Tubor zog einen Stein aus seiner Hosentasche und legte ihn Geffrim in die Hand.

›Ich habe ihn mit einem Bann belegt. Er wird dich vor den Elfen schützen, nur so kannst du den Elfenkreis wieder verlassen. Und merke dir den Spruch, damit du dich in

Zukunft selber schützen kannst.‹ Der Wicht murmelte dem Schreinergesellen ein paar Worte ins Ohr. Geffrim musste sie dreimal nachsprechen, erst dann war der Zwerg zufrieden. ›Komm, ehe sie sich trollen!‹

›Ei, Tubor! Wen bringst du uns denn da als Gastgeschenk?‹, begrüßte ihn ein junger Elf, als sie den Elfenring betraten.

›Ich bringe euch kein Gastgeschenk!‹, fauchte Tubor zur Antwort.

›Kein Gastgeschenk? Ei, Zwerglein! Weißt du nicht, dass Sterbliche den Ring nie mehr verlassen dürfen?‹ – ›Freilich‹, antwortete der Kennin, ›aber dieser steht im Bannschutz des Bergkristalls!‹ Verärgert sprang der junge Elf zurück. Inzwischen waren viele andere hinzugeeilt und betrachteten die ungebetenen Besucher neugierig. ›Ich möchte euch mit Geffrim bekanntmachen. Er ist kein gewöhnlicher Sterblicher. Er ist mein Gehilfe, und ich lehre ihn die Geheimnisse der Kennin.‹ – ›Verräter!‹, schrien einige. ›Du verrätst die Geheimnisse deines Volkes einem Sterblichen? Sie werden uns eines Tages vernichten. Weißt du das nicht?‹

Tubor ließ sich etwas Zeit mit der Antwort. Er musste sich den Elfen gegenüber eigentlich nicht rechtfertigen. ›Ferroderich hat mich beauftragt, diesen Sterblichen einzuweihen. Bestellt dem Elfenkönig Agrimonia, der König der Alben habe diesbezüglich mit ihm zu reden.‹ Die Elfen versprachen es und wollten die beiden förmlich aus ihrem Kreis freisprechen, aber da waren Tubor und Geffrim schon aus eigener Kraft weitergezogen.

Sie setzten nun ihren Weg fort, und Geffrim begann über die seltsamen Worte Tubors nachzudenken. Was hatten die Zwerge mit ihm vor? Was wollte Ferroderich mit dem Elfenkönig, was ihn betraf, bereden? Mehrmals frug er Tubor danach, doch dieser schwieg beharrlich.

Da sah er ein, dass es nur wenig Sinn hatte, weiter darüber nachzusinnen.

Sie gelangten indessen immer tiefer in den Wald hinein. Tubor wusste stets genau, wo sie hinzugehen hatten. Sie passierten etliche Waldlichtungen und manche unheimliche sumpfige Gegend. Dort wurden sie eine Zeitlang von seltsamen Irrlichtern begleitet, deren Herkunft sich Geffrim nicht erklären konnte. Moorbirken standen links und rechts des Weges. Ganze Halmteppiche faserigen Wollgrases wiegten sich im Wind.

›Nur nicht den Weg verlassen!‹, schärfte Tubor seinem Begleiter ein. ›Das könnte sich bitter rächen. Diese Gegend ist höchst gefährlich.‹ Der Zwerg hatte keinen Grund, sich zu sorgen: Geffrim hatte nicht die geringste Absicht, seinem Führer von der Seite zu weichen. Er hatte die Moore noch nie gemocht. Zuviel Schreckliches hatte ihm sein Vater im Laufe der Jahre darüber erzählt. Er wusste von Leichen, die böse Menschen hier versenkt hatten, von Moorhexen, die die Gegend unsicher machten, und von Torftrollen, die hier hausten. Schweigend folgten die zwei Wanderer ihrem Weg. Und gar seltsame Geräusche begleiteten sie. Aus der einen Ecke unkte es, aus einer anderen vernahmen sie ein grausliches Kreischen, hinter dem Röhricht ein fauchendes Geräusch, und im Erlenbruchwald gleich gegenüber erdröhnte ein schauriges Gelächter. ›Ich habe Angst!‹, zitterte Geffrim. ›So, Angst hast du also, du Hasenfuß? Hier, fang auf!‹, rief Tubor und warf ihm ein Zwergenschwert zu. Rasch ergriff Geffrim den Schaft. ›Ab heute werde ich dich lehren, damit zu kämpfen. Kämpfen können tut not. Dort hinter der Biegung wohnt der Lindwurm Diavolo Ahrisorad. Ihn wirst du heute unter meiner Anleitung besiegen.‹ – ›Ich soll einen Drachen töten?‹, schrie Geffrim entsetzt. ›Jawohl, gleich jetzt‹, antwortete der Zwerg trocken. ›Damit du lernst, keine Angst zu haben. Denn jeder kann einen Drachen töten. Allerdings schaffen es die meisten nicht, weil sie Angst haben. Verfolge ein Ziel, habe Mut und gib nie auf, und wirst du noch so schwer verletzt, du wirst dein Ziel immer erreichen!‹, legte ihm Tubor ans Herz. Mit einem Mal wies er mit seiner Hand nach vorne: ›Dort! Siehst du ihn?‹

Geffrim erschauderte. Vor ihm hob ein Ungeheuer den Kopf und witterte. Hilfesuchend blickte er sich um und stellte entsetzt fest, dass Tubor verschwunden war. ›Hilfe! Tubor, wo bist du?‹, schrie der Schreinergeselle angsterfüllt. Doch Tubor zeigte sich nicht. In Geffrim wallte Zorn auf: ›So ein Feigling ...‹, weiter kam er nicht. Wutschnaubend kroch der

Lindwurm dem armen Jüngling entgegen. ›Was wagst du dich in mein Revier, Elender?‹, grunzte das Ungeheuer, und sein fürchterlicher Atem aus siedend heißem Schwefeldampf versengte Geffrim fast das Gesicht. Schützend hob er beide Arme.

Er war allein, eine Flucht hier im Moor unmöglich. Es gab für ihn nur zwei Möglichkeiten: verzagen oder auf Tubors Rat hören. Also faßte Geffrim Mut. ›Wage es ja nicht näherzukommen, oder es wird dir schlecht ergehen!‹

›Was? Drohst du Winzling mir etwa? Warte nur ...‹, brüllte das Untier und holte mit einer Pranke aus.

›Halt! Nicht einen Schritt weiter!‹, schleuderte Geffrim dem Ungeheuer entgegen. ›Bevor du mich angreifst, muß ich dich noch warnen!‹

Der Drache stutzte. Erstens sind Drachen ausgesprochen neugierig, zweitens aber sind sie schlau: Einen Fehler begehen und seinen Feind womöglich unterschätzen wollte er ganz sicher nicht.

›Du sollst eine Möglichkeit haben, dein Leben zu retten!‹, rief Geffrim unerschrocken.

›Ich? Mein Leben retten? Vor dir?‹ Der Drache war über alle Maßen verblüfft, konnte er den Knirps doch mit einem einzigen Hieb töten.

›Hast du noch nie von dem Drachenbezwinger gehört?‹

›Nein, wer soll das sein?‹

›Geffrim!‹

Ahrisorad wurde unsicher: ›Ein Drachenbezwinger? Ja, und?‹

›Mein Name ist Geffrim‹, seine Stimme wurde immer sicherer.

›Du, der Drachenbezwinger?‹, frug das Ungeheuer vorsichtig.

›Ja, sieh her! Erkennst du dieses Schwert? Sein Name ist Höllenzwang. Und seine Kraft wächst mit jedem Drachen, den ich damit erschlage.‹

Allmählich wurde es dem Untier unheimlich.

›Ja, wie viele Drachen hast du denn damit erschlagen?‹

›Ach‹, antwortete Geffrim, ›es waren an der Zahl so viele, dass ich aufgehört habe zu zählen. Vielleicht waren es hundert, vielleicht auch zweihundert. So genau weiß ich das nicht mehr.‹

Der Drache wusste nun wirklich nicht mehr, wo ihm der Kopf stand. War dieser Knabe nur ein Großmaul, oder sprach er die Wahrheit? Im ersten Fall hätte er leichtes Spiel, andernfalls riskierte er sein Leben. Darum beschloss er, Geffrim auf die Probe zu stellen: ›Woran erkenne ich, dass du mir nichts vorflunkerst?‹

›Oh, das ist nicht schwer. Schau nur her und besieh dir den Blutfleck an der Schwertspitze! Der stammt noch vom letzten Drachen.‹

›Ich sehe nichts!‹, brüllte der Drache.

›Du musst schon näher herankommen. Er ist nicht sehr groß. Ich habe ihn extra als Trophäe drangelassen.‹

Der Drache kam nun ganz nah an die Schwertspitze heran. Darauf hatte Geffrim nur gewartet. Mit einem kräftigen Ruck stieß er dem Ungeheuer die Waffe mitten zwischen die Augen. Der Drache schoss zurück und bäumte sich vor Schmerz auf. Flugs sprang Geffrim ihm hinterher und stach das Schwert tief in die ihm entgegengereckte ungeschützte Drachenbrust. Mit letzter Kraft versuchte der Drache, Geffrim unter sich zu begraben. Dabei stieß er ein markerschütterndes Geheul aus, gefolgt von einer Wolke giftigen Atems und rauchenden Feuers. Mit einem flinken Satz rettete sich Geffrim ins nahe Gebüsch. Schlaff und leblos krachte der mächtige Drachenkörper zu Boden. Geffrim blickte auf das besiegte Untier im hohen Gras. Ihm saß noch der Schreck in allen Gliedern, und er ließ sich erschöpft nieder.

Wie aus dem Nichts kommend stand Tubor plötzlich wieder vor ihm. Er klatschte in die Hände: ›Bravo, Drachentöter! Hab ich dich doch richtig eingeschätzt. Doch jetzt nicht lang gefackelt! Schnell ans Werk! Fülle diese Flasche mit Drachenblut!‹ Doch Geffrim zögerte. Immer noch etwas benommen vom Kampf, verstand er nicht recht, was Tubor meinte. Da sprach der Zwerg: ›Willst du nicht einmal kosten, mein Freund?‹ Geschwind sauste seine Hand nach vorne und hielt Geffrim die gefüllte Flasche entgegen: ›Hier, trink!‹

›Ich soll dieses eklige Zeug trinken?‹, frug Geffrim angewidert.

›Nimm! Ich fordere dich kein drittes Mal dazu auf.‹ Tubors Blick war sehr ernst geworden. Es lag mehr darin, als der Kennin zum Ausdruck hatte bringen wollen. So nahm Geffrim die Flasche, setzte sie an den Mund und trank einen kräftigen Schluck daraus.

Da ward ihm, als fege ein eisiger Windzug durch sein Gehirn. Seine Gedanken wurden auf seltsame Weise klar. Es zog etwas wie eine große Weisheit in ihn ein. Aber was das bedeutete, begriff er erst viel später.

Die beiden füllten noch einige Flaschen und begaben sich zurück auf den Weg, den sie gekommen waren. Als sie eine Strecke schweigend nebeneinander hergegangen waren, ergriff Tubor unvermittelt das Wort: ›Ist dir eigentlich klar, was es mit dem Drachenblut auf sich hat?‹

›Nein‹, antwortete Geffrim, ›ich weiß nur, dass mich so ein eigenartiges Gefühl überkam.‹

›Nun, mein Freund, wer Drachenblut trinkt, besonders als Sterblicher, der erfährt mit seinem Geist und Leib mit einem Schlag die gesamte Weisheit dieser Welt. Nur wenigen Menschen war dies bisher vergönnt. Du gehörst jetzt dazu. Und damit du lernst, mit dieser Gabe selbstlos und demutsvoll umzugehen, bringe ich dich jetzt zu Aerius, dem Schmied. Er ist der beste von uns. Niemand aus dem Reich der Kennin vermag das Eisen so gut zu schmieden wie er. Und er ist ein guter Bauer. Wo er die Erde umgräbt, wachsen das beste Getreide und das schönste Gemüse. Er wird fortan dein Meister sein.‹

Geffrim hatte aufmerksam zugehört. Was würde er noch alles erleben? Wer mochte dieser Aerius sein?

Die beiden durchwanderten eine tiefe Schlucht, durch die sich ein reißender Gebirgsbach seinen Weg bahnte. Immer wieder überquerten sie das Wasser, aber das war mitunter halsbrecherisch, denn oft mussten sie über tosende Stromschnellen springen, die sie bald hier, bald dort um ein Haar mitgerissen hätten. Schließlich endete die Schlucht an einem großen Wehr, hinter dem sich ein mächtiges Gebirgsmassiv auftat. Als sie auch dieses erklommen hatten, gelangten sie auf einen schmalen Trampelpfad, der direkt vor einer großen dunklen Felsenhöhle endete.«

Filibus erzählte diese Begebenheit über das gute Verhältnis von Menschen und Kennin auch besonders gerne seinen Freunden im Hügel. Denn diese beklagten sich zunehmend über die Bosheit der Menschen und wollten möglichst nichts mit ihnen zu tun haben. So stand Filibus Platin mit seiner guten Meinung über die Menschen allein auf weiter Flur. Nur in Leslie Marie und Agathe hatte er treue Zuhörer gefunden.

Die jedoch waren inzwischen so müde geworden, dass der Zwerg für heute darauf verzichtete, weiter zu erzählen. Er schickte die eine ins Bett und die andere in den Stall.

KAPITEL 5

Die Hexe Knurz

Beim nächsten Zusammentreffen fuhr Filibus fort: »Aus dem Inneren der Höhle ließ sich das schallende Hämmern und klingende Schlagen von Metall auf Metall vernehmen. Und weiter hinten sah man ein helles Feuer, vor dem kleine schattenhafte Gestalten hin und her huschten und glühendes Eisen bearbeiteten. Tubor betrat die Zwergenhöhle und hatte einen zweiten Kennin dabei. ›Das ist Aerius, dein zukünftiger Meister‹, sagte er zu Geffrim. Aerius war ein imposanter Wicht. Aus dem alten, weisen Gesicht blitzten kluge Augen, und sein langer weißer Rauschebart wallte bis auf den Fußboden. Grobes Sackleinen und lederne Beinkleider bildeten die einfache Tracht des Kleinen. Was ihn von seinen Gesellen unterschied, war, dass sein Wams feinst gearbeiteter Schmuck aus edelsten Metallen zierte.

›Willkommen! Ich werde dich die Geheimnisse der Erde lehren‹, sprach er, während seine kräftige, grobschlächtige Hand die Geffrims ergriff und ihn in die Höhle zog. Verblüfft drehte sich der Junge noch einmal um, doch Tubor war verschwunden.

Viele Jahre verbrachte Geffrim bei Aerius in der Höhle und wuchs zu einem stattlichen Mann heran. Ganz nach Zwergenart ließ er sich einen Bart wachsen und nahm auch sonst vieles von den Wichten an. Sogar einen langen Mantel aus grobem Sackleinen mit großen Taschen wob er sich. Als er den letzten Knopf annähen wollte, trat plötzlich der Schmied hinter ihn, schaute ihm über die Schulter und hielt ihm einen Knopf unter die Nase. ›Hier! Nimm diesen! Der ist schöner.‹ Geffrim betrachtete den schlichten Metallknopf und blickte seinem Meister fragend in die Augen. ›Ja‹, sagte dieser lächelnd, ›du hast recht, das ist kein gewöhnlicher Knopf. Schiebst du ihn durch das Knopfloch, bist du unsichtbar.‹

Aerius wurde für Geffrim zu einem väterlichen, wenn auch zuweilen etwas mürrischen Freund. Er lehrte ihn zu schmieden, zu zaubern und mit dem Schwert zu kämpfen. Geffrim war ein wissbegieriger und gelehriger Schüler, denn das Drachenblut, das er getrunken hatte, verlieh ihm enorme Lernfähigkeit und Auffassungsgabe. Aerius nahm ihn oft bei seinen Streifzügen ins Innere der Erde oder in die Gebirge und Wälder des Kenninreiches mit. Aerius besaß medizinische Kenntnisse wie kein Zweiter. So lernte Geffrim die Anwendung von Heilkräutern und die Herstellung wundersamer Salben und Tinkturen. Darüber hinaus lernte er alles über Naturgeister, Torftrolle, Blumenelfen, Sylphen und Nixen.

Oft saßen sie abends bei einem Humpen Met zusammen, und Aerius erzählte von vergangenen Zeiten, als es noch weit verbreitet war, dass Menschen und Kennin Wissen und Geheimnisse miteinander teilten. Er schilderte auch, wie es zum Bruch zwischen Menschen und Zwergen gekommen war und warum die Wichte sich von den Menschen abgewandt hatten. So einschneidend diese Abkehr auch gewesen war, gab es doch noch für lange Zeit Menschen, die das alte Wissen bewahrten, die Druiden.

In der Folgezeit nahm Geffrim an Weisheit zu und erwarb immer mehr Fähigkeiten. Er ahnte, dass sein Meister ihn entlassen würde, wenn er ausgelernt hatte. Als es eines Tages soweit war, stand Tubor am Höhleneingang und wollte ihn abholen. Einerseits freute sich Geffrim riesig, andererseits schmerzte ihn aber der Abschied von seinem Lehrer. Schweigend drückte er Aerius fest an sich, der ebenfalls keinen Ton herausbrachte. Bewegt, aber entschlossen wandte er sich zu guter Letzt zu Tubor um, und die beiden ließen die Höhle im Dunkel des Waldes hinter sich.

Nach der langen Zeit in der dunklen Höhle erfreute sich Geffrim am vielfältigen Grün der Natur. Sie stapften über eine Wiese. Hier blühte eine Pracht mannigfacher Kräuter und Blumen. Da gedieh das zarte Leberblümchen, über dessen Samen sich eine große Schar Ameisen hermachte. Auch Baumwurz und Wiesenknopf wuchsen hier zuhauf. Geffrim ergötzte sich an den zahlreichen Kuckucksblumen mit ihren hübschen violetten Blütenblättern. Aber er fand auch an dem so unscheinbaren Lausekraut Gefallen. Noch nie hatte er so viel davon auf einem Fleck gesehen. Die Landschaft war überaus malerisch. Dann aber wurde das Gras zu ihren Füßen trockener und der Boden steiniger. Auf den Kratzdisteln, die so dicht standen, dass sie ihnen fast die Beinkleider aufschlitzten, tummelten sich zahlreiche Wildbienen und andere Insekten. Ein hauchfeiner Duft, der von den Kamillenblüten ringsumher rührte, zog den beiden Wanderern angenehm in die Nase. Sie kamen an einem verlassenen Kotten vorbei, auf dessen Mauerresten sich Flechten und grünes Moos breitgemacht hatten. Nun wurde das Land hügeliger. Trockenes, zum Teil dorniges Gestrüpp stellte sich ihnen zuweilen in den Weg. Und plötzlich standen sie vor einem mächtigen Dolmen, einem wuchtigen Hünengrab. Sie erkannten ihn an der riesigen, schweren Felsplatte, die oben auf drei großen, ebenso gewaltigen Blöcken aus hartem Granitgestein lag. Geffrim und Tubor schenkten dem weiter keine Beachtung und folgten unverdrossen und schweigsam ihrem Pfad. Für eine Weile flog ihnen ein kleiner brauner Vogel hinterher, ein kecker Zilpzalp, der die beiden sehr unterschiedlichen Gestalten recht komisch zu finden schien und sich köstlich über sie amüsierte. Angeregt durch das Gezwitscher tauchten vor Geffrims Augen seltsame, längst vergessene Bilder auf. Er erinnerte sich daran, wie er einst als junger Schreinerbursche einem Edelmann einen Wanderstab bringen sollte, den sein Vater extra für den hohen Herrn gefertigt hatte. Wie lange mochte das wohl her sein ...?

›Wir kommen jetzt ins Koselgebirge!‹, sagte Tubor. ›Ich bringe dich zum Kenninstein.‹

›Wie seltsam, gerade habe ich daran denken müssen‹, meinte Geffrim.

›Ja, lang ist's her, dass wir dich dort aufsuchten.‹

›Warum habt ihr mich eigentlich zu euch genommen?‹

›Weil wir eines Tages deine Hilfe brauchen werden, Geffrim‹, gab Tubor mit geheimnisvollem Blick zurück.

Gern hätte Geffrim noch mehr über sein künftiges Geschick erfahren. Aber er wollte nicht unhöflich sein. Er wusste, dass es sinnlos war, Tubor zu drängen, weil dieser sich nie mehr entlocken ließ, als er preisgeben wollte.

Der orangerote Sonnenball verschwand gerade am Horizont hinter einer Wolke, als die beiden Wanderer am Waldrand ankamen. Der Abend war nicht mehr fern.

›Hier müssen wir hinein. Es ist nicht mehr weit bis zum Kenninstein‹, sprach Tubor. ›Komm, beeil dich! Wir werden bereits erwartet.‹ – ›Von wem denn?‹ frug Geffrim neugierig. ›Von Ferroderich, dem Albenkönig, meinem Herrn und Gebieter‹, gab Tubor ehrfurchtsvoll zurück. Geffrims Erwartung stieg immer mehr. Die beiden erklommen einen steilen Fichtenhain und schlugen sich durch das Dickicht. Als es etwas lichter wurde, gab es den Blick auf eine große, einsam gelegene Waldlichtung frei.

Da lag er, der Kenninstein, umwachsen von den uralten Eichen des südlichen Koselgebirges. Auch die riesige Eibe stand noch immer an derselben Stelle, an der Geffrim sie beim letzten Mal angetroffen hatte. Und am Fuße des Baumes erblickten sie neben einem stattlichen Rappen den Herrn der Berge, Ferroderich, den Albenkönig. Als er die beiden auf sich zukommen sah, ging er ihnen entgegen und begrüßte sie herzlich.

›Nun, Tubor, hast du einen der Unsrigen aus ihm gemacht?‹, frug er lachend.

›Oh, ich hoffe, er hat noch etwas seines Menschseins behalten‹, antwortete Tubor achselzuckend.

Der König wandte sich Geffrim zu. ›Hier hast du den Wanderstab zurück. Trage ihn zum Haus des Edelmannes, der ihn bei deinem Vater in Auftrag gegeben hat. Aber wundere dich nicht: Du wirst ihn nicht mehr antreffen. Stattdessen wird dir eine alte Frau entgegenkommen und dir den Stab abverlangen. Doch du darfst ihn ihr nicht geben. Sie hat tags zuvor den Edelmann umgebracht, um in den Besitz des Stabes zu gelangen. Du kannst dir sicher ihre ohnmächtige

Wut vorstellen, als ihr klar wurde, dass er den Stab nicht mit sich führte.‹

›Warum ist er denn so bedeutend?‹, frug Geffrim.

›Weil dein Vater der beste Zauberstabschnitzer im ganzen Koselgebirge ist.‹

›Mein Vater ein Zauberstabschnitzer?‹

›Oh ja, hat er dir nie davon erzählt? Dieses Exemplar war sein Meisterstück und ist von noch nie dagewesener Zauberkraft.‹

›Er hat nie etwas davon erzählt, und schon gar nichts von magischen Kräften.‹

›Da sieht man doch mal wieder, dass ein ehrenwerter Mann nicht mit dem, was er kann, zu prahlen pflegt. Einen wirklich famosen Vater hast du.

Und nun geh zum Haus des Edelmannes! Tu so, als wüsstest du von nichts. Der Alten aber zeige, was die Zwerge dich gelehrt haben. Du wirst es schon schaffen, Geffrim. Du wirst es schon schaffen ...!‹

Die Stimme des Königs hallte von den Bäumen wider, doch Ferroderich war verschwunden, so als habe ihn der Erdboden verschluckt.

Geffrim stand wieder einmal ganz alleine da. Er schulterte sein Bündel und machte sich auf. Gern hätte er dem Albenkönig noch etwas erwidert. Und ihn gefragt, wo denn das Haus des Edelmannes war.

Auf vielen einsamen Wegen durchwanderte Geffrim zunächst die Berge und Täler des Koselgebirges.

Doch langsam war ihm, als erwachte die Erinnerung und als wiese eine innere Stimme ihm den Weg. Oftmals verloren sich die Pfade im Gestrüpp, und Geffrim musste sich an Sonne und Sternen orientieren. Das hatte ihm Aerius beigebracht. Wenn die Nacht anbrach, sammelte er Reisig und entzündete daraus ein Feuer neben seiner Schlafstelle. Auch brauchte er nicht zu hungern und ernährte sich von Wurzeln und Beeren, die es überall zur Genüge gab.

Eines Tages kam er in die Nähe einer mächtigen Esche, als ihm plötzlich von oben eine freundliche Kinderstimme zurief:

›Hallo, Geffrim! Ich grüße dich!‹

Er blickte zur Baumkrone empor und sah dort einen Knaben, der ihn freundlich anlächelte, auf einem Ast sitzen. ›Was machst du denn da?‹, frug er.

›Och, ich sitze hier nur und vertreibe mir die Zeit‹, antwortete der Knabe, ›du aber bist auf dem Weg zum Hause des Edelmannes, nicht wahr?‹

›Stimmt!‹, gab Geffrim etwas überrascht zurück.

›Nimm dich in acht vor der Hexe!‹, rief der Knabe hinunter.

›Ich habe keine Angst vor der Hexe …‹

›Du gefällst mir‹, sagte der Knabe, ›doch dein Mut und die Zauberkraft der Kennin werden dir kaum helfen. Knurz ist sehr mächtig.‹

›Du redest daher, als seiest du schlauer als die Kennin, Bursche‹, erwiderte Geffrim.

›Bin ich auch, drum gib mir deinen Zauberstab, damit ich ihn segnen kann.‹

›Ich soll dir den Zauberstab geben? Das ist nichts für Kinder!‹

›Du verstehst mich nicht. Du kannst die Hexe Knurz mit meiner Segenskraft besiegen. Das merke dir gut.‹

›Nun denn‹, gab Geffrim nach, ›wenn es dir Freude macht …‹

Das Kind hatte in Geffrim Vertrauen geweckt, und er warf ihm den Stock hoch. Der Knabe fing ihn mit Leichtigkeit auf, hielt ihn fest in der Hand und strich sanft mit den Fingern darüber.

›Ich danke dir für dein Vertrauen!‹, sagte er lachend zu Geffrim an, ›hier hast du ihn zurück.‹

Geffrim griff fehl, und der Stab fiel zu Boden. Er hob ihn auf und blickte nach oben. Der Junge war verschwunden. Nachdenklich setzte er sich auf einen Stein. Er betrachtete den Wanderstab, ausgestattet mit Zauberkräften und nun noch mit einem Segen. Wunderbar vereinten sich in ihm die Kräfte der Erde und des Himmels. Frohen Mutes erhob er sich und setzte seinen Weg fort.

Eines Nachmittags gelangte er in eine gar seltsame Gegend. Die brütende Hitze und die stickige Luft machten Geffrim sehr zu schaffen. Die Sonne brannte gnadenlos auf ihn hernieder, und kein Lüftchen regte sich. Erst nach einer Weile fiel ihm auf, dass er keinen Vogelgesang mehr vernahm.

Er bemerkte ein Reh, das nicht flüchtete, sondern steif verharrte und ihn bewegungslos anstarrte, gerade so, als sei es ausgestopft. Dann stieß er auf eine Gruppe Wildschweine, die dastand, als sei sie mitten in der Bewegung zu Stein erstarrt. Immer mehr Tiere nahm er wahr, die auf seltsame Weise regungslos waren. Auch die Pflanzen hatten sich verändert. Als er eine von ihnen berührte, zersprangen ihre Blätter wie Porzellan.

Geffrim erkannte, dass hier Zauberei am Werke war. Jetzt musste er auf der Hut sein! Er näherte sich offenbar dem Haus der Hexe Knurz. Wachsam schritt er voran. Da hockte starr und steif ein einäugiger Rabe auf einem Baumstumpf. Das Auge fixierte ihn aufmerksam und blinzelte ab und zu. >Merkwürdig ...<, dachte der junge Zauberer. Nach einer Weile gelangte er an ein Ginstergebüsch. Dahinter verbarg sich völlig bewegungslos ein einäugiger Luchs. Geffrim entdeckte schnell, wie er auch hier aufmerksam beobachtet wurde. Dann kam er an einem Fuchsbau vorbei. Vor dem Loch saß eine alte Füchsin mit mattem und zerzaustem Fell.

Sie hatte wohl bei einem Kampf ihr rechtes Auge verloren. Ihr linkes blickte ihn wachsam an.

>Seltsam ...<, dachte Geffrim wieder und schüttelte den Kopf.

Nach einer Weile lichtete sich der Wald, und vor ihm tat sich ein prachtvolles Haus auf, dessen Portal von Säulen umrahmt war. Doch nirgendwo war ein Diener noch irgendwelches Hauspersonal zu sehen, wie es eigentlich zu einem solchen Gebäude gepasst hätte. Lediglich eine ebenfalls einäugige Katze mit räudigem schwarzem Fell saß auf dem Sims eines geöffneten Fensters und stierte dem Wanderer grimmig entgegen. Als der den Garten erreichte, drehte sie sich geschwind um und verschwand ins Innere des Hauses. Geffrim umklammerte zitternd seinen Zauberstab. Mit leisem Quietschen öffnete sich die Eingangstür, und er betrat einen großen Raum, an dessen Ende vor einem prasselnden Kaminfeuer eine bucklige alte Frau saß.

Über ihr runzliges fahles Gesicht zuckten die Schatten des Feuerscheins. Ihre Hakennase bog sich tief über ihren schiefen Mund, eine schwarze Augenklappe betonte ihre Hässlichkeit. Ihr linkes Auge musterte böse den eintretenden Besucher. Bei ihrem Anblick durchfuhr Geffrim die Gewissheit, dass es die Hexe selbst gewesen war, die ihn in Gestalt der einäugigen Tiere belauert hatte.

Heimtückisch musterte sie Geffrim. ›Na, du kleine Ratte!‹, begrüßte sie ihn hämisch. ›Bringst du mir den Zauberstab?‹

›Ich? Ich bringe dir höchstens eine Tracht Prügel!‹, versetzte der Zauberer.

›Du willst mir trotzen, du halbe Portion?‹, zischte die Hexe. ›Wart's nur ab und halt deine Zunge im Zaum, sonst werde ich dich Mores lehren.‹

›Du kannst mir gar nichts, altes Weib!‹, entgegnete Geffrim gelassen.

Da fuhr die Alte aus der Haut, murmelte blitzschnell einen kurzen Zauberspruch, und mit dem nächsten Atemzug löste sich der mächtige Kronleuchter klirrend von der Decke und sauste mit Getöse auf Geffrim hernieder.

Der hatte das Böse in den Augen der alten Hexe rechtzeitig erspäht, sprang blitzschnell zur Seite und parierte den Angriff mit einer Zauberformel, die alle Stühle und Sessel des Zimmers auf die Hexe zustürzen ließ. Doch auch die Alte war wachsam und stob mit einem Satz, den man ihr nicht zugetraut hätte, zur Tür hinaus in den Garten.

›Sie hat bestimmt etwas Teuflisches vor‹, dachte Geffrim und folgte ihr dicht auf den Fersen. Als er die Hexe eingeholt hatte, blitzte sie ihn mit ihrem Auge böse an und lachte gehässig. Gleichzeitig beschwor sie ein fürchterliches Gewitter herauf. Dem Blitz, der Geffrim erschlagen sollte, konnte er ausweichen und sich durch einen kühnen Sprung retten. So schlug der Blitz im Dachstuhl ein und setzte das Haus in Brand.

Die Alte schrie gellend: ›Wenn ich den Zauberstab schon nicht haben kann, dann auch du nicht. Schmore du mit ihm im Feuer und fahre zur Hölle!‹ Mit dieser Verwünschung flüchtete sie in den Wald.

Geffrim fand geschwind und unbeschadet aus dem Flammenmeer heraus. Er schwang den Zauberstab einmal in jede Himmelsrichtung, worüber sich der Wald mit Leben erfüllte. Die Tiere lösten sich aus ihrer Erstarrung, und seltsamerweise begannen auch die Bäume, sich zu bewegen. Sie bekamen Gesichter, ihre Äste formten sich zu Armen und ihre Wurzeln zu Beinen. Sie liefen auf die Hexe zu und prügelten so heftig auf sie ein, dass sie nicht wusste, wie ihr geschah.

Knurz trat die Flucht an. Unter Jammern und Fluchen stob sie schnurstracks aus dem Wald. Nun legte sich der Zorn der Bäume, sie nahmen ihre ursprüngliche Gestalt wieder an und kehrten auf ihre alten Plätze zurück.

Geffrim sank erschöpft zu Boden. Stolz war er, erschöpft, aber stolz.

In den kommenden Jahren wuchs er immer wieder über sich hinaus, keiner kam gegen ihn an. Der Ruf seiner Kräfte und seiner großen Weisheit verbreiteten sich rasch im ganzen Reich. Bald galt er trotz seiner Jugend als der Große Alte des Koselgebirges.«

Die Dreierrunde löste sich schließlich kurz vor dem Morgengrauen auf, denn Leslie Marie musste brav im Bett liegen, wenn die Mutter zum Wecken hereinkam. Agathe hatte es am einfachsten. Sie durfte sich Tag und Nacht frei auf dem Hof bewegen. Leslie Marie beneidete sie im Stillen oft darum. Insgeheim wünschte sie sich, auch eine Gans zu sein. Kein Erwachsener würde sie mehr maßregeln. Niemand würde sie ins Bett schicken, und sie könnte endlich tun und lassen, was sie wollte.

Agathes Gänsestall lag direkt unter Leslie Maries Schlafzimmerfenster an dem Seerosenteich, der das ganze Gehöft wie ein breiter Schlossgraben umgab. Immer wenn es dämmerte und Agathe von ihrer Wiese nach Hause kam, begegnete sie ihrem Nachbarn, dem Biber Ben, der jeden Morgen sehr zeitig aufstand, um seinen Staudamm auszubessern. Sie wechselten aber nur einen kurzen Gruß, da Ben sich nur sehr ungern von seiner Arbeit ablenken ließ.

Agathe war schon eine alte Gans. Viele ihrer Verwandten waren im Kochtopf der Bäuerin geendet. Sie hatte bisher alle ihre Angehörigen überlebt, weil es nicht viele

Menschenkinder in der Gegend gab und Leslie Maries Eltern ihrem Töchterchen ein paar Tiere zum Spielen überlassen hatten. Zu denen gehörte Agathe. Außerdem war sie inzwischen für einen Gänsebraten viel zu zäh geworden. Darauf war sie übrigens sehr stolz und erzählte es gleich jedem.

An einem regennassen Wintertag bog ein großes schwarzes Auto auf den Hof des Bauern ein. Ihm entstieg ein Mann im Nadelstreifenanzug, mit schwarzem Mantel und dunklem Hut, eine graue Aktentasche in der Hand. Er erkundigte sich nach dem Bauern und wünschte ihn zu sprechen. Schnell verständigten die Bediensteten den Gutsbesitzer, und kurze Zeit später wurde er zum Bauern geführt, der ihn hereinbat. Leslie Marie saß derweil auf dem Wohnzimmerfußboden und spielte mit ihren Puppen. Der Bauer und der Fremde störten sich nicht daran, denn sie dachten: ›Kinder verstehen sowieso nicht, wovon Erwachsene reden.‹ Aber Leslie Marie bekam alles mit. Und was sie zu hören bekam, verhieß nichts Gutes. Der Fremde erklärte, die Regierung plane, eine Straße zu bauen, und zwar quer über das Land des Bauern. Für die Trasse müsse auch der Hügel abgetragen werden. Leslie hatte sich unter den Tisch zurückgezogen und zu spielen aufgehört. ›Oh je, damit kann doch nur der Kenninhügel gemeint sein‹, dachte sie entsetzt. Indes schien der Bauer dem Vorschlag des Fremden, das Land zu verkaufen, nicht abgeneigt zu sein. Das würde viel Geld einbringen, denn er sparte schon lange auf einen neuen Traktor, der stärker als sein alter sein sollte und einen Pflug mit zehn Scharen ziehen könnte. ›Wahrlich ein Panzer an Größe und Kraft!‹, schwärmte er in Gedanken. Leslie hingegen machte sich Sorgen um Filibus Platin und die anderen Kennin.

Sie musste Filibus unbedingt die Nachricht überbringen. Also sprang sie schnell auf und rannte aus dem Zimmer. Der Bauer sah ihr hinterher, lachte den Fremden an und scherzte:

»Da versteh' einer die Kinder. Erst spielen sie brav in ihrer Ecke. Dann springen sie auf und rennen irgendwohin, so dass man meinen könnte, sie hätten einen eiligen Termin.« Der Fremde schwieg; er grinste nur zustimmend und kramte in seiner Aktentasche. Das kleine Mädchen schien ihm völlig unwichtig. »Hier haben Sie schon mal den Vertrag. Denken Sie darüber nach. Ich komme in einer Woche wieder!« Er drückte dem Bauern die Hand und verließ die Wohnstube.

Leslie Marie erreichte den Kenninhügel gerade zu dem Zeitpunkt, als die große schwarze Limousine die Hofeinfahrt verließ. »Filibus!«, rief sie aufgeregt, »Filibus!«

»Gemach, gemach, kleine Marie, du weckst ja alle Zwerge auf!«, antwortete eine knorzende Stimme aus dem Gras.

»Filibus, ich muss dir ganz dringend etwas erzählen!«, japste Leslie, noch ganz außer Atem. »Mein Vater will euren Hügel verkaufen, damit dort eine Straße gebaut werden kann.«

»Was redest du für einen Unsinn! Wie kann man einen Hügel verkaufen? Wem gehört die Wolke da hinten? Verkaufst du mir das Gras, in dem ich gern liege?«

»Ich rede keinen Unsinn, Filibus. Ich sage dir: Wenn Vater den Hügel verkaufen will, dann macht er das.«

Filibus Platin schmauchte sein Pfeifchen: »Mmmhh, es riecht so schön nach Heu ...!«

Die Gelassenheit des Kennin machte Leslie ganz kribbelig: »Hast du eigentlich nicht begriffen, um was es hier geht?«

»Natürlich habe ich dich verstanden. Wenn irgendjemand etwas auf unseren Hügel baut, ohne dass wir damit einverstanden sind, dann kann er was erleben ...«, sagte der Wicht und grinste frech.

»Wie meinst du das?«

»Wart's nur ab!«, schloss Filibus.

»He, warte!«, rief Leslie, doch er war schon verschwunden.

KAPITEL 6

Die Autostraße

An einem Abend der darauffolgenden Woche säuselte der Wind sanft seine wogende Melodie durch die Wipfel des Buchenwaldes. Nicht weit vom Wald entfernt stand eine alte Linde, deren Blätter und Zweige in der leichten Brise auf und ab tanzten. An ihrem Fuß waren einige Feldmäuse damit beschäftigt, Eicheln zu vergraben. Das Hügelland leuchtete im warmen rötlichen Schein der untergehenden Sonne. Es war noch nicht so kalt, dass die Wildbienen und Hummeln in ihren Erdlöchern hätten verschwinden müssen. Auch der Löwenzahn und die Gänseblümchen hatten ihre Blütenkelche noch nicht zum Nachtschlaf geschlossen. Flaps, der Maulwurf, konnte keine Ruhe finden. Er schaufelte und grub emsig am neuen Hauptgang, der seine Futterkammer mit dem aufgeworfenen Erdhaufen verband. Das Gras der fetten Weiden und Wiesen erstrahlte in einem satten kräftigen Grün, denn Regen hatte es in letzter Zeit genug gegeben. Überall hopsten in den verblühten Zweigen des Besenginsters Zaunkönige umher und zwitscherten sich die neuesten Nachrichten zu. Unweit davon saß Tschipetto, der Wildkater. Sein buschiger Schwanz wedelte nervös, und Tschipetto beobachtete heißhungrigen Blickes das rege Treiben der Singvögel. So, wie es aussah, gab es für ihn heute Abend keine Chance auf eine leckere Mahlzeit. Das geschah ihm recht, denn er galt überall als schlimmer Herumtreiber und Räuber.

In der duftenden Luft über den von Blumen umsäumten Wegrändern tanzten noch einige versprengte Schmetterlinge, die sich fröhlich von der Abendsonne verabschieden wollten. Die letzten roten Sonnenstrahlen fielen auf die gebrannten Lehmziegel der Stalldächer des Gehöftes unten am Bachlauf, der in den Hofgraben mündete.

Mit kreischenden Reifen fuhr der große schwarze Wagen über die erst kürzlich befestigte Straße, die das Gut mit dem Dorf verband.

Die Kennin beobachteten missmutig, wie das Auto allmählich in der langgestreckten Kurve an der Böschung hinter dem Weizenfeld des Bauern verschwand. Buri Bautermann schaute noch lange in die Richtung, in der die Limousine wegfuhr. »Er wird unseren Hügel verkauft haben«, sagte er nach einiger Zeit mit ruhiger Stimme zu den umherstehenden anderen Zwergen. »Wir werden uns auf schwere Zeiten gefasst machen müssen«, und Wehmut klang in seiner Stimme. »Wir werden es nicht zulassen, dass die Menschen unseren Hügel zerstören!«, rief Terroderich Kohlenstein, ein lebhafter Zwerg, der die Menschen noch nie gemocht hatte. »Es wird schon nichts passieren«, meinte Filibus Platin. Doch ein unsicheres Zittern begleitete seine Worte. Es folgte ein bedrückendes, viel zu langes Schweigen innerhalb der Gruppe. »Wir werden einen Weg finden, unseren Weg …«, sagte Buri grüblerisch.

Es dauerte nicht lange und immer mehr Kennin versammelten sich um Buri Bautermann. Der Hügel schien übersät mit roten Zipfelmützen. Nun soll keiner meinen, dass diese Tatsache großes Aufsehen erregt hätte. Wahrlich, ganz und gar nicht, denn für Menschenaugen waren die Wichte ja unsichtbar. Alles redete und plapperte wild durcheinander, und erst als der alte bucklige Buri einen Baumstumpf bestieg und seinen Eichenstock erhob, wurde es ruhiger. Allmählich breitete sich eine Mischung aus Aufmerksamkeit und Spannung unter den Zwergen aus.

Alle Blicke waren auf Buri Bautermann gerichtet. Es kam nicht oft vor, dass eine außerordentliche Konferenz einberufen wurde. Aber diesmal schienen die Gründe gewichtig genug zu sein.

Als es gänzlich still geworden war, hub Buri zu sprechen an: »Liebe Freunde, ihr habt sicherlich vernommen, was sich in nächster Zeit bei uns ereignen soll. Unser Hügel wird der Geldgier und dem Zweckdenken der Menschen zum Opfer fallen. Sie wollen ihn abtragen und eine Straße für ihre stinkenden Vierradpferde an seine Stelle setzen. Was haben wir Kennin dazu zu sagen?«

Ein Tumult brach los. Ein jeder wollte etwas vortragen und seine Entrüstung kundtun.

Der alte Buri hob erneut seinen Eichenstock und fuhr dann fort: »Lasset zunächst hören, was der Ältestenrat dazu zu sagen hat.«

Da traten aus der Menge einige betagte Zwerge hervor, die sich gemäß alter Sitte zuerst an das Publikum wandten, um sich allen vorzustellen. Das war natürlich nur ein formeller Akt, denn ein jeder wusste, wer zum Ältestenrat der Zwerge gehörte. Zum Beispiel Laurin Lazuli, ein tollkühner Kämpfer, den alle liebten, weil er ein so reines Wesen besaß, aber auch einen kristallklaren, scharfen Verstand.

Als nächster war Thorgrimm von Granitgestein zu nennen, der aus einem niederen Albengeschlecht stammte, ein finster aussehender Geselle mit schwarzem Wams, einäugig, mit schwarzer Augenklappe, für einen Kennin beachtlich groß, ein regelrechter Hüne. Als einziger Zwerg des Hügels trug er stets ein Schwert an seiner Seite. War wohl seine dunkle Erscheinung daran schuld, dass man zweifelte, ob er sich tatsächlich mit Fleisch und Blut der Sache der Kennin verschrieben hatte?

Dritter im Rat war Lapis Excellis, vormaliger Hirte des Steins der Weisen. Er hielt die Verbindung zu den anderen Hügeln aufrecht und befand sich daher oft auf Reisen. Als Einziger war er gleichzeitig Mitglied im Ältestenrat zahlreicher anderer Kenninschaften.

Der vierte, und Jüngste im Rat, war Humanus Kreuzhard von Rosenhügel. Er hatte einen stillen Charakter und war vielen völlig unbekannt, vielleicht auch deshalb, weil er keinen typischen Zwergennamen trug.

Der fünfte, Buri Bautermann, ist uns bekannt. Der sechste war Balduin, der Hexer. Eigentlich hieß er Balduin

Hexagramm von Tintagel und hatte irgendwann etwas mit König Artus, dem Zauberer Merlin und den Rittern der Tafelrunde zu tun gehabt. Aber Genaueres wusste keiner.

Den letzten der Sieben Zwerge im Ältestenrat nannte man Wiegand, der war Schmied.

Sieben unterschiedliche Charaktere unterschiedlicher Herkunft und unterschiedlicher Begabung. Aus dem Kreise der Sieben ergriff Thorgrimm von Granitgestein als erster das Wort: »Wir müssen dem Ansinnen der Menschen entgegentreten. Sobald sie damit anfangen, unseren Hügel abzutragen, müssen wir ihre Schaufeln und Spitzhacken außer Gefecht setzen.« Schaufeln und Spitzhacken! Es schien, als hätten die Kennin noch nichts von Radladern und Raupenschleppern gehört.

»Ja, das wäre eine Möglichkeit«, sinnierte Laurin Lazuli.

»Das Problem ist nur: Sie werden sich ganz schnell wieder neue Gerätschaften besorgen«, warf Wiegand, der Schmied, ein.

»Können wir dem Bauern nicht etwas Gold aus unserem Gorgonenschatz geben, damit er den Hügel nicht an den dunklen Mann im Nadelstreifenanzug verkauft?«, rief Filibus Platin aus der Menge fragend in die Runde.

»Vielleicht ist es besser fortzugehen« sprach Buri Bautermann mit nachdenklicher Miene.

»Möglicherweise, mein lieber Buri, hast du recht«, pflichtete Lapis Excellis ihm bei. »Vielleicht ist es wirklich besser. Die Menschen werden immer mächtiger. Es sind schon viele unserer Stämme auf der Flucht vor ihnen, weil wir ihrer Macht und Bosheit nichts entgegensetzen können.«

»Wir sollen kampflos das Feld räumen? Niemals!«, donnerte Thorgrimm von Granitgestein grimmig dazwischen.

»Lasset uns versuchen, uns zu wehren«, stimmte Balduin von Tintagel dem düsteren Recken zu. »Ich werde meine ganzen Zauberkünste einbringen.«

»Ja, ja, lasset es uns versuchen!«, riefen auch die anderen der Sieben.

Nur einer aus dem Rat der Ältesten, Humanus Kreuzhard von Rosenhügel, schwieg, wie schon so manches Mal bei anderen wichtigen Entscheidungen. Niemand beachtete sein sorgenvolles Gesicht. Er hielt grundsätzlich nichts davon, Konflikte mit Gewalt zu lösen. ›Wir werden ja sehen ...‹, dachte er nur still bei sich.

»Hurra!«, johlte die Schar. »Wir werden es den Menschen schon zeigen!«

Mit dieser Entscheidung war die Konferenz beendet. In kleinen Grüppchen verließ die Menge nach und nach den Hügel. Eifrig, nach Art der Kennin, diskutierten noch viele das Für und Wider der getroffenen Entscheidung. Nur der Rat der Ältesten verweilte noch eine Zeitlang, um weitere Schritte zu besprechen. Sie beschlossen, erst einmal abzuwarten, was geschehen würde, weiterhin wachsam zu sein und den Bauernhof gut im Auge zu behalten. Erst dann könne man genau beschließen, was zu tun sei.

So gingen mehrere Wochen ohne eine Veränderung ins Land.

Im Morgengrauen eines herrlichen Frühlingstages standen am lodernden Feuer Wiegand, der Schmied, und Thorgrimm von Granitgestein, der bei ihm eine Streitaxt in Auftrag gegeben hatte. Wiegands Schmiede befand sich über dem Vorsprung eines Felsplate aus, versteckt hinter dichten Haselsträuchern und sperrigem Schlehengebüsch. Ein kleiner Spalt im Gestrüpp gab den Blick hinunter ins Tal auf den Bauernhof frei. Die Nebelschwaden über den Wiesen lösten sich bereits, aber noch immer hingen dicke Tautropfen an den Halmspitzen der Gräser. Eine dicke Kreuzspinne hatte ihr Netz im verwilderten Apfelbaum neben dem halb verfallenen Getreidespeicher des Bauern kunstvoll gewoben. Still saß sie da und betrachtete aufmerksam ein unglückliches Tagpfauenauge, welches sich fatalerweise in ihrem Netz verfangen hatte. Gleich links hinter dem Getreidespeicher, dort, wo der Hofgraben begann, lag der Biber Ben und hielt ein Nickerchen. Libero, die blaumetallicfarbene Libelle, war gerade zu ihrem allmorgendlichen Erkundungsflug aufgebrochen, als sich eine große Lastwagenkolonne langsam dem Bauernhof näherte. Während die Libelle keine Notiz davon nahm, bemerkten Thorgrimm und Wiegand die Ungetüme sofort. Sie unterbrachen ihre Arbeit, eilten flugs zu dem Gestrüpp, schoben die Äste beiseite und beobachteten die

Vorgänge. Die Lastwagen hatten große Baumaschinen geladen, und eine Gruppe Arbeiter begab sich sogleich an die Tieflader, um die schweren Bagger und Raupenschlepper aus ihren Verankerungen zu befreien. Immer neue Zugmaschinen fuhren vor und luden ihre Ladung ab. Bauzäune wurden errichtet und Asphaltmaschinen abgeladen. Sorgenvoll beobachteten die beiden Winzlinge das Treiben. »Es ist soweit«, stellte Thorgrimm sachlich fest. »Wir müssen sofort die anderen verständigen. Ruf du Balduin herbei. Er soll sich schnell etwas einfallen lassen. Ich werde den Ältestenrat benachrichtigen.« Die beiden liefen auseinander. Balduin und Wiegand standen schon vor dem Eingang der Schmiede, als Thorgrimm mit den anderen des Rates eintraf.

»Was zum Teufel machen wir denn jetzt?«, wetterte Laurin aufgebracht und schaute sich in der Runde um.

»Wir werden ihnen die Arbeit zunichte machen«, antwortete Balduin kämpferisch.

»Und auf welche Weise sollen wir das anstellen?«, frug Buri Bautermann.

»Wir werden es so bewerkstelligen, wie es unserer Art entspricht. Unser Element sind die Schätze des Bodens, die Gesteine, Salze, Erze und letztendlich auch das Erdöl. Ihre Maschinen füttern sie zum Beispiel mit diesem Öl. Ich werde das Öl mit meiner Zauberkraft so verdünnen, dass ihre Maschinen Bauchschmerzen bekommen«, sprach Balduin, der Hexer. Die anderen Zwerge nickten zustimmend. Und Lapis Excellis sagte: »Nur zu, Balduin, versuche dein Glück!«

Was in den nächsten Tagen folgte, konnte aus Sicht der leitenden Ingenieure der Straßenbaufirma nicht anders als eine unglückliche Verkettung von Zufällen gedeutet werden. Als erstes fielen zwei Radlader aus, beide mit schwerem Maschinenschaden. Bei einem Lastwagen brach die Kurbelwelle. Wiegand, der Schmied, hatte das Eisen der Welle mürbe gemacht. Ein Vorarbeiter brach sich einen Arm. Thorgrimm hatte ihn auf einem glitschigen Stein ausrutschen lassen.

Doch all diese Vorkommnisse hielten den Bau der Trasse nicht auf, obwohl die Zwerge sich größte Mühe gaben, den weiteren Verlauf der Arbeiten zu verhindern. Allein, es half nichts. Buri Bautermann versorgte die Baustellenarbeiter des

Nachts, während sie schliefen, mit den wüstesten Alpträumen. Ungeheuer und Kobolde, Hexen und Teufel jagte er in die Köpfe der leitenden Angestellten. Auch von bösen Vorahnungen machte er kräftigen Gebrauch. Indes, all das nützte nichts. Die Leute ließen sich einfach nicht beirren.

Balduin von Tintagel ließ die Maschinen der Baufirmen ungewöhnlich schnell rosten, viel, viel schneller, als es normalerweise der Fall sein konnte. Aber was taten die Menschen? Sie entfernten den Rost und strichen alle betroffenen Eisenteile mit Schutzfarbe an. Balduin stampfte auf die Erde. Er war außer sich, dass man sich einfach über seine glanzvollen Zaubertricks hinwegsetzte, und das ausgerechnet noch mit so einer blödsinnigen Farbe. Er war zutiefst gekränkt. Schon nach einer Woche wurde eine neue Lagebesprechung einberufen. Die Einladung erging aber nur an den Rat der Sieben. Jeder bekam durch einen gewählten Boten, in diesem Fall Basilius Karfunkelstein als schnellsten Läufer unter den Kennin, einen Halbedelstein übersandt. Auf dem Stein stand in Planetenschrift, die nur durch Wichtelaugen in einer sternklaren Nacht zu entziffern war, die Nachricht:

Dringlichkeitssitzung am Kenninstein
Zu den drei Eichen
Zur Zeit des nächsten Vollmondes.
Um vollständiges Erscheinen wird gebeten.
Der Vorsitzende des Rates der Sieben

Jedes größere Zwergenvolk hatte seinen Versammlungsplatz – Dwarl-, Dwarfen-, Kenninstein. Er galt als Urteils- und Richtstätte zur Bestrafung von Verbrechern, aber auch als Tanzplatz bei feierlichen Veranstaltungen.

Es war eine klirrend kalte Sternennacht. Der Mond stand in fahlem, nebligem Licht über den knorrigen Kronen der drei ungewöhnlich großen Eichen. Man nannte sie auch »Die Eichen zu den drei Frauen« oder »Zu den drei Nornen«, weil an dieser Stelle einst der Kultplatz einer längst vergessenen Naturreligion der Menschen lag. An der Felswand des Kenninsteins wie auch an den Stämmen der drei alten Bäume loderten zwölf Pechfackeln im raunenden Wind der Nacht. Aus verschiedenen Richtungen huschten die Mitglieder des

Ältestenrates durch die Nacht auf den Felsen zu. Wie nach Zwergenart üblich, tauschte man zunächst Nachrichten aus. Dann nahmen die Sieben im Kreis Platz. Diesmal übernahm Lapis Excellis die Leitung der Konferenz. Er wurde dazu bestimmt, weil er der Weiseste aller Ratsmitglieder war. Schließlich hatte er lang genug den Stein der Weisen gehütet. Er räusperte sich und sprach:

»Ihr alle wisst, warum wir uns heute an diesem Ort versammelt haben.« Lapis Excellis hob seine buschigen Augenbrauen und schaute mit ernster, bedächtiger Miene in die Runde der Ratsmitglieder. Seine Haltung war gebeugt, als habe er eine schwere Last zu tragen. Aber seine Stimme klang ruhig, fest und entschlossen: »Es ist an der Zeit, dass wir nachdenken. Der Hügel, der seit unermesslichen Zeiten unserem Volke als Wohnstatt und Lebensraum diente, befindet sich nun zum ersten Male in ernster Gefahr. Die Menschen wollen ihn abtragen, um eine Straße für ihre stinkenden Vierradpferde hindurchzubauen.« Er hielt inne und blickte wieder in die Runde. »Unglaublich!« Er rollte die Augen und schüttelte verständnislos sein greises Haupt.

»Hätte mir vor Urzeiten ein lebendiges Wesen gesagt: ›Sieh her, der Hügel dort; ich werde ihn abtragen und woanders wieder aufhäufen‹, glaubt mir, ich hätte dieses Wesen für verrückt erklärt. Und es ist in der Tat zu fragen, ob die Menschen wohl wirklich noch bei Trost sind.«

Ein zustimmendes Raunen durchlief die Runde. Lapis Excellis schaute sich um. Alle Blicke waren auf ihn gerichtet. Er fuhr fort: »Nun haben wir ja bei der letzten Versammlung beschlossen, uns gegen die Menschen zur Wehr zu setzen. Was ist dabei herausgekommen? Mein lieber Buri Bautermann, hast du Erfolg gehabt?«

Mit hängenden Schultern und müdem Gesicht schüttelte dieser den Kopf: »Nein, ehrwürdiger Lapis Excellis, mir war kein Erfolg beschieden. Ich habe den nachtschlafenden Menschen die furchtbarsten Träume mit bösen Ahnungen geschickt. Aber nichts hat es zu bewirken vermocht. All das hat sie nicht von ihrem Vorhaben abhalten können.«

»Und du, Wiegand, der du der beste Schmied aller Stämme bist, was hast du erreicht?«

Wiegand schaute beschämt zu Boden. Er hatte immer und immer wieder das Material, aus dem die Baumaschinen gefertigt waren, spröde werden lassen, so dass es oft zu schweren Totalausfällen kam. Aber auch er war erfolglos geblieben. Die Techniker hatten sich stets sofort an die Reparatur der Geräte gemacht, oder es wurden einfach neue Apparate herangeschafft.

Auch die anderen Zwerge schwiegen. Die Stimmung erreichte ihren Tiefpunkt. Schließlich durchbrach Thorgrimm von Granitgestein die beklemmende Stille. Seine Stimme rollte wie ein Donner über die Waldlichtung am Zwergenstein: »Nichts haben wir ausrichten können! Ich habe den Arbeitern Stolpersteine vor die Füße geworfen, sie auf glitschigem Boden ausrutschen lassen.

Hört nur, ich habe alles Unglück über sie gebracht, welches Menschen von uns Kennin zugefügt werden kann. Doch fiel ein Helfer der Baukolonne aus, so stand kurze Zeit später ein anderer an seinem Platz. So geht das nicht weiter! Und nun seht, wie weit sie schon mit ihrer Baustelle gekommen sind. In spätestens zwei Tagen stehen sie vor unserem Hügel. Wenn wir jetzt keine Entscheidung treffen, wird das Schicksal unseres Volkes besiegelt sein!«

Betroffen schauten sie sich an. Es gab eine Lösung, das wussten sie alle. Doch keiner traute sich, diese letzte noch verbleibende Möglichkeit auszusprechen.

Endlich aber fasste sich Lapis Excellis ein Herz: »Liebe Freunde! Liebe Freunde! Die Menschen sind einfältig geworden.« Das schlohweiße Haupthaar des Zwerges schimmerte wie Perlmutt im Nebel des fahlen Mondlichtes. »Es gab Zeiten, in denen die Menschen mit der Natur umgingen, so wie wir es von jeher taten. Unsere Herzen schlummerten in den tiefen Höhlen der Erzgebirge. Unsere Ohren lauschten dem sanften Nachtwind, der zart die Blätter der Bäume bewegte. Wir Kennin spüren bis heute das stetig langsame Auf und Nieder der Saftströme in den tiefen ewigen Wäldern des Koselgebirges. Die Menschen von einst verstanden den Ruf des Bergadlers. Sie verstanden auch den Wortschwall der rauschenden Flüsse und Wildwasser, die schäumend über die nackten, abgeschliffenen Felsvorsprünge tief unten in den

Drachenschluchten hinwegjagten. Auch konnten die Menschen die Bedeutung des Knacken und Knisterns im Astwerk der Erlenbruchwälder deuten, drunten in der Tiefebene, wo heute die Hexe Knurz ihr Unwesen treibt. Heute jedoch führen sich die Menschen auf, als seien sie Götter unter den sterblichen Wesen. Doch in Wirklichkeit ist ihr Verhalten nichts anderes als das einer fetten Ziege, die alles abfrisst und dann weiterzieht und nur öde abgegraste Steppe hinter sich lässt, in der kein Waldkauz mehr leben kann. Eine karge Einöde, in der der Schrei des Auerhahns verstummt und selbst das flinke Eichhörnchen keine Nahrung mehr findet. Der Mensch verhält sich wie ein Kind, das sein Spielzeug zerstört, um hinterher noch mit den Scherben zu spielen. Aber nur wirkliche Kinder sind unschuldig!

Wer für eine Vierradpferdetrasse einen Wald abschlägt, und wenn dadurch Reh und Eichelhäher ihr Leben einbüßen, wer Kenninhügel seinen Straßen opfert, der wird eines Tages, vielleicht zu spät, erkennen, dass er ohne das Reh, den Eichelhäher und die Naturgeister nicht leben kann. Liebe Freunde«, Wehmut klang in Lapis Excellis' Stimme, »ich habe in all den vergangenen Jahren viele Dwarfenhügel besucht, und überall machen sich Menschen derartig breit, dass wir keinen Platz mehr haben, um unser Leben zu leben. Oh, meine Freunde, wisst ihr überhaupt, dass viele Stämme bereits alles hinter sich gelassen haben? Glaubt nur nicht, man hätte nicht auch dort versucht, die Menschen von ihren Taten abzuhalten. Nichts, wirklich nichts hat es bewirkt. So hört denn meinen Rat. Es gibt nur einen Ausweg: Wir müssen uns eine neue Heimat suchen! Wir müssen fort von hier!«

Jetzt war es endlich ausgesprochen. Die sechs starrten Lapis Excellis an, als wäre der Leibhaftige in ihn gefahren. Sie waren entsetzt. Und sie wussten: Er hatte recht. Laurin Lazuli, der sich als erster wieder gefangen hatte, frug zögerlich in die Stille hinein: »Wenn es so ist, ich meine, wenn es nicht anders geht, wohin sollen wir denn gehen?«

Lapis Excellis warf Humanus Kreuzhard von Rosenhügel einen vielsagenden Blick zu. Dieser verstand: »Ich habe auch schon an die Möglichkeit gedacht fortzuziehen. Und ich weiß auch schon, wohin wir ziehen können. Wie die Dinge liegen, gibt es nur eine Möglichkeit: in den hohen Norden, in das sagenumwobene Land Truksvalin, dorthin, woher unser Geschlecht stammt.«

Er zog eine Landkarte aus seinem Leinensack und breitete sie auf der Steinplatte in der Mitte des Versammlungsplatzes aus. Jeder der Sieben nahm eine Pechfackel von der Felswand und suchte einen geeigneten Platz, um die Karte besser sehen zu können.

Lapis Excellis erläuterte: »Seht! Dort liegt Truksvalin, das Ziel unserer Wanderung.« Er deutete mit seinem Zeigefinger auf eine Stelle oben in der Karte. Lapis' Augen funkelten in der Dunkelheit.

»Truksvalin ...« Laurin Lazuli dachte nach. »Warum ausgerechnet Truksvalin?«

»Weil die Menschen dort keinen Einfluss haben und auch nie dort hingelangen können«, gab Lapis Excellis zur Antwort.

»Außerdem«, ergänzte Humanus Kreuzhard von Rosenhügel, »ist es das Reich des Albenkönigs Ferroderich, des mächtigsten aller Zwerge.«

»Wir müssen Ferroderich benachrichtigen, dass wir kommen«, brummte Thorgrimm von Granitgestein.

»Ich habe eine Idee«, sagte Balduin von Tintagel, »ihr kennt doch alle unseren Kameraden Zirkon. Der besitzt eine Krähe, Hildisvin heißt sie, glaube ich. Zirkon könnte ihn auf die Reise schicken, um Ferroderich die Nachricht zu überbringen.«

»Eine guter Gedanke«, stellte Lapis Excellis fest, »würdest du das übernehmen, Balduin?«

»Ja, ich werde mich darum kümmern.«

»Es gibt noch etwas Wichtiges zu bedenken!«, rief Thorgrimm von Granitgestein. »Stellt euch das mal nicht so leicht vor. So einfach kommt man nicht nach Truksvalin. Erst gilt es, das Hügelland zu durchqueren. Dann müssen wir durch das Uruselmoor und über das Koselgebirge nach Tharkblith, der Menschenstadt. Von dort aus gibt es nur einen Weg nach Truksvalin, und der ist sehr gefährlich. Er führt durch die Gärten der Riesen und die Schädelsteinhöhlen direkt ins Reich des Pogolchs, wobei zu bemerken ist, dass die Schädelsteinhöhlen von dem furchtbaren Drachen Nekrophilius Atomasio bewacht werden. Und das Reich des Pogolchs ist wohl das Schlimmste, was uns dann erwartet. Erst dahinter liegt Truksvalin, das Reich des Königs Ferroderich.«

»Das klingt ja nicht gerade ermutigend«, sprach Wiegand, der Schmied, »doch wir sollten trotzdem das Wagnis eingehen. Wir haben keine andere Wahl. Die Zeit drängt! Laßt uns den langen Weg antreten.« Die anderen nickten zustimmend. Somit wurde beschlossen, was unabänderlich war: der Aufbruch in eine ungewisse Zukunft.

Die Sieben saßen noch lange beisammen in jener Nacht. Sie beratschlagten, was in den nächsten Tagen zu tun sei. Das Feuer war längst heruntergebrannt. Aber noch glomm die heiße Glut dunkelrot. Erst als ein starker Wind aufkam und schwere dunkle Wolken über das Land trieb, erlosch das große Ratsfeuer endgültig, und die Zwerge begaben sich einer nach dem anderen auf den Heimweg.

KAPITEL 7

Aufbruch

Schnell verbreitete sich die Nachricht im ganzen Kenninhügel. Auch den Tieren in der Nachbarschaft blieben die Veränderungen nicht verborgen. Filibus Platin saß in sich zusammengesunken in seiner Höhle und dachte an Leslie Marie und die Gans Agathe. Wie sollte er ihnen die Neuigkeiten nur beibringen? Die Zeit verstrich viel zu schnell, wie er empfand. Er musste etwas unternehmen, setzte sein rotes Zipfelmützchen auf und machte sich eilends auf den Weg zum Bauernhof. Unterwegs fiel ihm ein, dass er gar kein Abschiedsgeschenk für Leslie Marie hatte. Für einen Augenblick hielt er inne und dachte nach. ›Ja, ich werde Leslie Marie mein Wunschkästchen schenken.‹

Er lief noch einmal zurück und kramte in der Eichentruhe, welche in der Diele seiner geräumigen Höhle stand. Schließlich fand er, unten auf dem Grund, ein verstaubtes Kästchen. Mit einem Lappen entfernte er den Staub, bis es wieder so sauber blitzte, als wäre es eben erst angefertigt worden. Er brauchte das Kästchen nicht mehr, denn mittlerweile konnte er alles selbst herbeizaubern. Jeder Kennin, der etwas auf sich hielt, musste diese Kunst beherrschen. Filibus hatte sie von seinem Großvater Citrin Chrysokoll Hammerstein gelernt. Das Geschenk für Leslie Marie verschaffte ihm gute Laune, auch wenn er mit Schmerzen an den Abschied dachte.

Eilig verließ er seine Höhle und rannte auf den Waldrand zu. Von dort aus nahm er den direkten Weg zum Gehöft.

Natürlich kam er nicht umhin, auch am Staudamm des Bibers Ben vorbeizulaufen. Dieser war mal wieder dabei, das Stauwehr zu überprüfen. Als ihm Filibus Platin plötzlich über den Weg lief, rief er erfreut: »Ich grüße dich, kleiner Mann, was gibt es Neues auf dem Urmelsfeld?« So nannte man das Land mit dem Kenninhügel.

»Ach!«, seufzte Filibus traurig. »Wir müssen fort von hier. Wir werden vertrieben. Die Menschen wollen eine Straße quer durch unsere Heimat und über unseren Hügel bauen.«

»Das ist ja furchtbar!«, empörte sich Ben. »Und ihr wollt wirklich alle fort?«

»Was bleibt uns anderes übrig?«, antwortete Filibus Platin.

»Ja, die Menschen sind wirklich sehr böse geworden. Sie haben erst kürzlich zum zweiten Male meinen Staudamm zerstört. Ich weiß auch nicht, wie das noch enden soll«, schloss Ben nachdenklich und schüttelte sich das Wasser aus dem Pelz. »Jedenfalls wünsche ich dir und deinen Freunden eine gute Zukunft, was auch immer geschehen mag.«

»Vielen Dank, lieber Ben! Auch ich wünsche dir alles Gute!«, sagte Filibus Platin und klopfte dem Biber freundschaftlich auf die Schulter.

Er sprang über den Gartenzaun, rannte den Kiesweg entlang bis hin zum kleinen Duftgarten, den Leslie Maries Vater für sein Töchterchen angelegt hatte. Und dort saß auch schon auf der violett gestrichenen Holzbank seine kleine Freundin.

Filibus konnte gut verstehen, dass sich das Mädchen hier wohlfühlte. Von Duftpelargonien, Clematis und Magnolien ging ein angenehmer Geruch aus. Am liebsten mochte Leslie die Blumen, die weißlich-gelb vom Boden empor schimmerten und ein so wunderbares ätherisches Öl verströmten, dass die ganze Luft ringsum davon erfüllt war. Sie und der Zwerg atmeten den Duft der unscheinbaren, zierlichen Kamillenblüten für ihr Leben gern.

Leslie hatte ganz vorsichtig ein Pflänzchen ausgegraben und vor sich auf ein Tüchlein gelegt, das sie mit in ihr

Schlafzimmer nehmen wollte. Als sie den Wichtelmann wahrnahm, strahlte sie, setzte die Blume behutsam zur Seite und klatschte vor Freude in die Hände.

»Hallo, Filibus!«

»Hallo, Leslie Marie! Was machst du denn so?«, erkundigte sich der Zwerg.

»Das siehst du doch!«, antwortete das Mädchen.

»Pflückst du Trockenblumen, oder genießt du den Duft des kriechenden Günsels?«

»Der duftet doch nicht!«, antwortete Leslie.

»Oh doch! Es kommt nur darauf an, wie fein deine Nase ist.«

»Ja, da könntest du Recht haben«, erwiderte Leslie Marie und wurde nachdenklich. »Komm mit, lass uns etwas durch den Garten spazieren gehen!«

»Oh ja!« Filibus hüpfte mit seinem Hinterteil mitten auf ein dichtes Polster aus Heidekraut. »Wahrlich brav gelandet!«, juxte er verzückt.

Er schien für wenige Momente die Trauer, seine kleine Freundin verlassen zu müssen, vergessen zu haben. Er genoss es sichtlich, mit Leslie Marie herumzutollen. Die Menschenkinder hatten etwas Unbekümmertes und Reines, das ihn anzog. Zwerge wie er konnten sich gut auf sie einlassen. Die erwachsenen Menschen waren da doch ganz anders. Sie kamen ihm linkisch vor. Besonders Leslie Maries Vater zählte zu dieser Sorte. Die älteren Menschen konnten nicht spontan sein. Sie gaben vor, stets alles im Griff zu haben. Anscheinend konnten sie sich nur über etwas freuen, das sie Geld nannten. Filibus war lange Zeit sehr neugierig gewesen, um was es sich wohl dabei handeln würde. Etwas Buntes, gar sehr Hübsches hatte er sich immer darunter vorgestellt, so etwas wie einen blinkenden Edelstein oder eine schöne Blume. Und so überraschte es ihn um so mehr, dass Leslie Marie ihm eines Tages so ein »Geld« mitbrachte.

»Da, schau her, das ist Münzgeld«, hatte sie gesagt. Seine Verwunderung darüber war sehr groß gewesen. Es handelte sich um ein einfaches Stück Nickel mit dem Relief eines alten Mannes darauf, abgegriffen und überhaupt nicht schön. Filibus hatte verständnislos den Kopf geschüttelt.

»Und das ist Papiergeld, es hat viel mehr Wert«, hatte Leslie hinzugefügt und ihm ein bedrucktes Stück Papier gezeigt.

»Weil es sich im Regen auflöst und es nur ganz wenig davon gibt?«, hatte er gefragt.

»Oh, das ist nicht so schlimm. Wenn es unbrauchbar ist, wird einfach neues gedruckt.«

»Dann kann es doch nicht wertvoller sein, denn Nickel gibt es nur in begrenzter Menge in der Erde. Papier dagegen wird aus Holz gemacht, und das wächst ja immer wieder nach«, hatte der Kennin eigensinnig gemurmelt. Und dass man etwas mit diesem Geld »kaufen« konnte, sogar Land oder gar Pflanzen, das ging Filibus bis heute nicht in den Kopf. Deshalb konnte er die erwachsenen Menschen nicht verstehen. Für ihn zählten nur Erde, Steine, Blumen, Käfer, seine kleine Welt und natürlich seine Freundin Leslie Marie. Und die musste er jetzt verlassen – dessen wurde er sich plötzlich wieder bewusst.

»Leslie, lass uns aufhören!«, rief er, nachdem sie sich schon einige Zeit Rosskastanien zugeworfen hatten. Er hatte auf einmal keine Lust mehr zu spielen, setzte sich auf einen Stein, schaute in die Ferne und schwieg. Leslie Marie kam auf ihn zugelaufen und hockte sich neben ihn. Stets zeigte sie Verständnis für die Eigenarten des Kennin.

Nach einer Weile, Leslie Marie kam es wie eine Unendlichkeit vor, begann Filibus, ein altes Zwergenlied zu summen.

Ich mag dich, du
Ich mag dich, du
Mond und Sonne schauen zu
Aber der Geist des Windes, des Feuers und des Wassers
treibt dich fort im Nu
Der Ruf des Schicksals gibt nicht Ruh
Und nur der Geist der Erde weiß warum, wozu
Ich stehe hier und dort du
Ich mag dich, du,
aber ich muss fort im Nu, fort im Nu

Es schien Leslie Marie, als wäre Filibus schon längst nicht mehr bei ihr, sondern irgendwo weit weg in seiner fernen

Wichtelwelt. Sie spürte seine unglaublich tiefe Trauer und ahnte, dass etwas geschehen war. Langsam klarte der entrückte Blick des Kleinen auf. Er schaute seine Freundin an und sprach: »Ich muss jetzt gehen. Wir werden uns vielleicht nie wiedersehen. Ich wünschte, alle wären wie du, dann müssten wir nicht fortziehen. Doch nun ist es so gekommen, wie es gekommen ist. Die Geldgier hat den Verstand der Menschen völlig benebelt. Für uns ist kein Platz mehr in eurer Welt. Wir müssen weg von hier.«

Das Mädchen blickte Filibus traurig in die Augen: »Und wohin wollt ihr gehen?«

»Das wissen wir noch nicht genau, vermutlich nach Truksvalin, wo König Ferroderich residiert.«

»Kann ich dich da vielleicht mal besuchen, lieber Filibus?«

»Das wird wohl kaum möglich sein, denn erstens ist es sehr weit weg. Zweitens ist den Menschen der Zutritt ins Albenreich strengstens untersagt. Selbst gütige kleine Mädchen wie du dürfen dort leider nicht hinein.«

Nun holte er das Wunschkästchen hervor und reichte es Leslie Marie hin. »Bitte nimm dieses Kästchen und bewahre es als Andenken. Noch bist du zu jung, um zu erkennen, welche Bewandtnis es mit ihm hat. Aber eines Tages wirst du in deinem Herzen fühlen, dass es Zeit ist es zu öffnen.« Er nahm die Freundin, so gut er konnte, in den Arm und drückte sie zum Abschied. Dann schritt er davon. Ohne sich noch mal umzublicken, verschwand er im Gestrüpp zwischen der Kastanie und der hohen Linde, gleich dort, wo der Garten aufhörte. Leslie Marie stand noch lange da und blickte ihm traurig und gedankenverloren nach.

In den Kenninhügel zurückgekehrt, bemerkte Filibus sofort die Unruhe. Überall lief man geschäftig hin und her. Wo er auch hinschaute, gewahrte er heftiges Gestikulieren mit dem zwergentypischen Geplapper und Geschnatter. Er kam auf dem Weg zu seinem Kämmerlein an einer alten Frau vorbei, die gerade dabei war, ihr Bündel zu schnüren, und stolperte dann über Thorgrimm von Granitgestein, der, über eine schmale Holztruhe gebeugt, in alten verstaubten Landkarten herumstöberte. Dabei fiel er kopfüber in die Truhe und versank in einer großen Wolke aus Staub und Spinnweben. »Potzblitz!« Thorgrimm hustete ärgerlich. »So pass doch auf?« – »Entschuldige, ehrwürdiger Thorgrimm, ich habe dich schlichtweg übersehen.« – »Komm mir nicht mit solchen Sprüchen«, schimpfte der düstere Geselle, »siehst du nicht, dass ich hier arbeite? Und überhaupt, warum hast du denn dein Bündel noch nicht geschnürt?«

Filibus wusste, dass es klüger war, sich besser nicht mit Thorgrimm von Granitgestein anzulegen. Darum verneigte er sich nur kurz und murmelte, es solle nicht wieder vorkommen. Kurze Zeit später schlug er seine Kammertür hinter sich zu und stieß einen tiefen Seufzer aus. ›Welch ein turbulenter Tag‹, dachte er still bei sich. Aber kaum war er zur Ruhe gekommen, hörte er im Gang vor seiner Tür heftiges Fußgetrappel und die laute krächzende Stimme des Rufers, des Boten des Rates, der immer dann auftrat, wenn wichtige Beschlüsse dem Volk unter dem Hügel bekanntgemacht werden sollten. Und schon streckte der Rufer seinen Kopf zur Tür herein und sagte seinen Spruch auf:

Ich soll euch künden vom Rate die Mär,
Der Kenninhügel schützt uns nicht mehr.
Drum zaudert nicht und fanget gleich an,
Schon morgen beginnt der Kennin langer Gang.
Wenn wir nicht aufbrechen im Morgenrot,
Sind bald alle Kennin tot!

Peng! Die Tür schlug wieder zu. ›Der alte Windbläser!‹, dachte Filibus knurrig, ›ob wir nun im Morgenrot oder später aufbrechen – was macht das schon.‹ Filibus Platin war nämlich Langschläfer und mochte überhaupt nicht früh aufstehen. Er sah sich in seinem Zimmer um. Wie das wohl alles in zusammengepacktem Zustand aussähe?

Vor allem die selbstgeschmiedeten Werkzeuge und Waffen lagen ihm besonders am Herzen. Um nichts in der Welt würde er sich davon trennen. Doch andererseits konnte er nicht alles mit sich schleppen. Dafür war sein Rücken nicht breit genug und seine Kraft nicht ausreichend. Missmutig stöberte er in den Sachen herum und sortierte mal dies, mal jenes aus. Dies tat er so lange, bis er das ihm Wichtigste in seinem großen Lederrucksack verstaut bekam. »Auf Wiedersehen, geliebtes Zimmer«, sprach er leise, bevor er die Tür hinter sich schloss. Draußen im Gang standen Bündel und Koffer herum, manche waren auch schon fest auf Bollerwagen verschnürt oder auf Karren gepackt.

Eine junge Mutter trug ihr Kleines eingehüllt in einem Tuch auf dem Rücken. Das Kind, welches schon die ersten Bartstoppeln bekam, blickte scheu zu Filibus herüber.

Er warf ihm und der Mutter einen aufmunternden Blick zu. Dann begab er sich zum Sammelplatz am Kenninstein zu den drei Nornen.

Dichte Nebelschwaden krochen über den mit feuchtem Laub bedeckten Boden. Dicke Tautropfen glitzerten an den Grashalmen der mit Reif überzogenen Waldlichtung. Noch war es recht dunkel. Nebelfetzen zogen sich aber auch durch die Kronen der Tannen und Fichten. Überall um die Versammlungsstätte herum loderten zuckend die Pechfackeln, so als erwartete keiner der Anwesenden die aufkommende Röte der Morgensonne. War es denn so früh, dass keiner der Waldbewohner bereits aufgestanden war? Nein, Grumbart, der Maulwurf, hob schon eifrig Hügel aus. Er war morgens immer unter den Ersten. Denn unter der Erde herrschte ja Dunkelheit, und da kam er schon mal mit Tag und Nacht durcheinander.

Auch Flaps, der Maulwurf von der anderen Seite der Lichtung, scharrte emsig an einem neuen Gang, der zu Grumbarts Höhlensystem führen sollte. Er hatte sich mit seinem Nachbarn darauf geeinigt, ein Jagdrevier aufzubauen, das von beiden Maulwürfen gleichzeitig genutzt werden sollte.

Ansonsten lag Stille auf dem Hügel und der Lichtung. Von irgendwoher vernahm man das unheimliche Kreischen einer Schleiereule. Löwenzahn und auch Gänseblümchen hatten ihre Blüten noch verschlossen; auch sie warteten auf die ersten Sonnenstrahlen. War es wirklich so ruhig an diesem Morgen? Nein, in der Ferne vernahm man das aufheulende Brummen einer Motorsäge – die Waldarbeiter hatten schon früh mit ihrer Arbeit begonnen.

Ob sie bereits Bäume fällten, um Platz für die Straße zu schaffen? Keiner der Anwesenden vermochte das zu beantworten. Einige Kennin sah man oberhalb des Kenninsteins in den Bäumen herumklettern. Sie schnitten Mistelzweige, die sie zum Verjagen von Trollen und anderen unliebsamen Gesellen benötigten. Die Mistel bekam ihre geheime Zauberkraft nur, wenn sie kurz vor dem Sonnenaufgang geschnitten wurde.

Plötzlich erschien der Rufer auf der Waldlichtung. Er trug ein großes geschwungenes Krummhorn unter seinem Arm, das er nun in die Hand nahm. Er blickte um sich, als wolle er prüfen, ob dieser Platz auch geeignet war, sein Vorhaben in der rechten Weise durchzuführen. Nach kurzem Zögern setzte er das Mundstück an die Lippen, holte tief Luft und stieß einen kräftigen Stoß in sein Horn. Ein lauter, langgezogener, tiefer sonorer Ton entwand sich dem Instrument. Nur von den Zwergen wahrnehmbar, drang er bis in die geheimsten Winkel des Kenninhügels vor. Jetzt wussten auch die bummeligsten unter ihnen, dass es Zeit wurde, baldigst auf dem Platz zu den drei Nornen zu erscheinen, und so strömten die Kennin von allen Seiten dorthin. Manch einer unter ihnen hielt für einen Moment inne, um das seltene Schauspiel zu beobachten, denn es kam beileibe nicht oft vor, dass sich so viele an einem Ort versammelten. Am Fuße des Kenninsteins standen die Mitglieder des Rates der Sieben beieinander und besprachen die erste Tagesetappe des geplanten langen Marsches. Da lugten hinter einer Wolke die ersten Sonnenstrahlen hervor und fielen genau auf eine ganz besondere Stelle des Steins. Ein ehrfürchtiges Raunen und Murmeln ging durch die Reihen. Der Strahl ließ auf diesem Fleck eine geheimnisvolle Schrift erscheinen mit Zeichen, die nur der Weiseste innerhalb des Rates deuten konnte.

Alle Kennin wussten davon, aber nur wenige unter ihnen hatten die Schrift jemals zu Gesicht bekommen. Das lag daran, dass der Sonnenstrahl nur einmal im Jahr, zur festgesetzten Stunde, dorthin fiel.

Lapis Excellis, der ehemalige Hüter des Steines der Weisen, kletterte flink zu den Zeichen empor. Er holte sein Monokel aus der Tasche und klemmte es sich ins Auge. Mit gerunzelter Stirn las er die rätselhaften Symbole. Unterdessen beobachtete ihn die Zwergenschar erwartungsvoll. Nach einer Weile nahm Lapis Excellis sein Monokel wieder ab und kletterte den Felsen hinunter. Unten angekommen, tuschelte er zunächst einige Sätze mit dem Rat, bevor er sich dann an die große Schar wandte:

»Dies ist der Tag, an dem sich eine alte Prophezeiung aus den Anfängen unseres Geschlechtes erfüllt. Da oben auf dem Stein steht geschrieben ...«, er drehte sich um und wies auf die Stelle am Fels, »dass wir heute unsere Heimat und die Menschen verlassen müssen. Weiter heißt es, wir sollen den Wildgänsen folgen, die in dieser Jahreszeit, wie wir alle wissen, in Richtung des hohen Nordens ziehen. Es gibt nur diesen einen Weg, so steht es geschrieben, und der geht mitten durch die Menschenstädte hindurch. Wenn wir den nicht einschlagen, werden wir das gelobte Land Truksvalin nie erreichen.

Es tut mir leid für uns alle, dass wir auf unserer Flucht vor den Menschen noch einmal mitten in ihre Welt eindringen müssen. Doch seid getrost. Wir, der Rat der Sieben, werden schon einen Weg finden, euch alle sicher ins Reich des mächtigen Albenkönigs Ferroderich zu führen.«

Wieder entstand großes Getuschel. Doch diesmal waren auch einige deutliche Befehle zu hören, die das allgemeine Gerede übertönten. Zwerge mit Ordneraufgaben huschten durch die geschlossenen Reihen. Allmählich bildete sich eine Schlange aus jeweils drei oder vier Mann in einer Reihe. Angeführt wurde der seltsame Aufmarsch durch die Mitglieder des Hohen Rates. Ihm folgte ein Trupp mit Schwertern und Wurfspießen bewaffneter Späher und Kundschafter, dann das Volk, Familien mit ihren Kindern und auch Alte, die sich nicht mehr so schnell fortbewegen konnten. Die Nachhut bildete nochmals eine Gruppe schwer Bewaffneter, die ebenfalls die Aufgabe hatte, Unbekanntes oder feindlich Gesinntes vom Volke fernzuhalten. Ein stiller Zug setzte sich langsam in Bewegung. Traurige, verängstigte Gesichter blickten unsicher dem aufkommenden Tag entgegen, darunter das Gesicht einer buckligen Mutter, die an der einen Hand ihr Kind mit sich zerrte und mit der anderen einen schweren, hoch mit allerlei Hausrat aufgetürmten Bollerwagen hinter sich herzog. Es schien kaum begreiflich, wie sie das wohl den ganzen Tag durchstehen wollte. Kurz hinter ihrem Wagen humpelte ein altes hutzliges Wichtelmännlein einher. Verkrampft hielt es sich an einem Stecken aus Rubinienholz fest. Sein Gesichtsausdruck verriet Unsicherheit, obwohl die aus den vielen Jahrhunderten gewonnene Lebenserfahrung Ruhe und Gelassenheit in seine zerfurchten Züge gemeißelt hatte. Irgendwo unter den zahlreichen Wanderern stimmte einer ein trauriges Lied an. Bald folgten mehrere der Melodie, und schließlich sang die ganze Schar das melancholische »Lied von der Wanderung der Zwerge«. Nie hatte Filibus Platin solch eine Niedergeschlagenheit bei seinen Freunden erlebt. Aber es wusste ja auch niemand so recht, was sie wohl in Truksvalin erwarten würde.

Was, wenn die Menschen doch schon bis dorthin vorgedrungen waren? Daran wollte er lieber nicht denken.

Angeführt wurde die nicht enden wollende Schlange von einem Trupp besonders ortskundiger Wichtel, zu denen auch Thorgrimm von Granitgestein gehörte. In der Mitte des Zuges marschierten einige Knechte mit einer kleinen Herde Maultiere, die schwer mit allerlei Gerätschaften bepackt waren. Ihre Halfter waren nach Art der Kennin reich mit Gold und Edelsteinen besetzt. Geduldig und ohne zu murren trugen sie ihre schwere Last. Neben Thorgrimm von Granitgestein stapfte Laurin Lazuli durch das hohe Gras. Thorgrimm hatte eine nachdenkliche Miene aufgesetzt: »Wir werden heute Abend den Koselstrang erreichen. Der Koselstrang ist ein unheimlicher Ort, weil die Menschen dort vor einigen Jahren einen Landstreicher aufgeknüpft haben, der einen diebischen Pakt mit der Hexe Knurz geschlossen hatte und durch wilde Zauberei schöne Mägdelein erst bezirzt und dann getötet hatte. Und beim Eichenbruch, ganz nah beim Koselstrang, hat man ihn dann schließlich geschnappt, sofort verurteilt und an der alten Eiche am Koselstrang aufgeknüpft. Seither tummelt sich an diesem verruchten Ort allerlei ungutes Gewürm. Finstere Modertrolle und Fratz, der stinkende Schwefeldämon, haben sich dort niedergelassen. Es wird auch gemunkelt, dass die Hexe Knurz jetzt öfter diesen Ort aufsucht, nicht zuletzt, seitdem der Zauberer Geffrim sie aus ihrem Haus vertrieben hat. Wir müssen also auf der Hut sein.«

Laurin Lazuli nickte: »Wir werden einen Späher ausschicken, der die Lage vor Ort erkundet. Er soll auskundschaften, was uns dort erwartet.« – »Du hast recht«, stimmte ihm Thorgrimm von Granitgestein zu, »wer aus unseren Reihen mag der Beste für diesen Auftrag sein?«

»Ich schlage Humanus Kreuzhard von Rosenhügel vor, weil bei ihm Herz und Verstand noch am nahesten beieinander liegen.

Er ist in den Künsten der Zauberei ebenso gewandt wie in der Kunst der Sprache und verfügt über den schärfsten Verstand«, sprach Lapis Excellis, der schon seit geraumer Zeit neben den beiden Zwergen hergelaufen war und deren Unterhaltung gelauscht hatte.

»Wohlan, so rufen wir Kreuzhard herbei«, rief Laurin Lazuli.

Das Wirtshaus zum Koselstrang

Humanus Kreuzhard von Rosenhügel zählte zu den jüngeren der Kenninfamilie vom Hügel hinter dem Bauernhof. Etwa zweitausend Lenze hatte er gesehen und war damit praktisch ein Jüngling. Er stammte aus einem sehr fernen Land, welches man Persien nannte, und das lag auch der Vorstellungskraft der Bewohner des Koselgebirges sehr fern. Er hatte dort vor den Toren einer großen Menschenstadt in einem Zwergenhügel, den man schon als kleinen Berg bezeichnen konnte, gelebt. Und auf diesem Hügel wuchs eine Vielzahl wilder Rosenbüsche. Daher sein Name: Kreuzhard von Rosenhügel. Die Rosen gehörten den Dwarl, was die Menschen der damaligen Zeit wussten, und niemand hatte je gewagt, eine zu pflücken. Mit den Rosen hatte es nämlich eine Bewandtnis: Eine kleine Schar Elfen wohnte in ihnen. Sie waren noch älter als die Dwarl, und als diese sich in dem Hügel ansiedelten, wurden sie zu deren Beschützern. Zum Dank vermittelten die Rosenelfen den Dwarl die Geheimnisse der lebendigen Natur. Und dieses Wissen war es, das Kreuzhard von den Kennin vom Hügel hinter dem Bauernhof unterschied.

Kreuzhard hatte den Spähauftrag gerne angenommen. Er war schon eine Weile gewandert, als die Sonne steil am wolkenfreien Himmel stand und heiß auf seinen purpurfarbenen Mantel hernieder brannte. Das schien ihn aber nicht sonderlich zu stören. Schnellen Schrittes, den Eichenstecken als Wanderstab fest im Griff, führte ihn sein Weg weiter nach Norden. Die Gegend, die er durchwanderte, verlor mehr und mehr von ihrer Lieblichkeit. Auch das Vogelgezwitscher klang verändert. Hatte er anfangs noch eine Nachtigall schlagen hören, so war ihr Lied jetzt das erste, das er vermisste.

Später konnte er auch das Rotkehlchen nicht mehr hören, welches ihn eine Zeitlang begleitet hatte. Vogelstimme auf Vogelstimme verstummte. Das soll aber nicht heißen, dass es keine Vögel mehr um ihn herum gab. Immer häufiger begegneten ihm Krähen, freche Spatzen und diebische Elstern. Und in der Ferne, von ganz weit her, hörte er das einsame Rufen eines Kuckucks.

Die Gegend wurde immer unwegsamer. Dorniges, zum Teil vertrocknetes Gebüsch zerrte mit einem Mal an seinen Beinkleidern. Zusehends felsig, öde und feindlich gestaltete sich die Landschaft. Einmal kreuzte ein ungewöhnlich großer einäugiger Rabe den Weg des einsamen Wanderers. Der hatte es aber offensichtlich so eilig, dass er den Kennin nicht wahrnahm. Langsam, fast unmerklich zogen finstere, bedrohliche Gewitterwolken auf. Am Horizont spalteten die ersten grellen zackigen Blitze den Himmel in zahlreiche dunkle Teile auf. Der Donner ließ nicht lange auf sich warten und rollte mit tiefem Grummeln und Knallen so bedrohlich heran, als käme er aus tiefstem Höllenschlund. Ein heftiger Sturm setzte ein, riss an den Ästen und peitschte die Blätter der Bäume, als wolle er die ganze Welt vernichten. Mit der freien Hand fasste Kreuzhard an seine Mütze, damit sie ihm nicht vom Kopf gerissen wurde. Heftiger Schlagregen setzte ein, der kurz darauf in gewaltiges Hagelgeprassel überging. Taubeneigroße Körner hieben auf den armen Kleinen ein wie Geschosse aus einer riesigen Schrotflinte. Der aber störte sich nicht daran. Dieses Wetter passte nur zu gut in diese Gegend. Er wusste, dass sich hier oft so viel dunkles Gesindel herumtrieb, dass selbst die Sonne keine Lust verspürte, ihre Strahlen an diesen schmutzigen Hort der Bosheit, Missgunst und Häme zu vergeuden. Mit sicherem Tritt kletterte er einen kleinen Felsvorsprung hinab.

Als er sich, unten angelangt, umdrehte, fand er sich vor dem unscheinbaren Eingang einer kleinen Höhle stehen. ›Hier ließe sich gut das Ende des Unwetters abwarten‹, dachte er und kletterte hinein. Er nahm nahe beim Eingang auf einem Stein Platz und hatte von dort einen guten Blick auf das darunterliegende Tal. Dicht oberhalb des Felsens sah er den Pfad, den er genommen hatte. Dahinter konnte er auch, in fahles Licht getaucht, den Koselstrang erkennen. Er gewahrte die alte Eiche, an der man den Landstreicher aufgeknüpft hatte. Und er sah, wie der Weg sich kurz dahinter gabelte. Würde man den linken Weg weiter verfolgen, so gelangte man nach kürzester Zeit zur Behausung von Fratz, dem stinkenden Schwefeldämon. Daneben trieben sich in den Sümpfen die finsteren Modertrolle herum. Sie lebten von Überfällen auf einsame Wanderer, die sich verirrt hatten.

Kreuzhard ließ seinen Blick zurück zur Weggabelung schweifen. Da entdeckte er plötzlich im Zucken der Blitze ein Gasthaus. Als er vor vielen Jahren schon einmal diesen Landstrich durchquerte, hatte es noch nicht dort gestanden. Er kniff die Augen zusammen, um besser sehen zu können. Brannte da etwa Licht? Es war kein gleichmäßiges Leuchten, sondern ein flackerndes Spielen, ein Auf und Ab von Hell und Dunkel, vielleicht von einer Kerze oder Öllampe, einem offenen Licht in der Zugluft einer halb geöffneten Tür?

Der Regen hatte inzwischen aufgehört. Noch immer aber tobte der Sturm, und Blitze zuckten nach wie vor quer über das Himmelsgewölbe. Kreuzhard legte die Stirn in Falten und dachte nach. Er musste unbedingt zum Wirtshaus, um herauszufinden, wie die Schar der Wichte am besten unbehelligt durch den Koselstrang zu führen sei. Ihm war allerdings klar: Wer sich um diese Zeit in der verruchten Gegend in jener Spelunke aufhielt, mochte wohl kaum zu den ehrbaren Bürgern des Koselgebirges zählen. ›Ich werde mich als Truck verkleiden!‹, dachte Kreuzhard. Als Truck bezeichnete man in jenen Zeiten in der Sprache des Koselgebirges einen Zwerg, der aus seinem Hort verstoßen worden war. So etwas kam zuweilen vor, wenn er sich unehrenhaft verhalten, also die Gesetze in schwerer Weise missachtet hatte. Zur Strafe hatte man ihnen dann die Mütze genommen. Trucks waren in der Regel schmutzig. Oft liefen sie arg zerlumpt herum und zogen mit allerlei zweifelhaftem Gesindel durch die Lande.

Humanus Kreuzhard von Rosenhügel rieb sich zuerst einmal Erde ins Gesicht. Mit einem einfachen Zauberspruch verwandelte er seine Mütze in einen großen Schlapphut mit breiter Krempe. Auch diesen schmierte er mit reichlich Erde ein und trampelte zudem noch mit den Füßen auf ihm herum, so dass er richtig heruntergekommen und zerknittert aussah. Seinen Purpurmantel stülpte er um. Das Innenfutter aus Bärenfell kam zum Vorschein. Seine Beinkleider waren durch die Wanderung bereits hinlänglich verschmutzt. Hier schien es ihm nicht mehr nötig, etwas zu verändern. Gewandt kletterte Kreuzhard den Abhang hinunter. Sein Blick funkelte wie der eines echten Trucks, als er am Wirtshaus anlangte. Bevor er eintrat, warf er einen flüchtigen Blick auf die Tür: Sie war aus dunkel gebeiztem Eichenholz, und die schwere Eisenklinke hing ausgeleiert herab. Seitlich neben der Eingangspforte hing an einer Kette ein großes schmiedeeisernes Schild mit der Aufschrift:

Raffgie Rig's
Wirtshaus zum Koselstrang

Die Angeln knarzten und quietschten, als er eintrat. Kreuzhard dachte, ein jeder in der Gaststube müsse sich nach ihm umdrehen. Nichts dergleichen aber geschah.

Niemand beachtete ihn. Er befand sich in einem Raum mittlerer Größe. Es roch nach Schweiß, und aus der Küche drang ihm fauliger Geruch in die Nase. Fünf schwere schwarze Eichentische standen in der Stube verteilt. Im hinteren Teil, unweit des einzigen Fensters, befand sich die dunkle, rußfarbene, schmierige Biertheke mit dem dickbäuchigen lederbeschürzten Wirt. Aus seinem Kopf quollen fettige lange Haare. ›Bestimmt Raffgie Rig‹, dachte Kreuzhard von Rosenhügel und ließ sich bewusst schwerfällig auf einen Stuhl an dem einzigen freien Tisch der Gaststube plumpsen. Wie er erst jetzt bemerkte, drang süßlicher, ekelhafter Uringestank aus dem Verschlag daneben hervor. ›Deshalb ist hier alles frei geblieben‹, wurde Kreuzhard klar. Allerdings hatte die Lage des Tisches für den neuen Gast auch einen bestechenden Vorteil: Er lag weitestgehend im Dunkeln, sodass Kreuzhard die Gäste gut im Blick hatte, hingegen selbst kaum von den anderen beobachtet werden konnte. Die langschwänzigen zotteligen Modertrolle saßen vor bauchigen leeren Weinflaschen und scherten sich nicht um die tranig auslaufenden, unruhig flackernden Paraffinkerzen. Vor der Theke stand eine hagere, finster dreinblickende, dunkelhäutige Gestalt, die sich angeregt mit dem Wirt unterhielt.

Mit dem allen Zwergen eigenen überaus scharfen Gehör begann Kreuzhard der Unterhaltung zu lauschen.

»... das ist schon lange her«, hörte er den Wirt sagen.

»Trotzdem, ich verspreche dir, diesmal wird es auch ein Erfolg!«, fauchte der Finstere.

»Es sind Hunderte, wenn nicht gar Tausende ...«, bemerkte der Wirt.

»Umso besser. Die Modertrolle haben mir erzählt, dass sie direkt auf den Koselstrang zumarschieren, offensichtlich nicht ahnend, was dort auf sie zukommt.«

»Weiß der Nöck im Teufelssee schon Bescheid?«, wollte der Wirt wissen.

»Ja, ich traf ihn gestern zufällig am Seeufer. Er hat inzwischen schon alle Wassermänner der umliegenden Teiche, Tümpel und Seen benachrichtigt. Der Nöck meinte, dass es ihnen schon gelingen werde, alle Kennin auf den See zu locken. Wohlan, darauf lass uns einen heben!«, rief der Finstere, ergriff sein Glas und prostete dem Wirt zu.

Kreuzhard von Rosenhügel schauderte es bei diesen Worten. Doch zugleich erfasste ihn die Neugierde. Er rutschte von seinem Stuhl herunter und näherte sich scheinbar zufällig den beiden. Der Wirt stieß seinen Gesprächspartner mit dem Ellenbogen in die Seite und nickte zu Kreuzhard hinüber. Der Finstere wandte sich um und blickte dem Kennin direkt ins Gesicht.

»Bist wohl neu hier, was? Hab' dich hier noch nie gesehn, Fremder!«

»Trucks legen keinen Wert darauf, dass man sie sieht«, parierte der Kennin schlagfertig.

»Oho, du bist ja nicht auf den Mund gefallen, mein Kleiner! Was führt dich denn in diese Gegend?«

»Ich bin auf der Flucht vor den Zwergen«, log Kreuzhard, um das Vertrauen der beiden zu gewinnen.

»Vor den Zwergen?«, vergewisserte sich der Wirt und strich sich mit haarigen Fingern über den fetten Bauch.

»Gewiss, fürwahr!«, bekräftigte der Kleine.

»Was weißt du denn noch über den Zwergenzug?«, erkundigte sich der Finstere.

»Sie sind sehr müde von ihrem langen Marsch und werden vermutlich heute Abend eine Herberge für die Nacht suchen.«

Als der fette Wirt das hörte, bekam er glänzende Augen. Er dachte an das viele Geld, das es ihm einbringen würde, so viele Leute zu beherbergen.

Der Finstere zog seinen Hut tiefer ins Gesicht. Dann sprach er mit leiser, gedämpfter Stimme: »Wenn es die Kennin sind, die ich meine, dann führen sie den Schatz der Gorgonen mit sich.« Er stockte, zog die Stirn in Falten und schaute nach oben: »Daran habe ich noch gar nicht gedacht. ... Der Gorgonenschatz ... Ich muss unbedingt mit dem Nöck darüber sprechen!« Schnell schlang er seinen schwarzen Umhang um Schulter und Rücken und verließ, ohne sich bei dem Wirt und dem vermeintlichen Truck zu verabschieden, das Lokal.

›Ich werde ihm später folgen‹, dachte Humanus Kreuzhard, der ein vorzüglicher Fährtensucher war, still bei sich. Er tauschte mit dem Wirt einige belanglose Sätze und begab sich wieder an seinen Tisch. Dort trank er noch einen Humpen Wein und trat danach ruhigen Schrittes aus der Gaststube.

Draußen wehte ein kalter, scharfer Wind. Die Nachmittagssonne schien ihm flach ins Gesicht. Trotzdem fiel es ihm nicht sonderlich schwer, die Spur des Finsteren aufzunehmen. Es waren die Abdrücke leicht besohlter Ledersandalen, wie sie im Koselgebirge gern getragen wurden. Kreuzhard folgte den Spuren, die sich eine Zeitlang am Waldrand entlangzogen. Dann verließen die Abdrücke plötzlich den Waldweg und führten mitten durch das Dickicht. Der Wind wurde immer mehr zu einem Sturm. Blätter wirbelten auf dem Boden herum, und die Zweige wippten auf und ab, die schweren Äste der Bäume ringsum lehnten sich gegen die Kraft der Böen auf. Dazu heulte und rauschte es dem Wicht zugig um die Ohren.

Er musste den Schlapphut mit beiden Händen festhalten, damit er nicht fortfliegen konnte. Unbeirrt setzte er seine Verfolgung fort. Immer wieder untersuchte er den Waldboden. Mal fand er niedergetretenes Gras, mal von Füßen zerbröseltes Herbstlaub oder zerbrochene Zweige. Außerdem half ihm sein Instinkt, die Fährte des Finsteren nicht zu verlieren. Er erklomm die Spitze eines Hügels.

Als er von dort hinuntersah, entdeckte er unweit des Seeufers den Finsteren. Doch der bewegte sich direkt auf ihn zu.

›Er muss den Nöck bereits getroffen haben und auf dem Rückweg sein‹, dachte der Wicht und versteckte sich schnell hinter einem Besenginsterbusch. Es dauerte nicht lange, bis der Finstere mit seinem großen Hut und seinem Mantel, der ihm bis zu den Füßen herabhing, schnaufend an ihm vorbeihastete. Er bemerkte den vermeintlichen Truck hinter dem Gebüsch nicht. Kreuzhard blieb noch eine Weile still in seinem Versteck, kroch dann hinter dem Ginster hervor und kletterte auf einen Baum, um besser sehen zu können. Der kleine Waldsee lag in einem Tal inmitten wilden moorigen Urwaldgestrüpps. Er sprang flink vom Baum hinunter und folgte einem Trampelpfad ins Tal hinab. Überall roch es nach feuchtem, erdigem Holz und Laub. Manches Mal überwog ein feiner Fichtennadelduft alle anderen Gerüche. Gerade ihn genoss Kreuzhard, denn Zwerge lieben solcherlei Düfte.

Je näher er dem Waldsee kam, desto eigenartiger wurde die Stimmung ringsum. Er fühlte sich beobachtet. Mit scharfen Augen suchte er das Seeufer ab, doch nichts Auffälliges ließ sich erblicken. Die glatte Oberfläche des Sees schillerte bleiern in graugrünen Farbtönen. In der Mitte trieb einsam eine faulige Baumwurzel. Sein Blick blieb auf ihr haften. Irgendetwas stimmte mit ihr nicht. Ein nasskalter Schauer lief ihm über den Rücken, obwohl ihn sonst so schnell nichts aus der Ruhe bringen konnte. Dieses Ding da auf dem See, hatte es sich gerade bewegt? Tatsächlich, ganz wenig nur. Es lebte! Jenes Holz belauerte ihn. Das konnte nur der Nöck mit seinen glitschigen Fingern sein. Deutlich sah Kreuzhard jetzt, dass das modrige Stück langsam auf ihn zuschwamm.

Er musste auf einen Angriff gefasst sein. Ein Abwehrzauber hätte ihn verraten – er war nur als einfacher Truck unterwegs. Deswegen ließ er den Nöck ganz nah an sich herankommen, es würde ihm schon eine List einfallen. Er konnte schon die glibberigen Glieder auf der Wurzel ausmachen, als er die blubbernde und gurgelnde Stimme des Nöcks hörte:

»Tu nicht so, als ob du mich nicht schon längst erspäht hättest. Dein misstrauischer Blick hat mich schon lange entdeckt. Mutig bist du ja, dass du nicht längst vor mir weggelaufen bist. Was willst du, sprich! Und erzähl mir nicht, du seiest zum Pilzesammeln hier.«

»Natürlich nicht!«, fauchte der vermeintliche Truck zurück. »Ich möchte deinen Schutz erbitten.«

»Meinen Schutz erbitten? Vor wem?«

»Als ob du nicht wüßtest, von wem ich rede.«

Der Nöck zog eine Grimasse und blickte Kreuzhard mit fast gänzlich zugekniffenen Augen skeptisch an.

»Was weißt du? Und wer bist du?«, zischte er und prustete dabei dem Kennin eine Fontäne Wasser ins Gesicht.

»Pfui, bah! Hast du kein Benehmen?« Kreuzhard wischte sich mit dem Ärmel über das Gesicht. »Ich bin nur ein armer verstoßener Truck.«

»Ach, was? Ein verstoßener Truck?« Dabei reckte sich der drohende Zeigefinger seiner schlüpfrig kalten Hand zum Himmel empor.

»Blas dich nicht so auf!«, fauchte der Truck zurück. »Ich werde dir sagen, warum mich mein Zwergenhort verstoßen hat: Ich habe ein Ledersäcklein voll funkelnden Goldes aus ihrem Gorgonenschatz gestohlen. Und ausgerechnet Humanus Kreuzhard von Rosenhügel, welchen man landauf, landab den grimmigen Nöckschlächter nennt, hat mich dabei ertappt.«

Der glibberige Nöck zuckte merklich zusammen: »Nöckschlächter, sagst du?«

»Gewiss doch, Nöckschlächter, sagte ich.«

»Woher hat er diesen Namen?«, frug der Nöck vorsichtig.

»Das will ich dir gern erklären. Jedes Mal, wenn er einen Nöck sieht, wird er rasend vor Wut und verwandelt sich in ein schreckliches Ungeheuer mit dem Maul eines Krokodils, den Augen einer Schlange und den scharfen Zähnen eines

Hais. Dazu spuckt er Feuer wie ein Drache und brüllt, dass einem das Blut in den Adern gefriert. Und dann ... ja, dann ... was glaubst du, was dann passiert, wenn sich der Nöck nicht ganz schnell aus dem Staub macht?«

»Oh, ich will es mir gar nicht ausmalen ... nicht auszudenken ...«, zitterte der Nöck, »warum hat mir nur der Finstere vom Koselstrang nichts davon berichtet?«

»Also«, fuhr der vermeintliche Truck unbeeindruckt fort, »was ist? Wirst du mich beschützen?«

»Du bist wohl des Teufels! Wie soll ich dich vor den Zwergen schützen, wenn ein Nöckschlächter unter ihnen weilt! Ich rate dir: Zieh von dannen und lass mich in Ruh'.«

Er zupfte mit seinen krummen glitschigen Fingern sein fädenziehendes froschgrünes Algengewand zurecht, drehte sich um und versank mit lautem Platschen in der Tiefe des Sees. Im Stillen dachte er: ›Und der Gorgonenschatz kann mir auch den Buckel runterrutschen ...‹

Derweil rieb sich Kreuzhard triumphierend die Hände: »Ich habe erreicht, was ich wollte. Er wird seine Spießgesellen schon auf die nahende ›Zwergenbedrohung‹ hinweisen. Nun aber nichts wie ab, zurück zu meinen Freunden.«

Rasch kletterte der Wicht den felsigen Hügel hinauf und durchquerte die mit trockenem Gestrüpp bedeckte Ebene. Am Ende des Weges, unweit einer verlassenen Köhlerhütte, stieß er auf Thorgrimm von Granitgestein und Balduin von Tintagel, die ihm freudig mit hochgerissenen Armen entgegenliefen. Schnatternd und plappernd zogen sie davon, voll von Neugier auf das, was Kreuzhard von Rosenhügel wohl zu berichten hatte.

KAPITEL 9

Der Gorgonenschatz

Der Himmel war grau und wolkenverhangen. Während Humanus Kreuzhard von Rosenhügel seinen Erkundungsgang durchführte, erholte sich die Zwergengesellschaft bei einer ersten Rast. Es musste die Rückkehr des Spähers abgewartet werden, zu gefährlich war die Gegend um den Koselstrang. Und so bezog man gezwungenermaßen Quartier. Lagerfeuer wurden angezündet, Zelte aufgebaut und wärmende Decken verteilt. Und da Kennin nun mal fröhliche Gesellen sind, wurde bald an allen Plätzen gesungen, gejuxt und gefeiert.

Filibus Platin hatte sich der Gruppe um Balduin von Tintagel angeschlossen. Alle zeigten sich ihm gegenüber ehrerbietig und respektvoll, obwohl ihn niemand so recht kannte. Er verfügte über enormes Wissen in der Zauberei. In dieser Kunst schlug er jeden anderen in der Gruppe. Als Lehrmeister brachte er vielen Dwarl das Zaubern bei. Manche kamen sogar von weit her, um sich von ihm unterrichten zu lassen. Balduin besaß den »Zorobaster«, das berühmte große Buch der Zauberei. Es wurde in Balduins Planwagen aufbewahrt, mit einer schweren Kette aus massivem Eisen an der Wagenachse befestigt. Und das beruhigte Balduin sehr. Nicht auszudenken, wenn es jemals in falsche Hände geriete!

Er und Filibus hockten in einem der Zelte rund um ein prasselndes Feuer herum, inmitten vieler anderer Kleiner.

Die Flammen warfen bizarre Schatten und tauchten das Zeltinnere in eigenartiges Licht. Die zerfurchten Gesichter der Kennin mit ihren wilden langen Bärten hätten einem Beobachter den Eindruck vermitteln können, hier sitze eine Schar unbändiger Modertrolle beisammen.

Modertrolle! Welch eine unerhörte Beleidigung für jeden stolzen Dwarl! In ihren Augen konnte man Modertrolle nur verachten, diese Wesen, die oft auf allen Vieren herumliefen, bei Schnaps und Bier schmutzige Sauflieder grölten und sich auch sonst nicht zu benehmen wussten. Außerdem stanken sie nach Fäulnis wie die Wildschweine.

Hier waren es aber keine Modertrolle, sondern wirkliche Zwerge. Gerade als es wieder einmal hoch herging, rief Filibus Platin in die Runde: »Ich möchte eine Geschichte hören! Holla, wer ist der beste Erzähler?«

»Balduin! Balduin!«, riefen alle Kennin wie aus einem Munde.

»Ruhig, ruhig! Mal langsam, Leute!«, beschwichtigte dieser. »Wenn ihr es unbedingt wünscht, so werde ich nicht nein sagen.« – »Ja, erzähl uns eine Geschichte!«, tönte es im Zelt. »Gut, gut, welche denn?« – »Bitte die Geschichte vom Gorgonenschatz!« meldete sich Kunibert Kieselstein, der jüngere Bruder Filibus Platins.

»Eine gute Idee, in der Tat!«, meinte Balduin. »Gerade die Jüngeren werden die Geschichte bestimmt noch nicht kennen.«

Im fahlen Licht des Zeltes flackerte die Kerze unruhig. Irgendjemand hatte sie in die Öffnung eines Weinflaschenhalses gedrückt, und das Wachs tropfte in langen Nasen auf den Bauch der Flasche hinab. Im schummerigen Schein der Flamme erschienen die faltigen Gesichter der Anwesenden noch matter und grauer als im Tageslicht. Die Wichte hatten es sich mit Schaffellen auf dem feuchten Boden rund um Balduin von Tintagel bequem gemacht. Dieser genoss die geballte Aufmerksamkeit sichtlich. Er thronte auf einem purpurfarbenen Seidenkissen mit kostbaren, kunstvollen Stickereien, was ihn als Adligen von gewissem Reichtum auswies. So hob er denn einen Zeigefinger und begann zu erzählen:

»Also dann. Vor langen, langen Jahren lebten fern von hier im Lande Hellenos drei furchtbare Ungeheuer mit Namen Euryale, Stheno und Medusa. Ihre Gesichter waren so grässlich anzusehen, dass ihr Anblick Sterbliche in Stein verwandelte. So etwas hätten die drei mit uns natürlich nicht machen können«, feixte Balduin, »denn es ist euch ja bekannt, dass wir uns in der Urzeit durch Heraushauen aus grobem Felsgestein vermehrten. Deshalb kann ja auch kein Wesen der Welt einen Kennin zurück in einen Stein verwandeln.

Die Nachkommen der drei Ungeheuer nannte man Gorgonen. Viele Drachengenerationen gingen aus diesem Geschlecht hervor. Einige davon kennt ihr, es sind fünf Brüder: Der Lindwurm Diavolo Ahrisorad wurde vor einigen Jahrhunderten von Geffrim, dem Zauberer, im Kampf getötet. Er war der dümmste und harmloseste von ihnen, falls man bei Drachen überhaupt von Dummheit und Harmlosigkeit sprechen kann. In der Regel sind sie überaus schlau, äußerst belesen und irrsinnig gefährlich. Der zweite heißt Nekrophilius Atomasio. Von ihm ist nur bekannt, dass er der Zweitjüngste in der Reihe ist. Der dritte im Bunde ist Luciobulus Droganus. Er hat die teuflische Gabe, Mensch und Tier süchtig zu machen, ein Verwandlungskünstler, der in tausend Gestalten auftritt. Der vierte Bruder lebt im Reich der Menschen. Man nennt ihn ›Das Biest vom Kaltenstein‹. Er kann das Herz eines jeglichen Wesens durch seinen Pesthauch erkalten lassen. Zudem besitzt er die Gabe, sich unsichtbar zu machen. Der Schlimmste aber ist der Pogolch. Er lebt in seinem eigenen Reich, welches direkt hinter den Schädelsteinhöhlen beginnt. Er ist der älteste von ihnen und besitzt neben den versammelten dunklen Eigenschaften seiner vier Brüder die Fähigkeit, Welten herbeizuzaubern, die nicht wirklich existieren, Halluzinationen und Fata Morganen. Weh dem, der ihm verfällt!«

Balduin warf einen Blick in die Runde. Alle Augen hefteten sich auf ihn. »Was schaut ihr mich so an? Das ist beileibe nicht alles. Mit dem Pogolch werden wir alle es noch zu tun bekommen. Denn wir müssen mitten durch sein Reich hindurch, um nach Truksvalin zu gelangen. Er weiß auch, dass wir im Besitz des Gorgonenschatzes sind, seines Schatzes, wie er meint. Wir müssen also auf der Hut sein!

Seine Geschichte ist zugleich die des Gorgonenschatzes:

Als die Medusa getötet worden war, lebte ihre junge Drachenbrut in dem unterirdischen Gängesystem. Die Menschen jener Zeit hatten nicht viel zu lachen. Regelmäßig begab sich das Gewürm auf Beutezug in die umliegenden Länder. Sie raubten die Reisenden der benachbarten Wälder aus und überfielen die Königreiche, die vor und hinter dem großen Uruselmoor lagen. Auch das Koselgebirge mit seinen Elfen, Nöcks und Moortrollen stöhnte unter dem Joch der Gorgonen. Auf diese Weise häufte sich mit der Zeit in der Höhle der Medusa ein riesiger Schatz von unvorstellbarem Wert an. Die Untiere wechselten sich sorgfältig bei der Bewachung der Reichtümer ab.

Immer mehr Bewohner wollten aber die Unterdrückung nicht länger ertragen. Es formierte sich erster Widerstand. Unterhalb des Zwergenhügels am Uruselmoor, also dort in der Nähe, wo heute der Bauernhof steht, lebte ein einsamer Truck mit Namen Gwendolin. Er stand lange Jahre dem Rat der Sieben vor. Eines Tages jedoch geriet er in Verdacht, den letzten goldenen Becher, den die Gorgonen noch nicht aus dem Zwergenschatz geraubt hatten, gestohlen zu haben. Diese bis zum heutigen Tag ungeklärte, mysteriöse Geschichte veranlasste die übrigen Ratsmitglieder, ihren Vorsitzenden abzuwählen und aus dem Volk der Kennin zu verbannen. Nur widerstrebend nahm Gwendolin sein Schicksal an. Stets trachtete er danach, zu seinem Volk zurückzukehren. Die Kennin duldeten, dass er in einer kleinen Wohnhöhle unterhalb des Hügels lebte. Heimlich pflegten sie sogar Kontakt zu ihm. Und er sann immer wieder darüber nach, wie er es anstellen könnte, den verlorenen Becher wiederzufinden, um dadurch seine Unschuld zu beweisen. Eines Nachmittags unternahm er einen Ausflug ins benachbarte Koselgebirge. Es war spät geworden, und Gwendolin machte sich auf die Suche nach einem geeigneten Unterschlupf für die Nacht. Er wählte dazu eine der zahlreichen Höhlen ringsum. Darin roch es nach Schwefel, und ein eigenartiges Licht leuchtete aus dem Inneren heraus. Neugierde packte den Truck. Er schlich durch die Gänge auf der Suche nach der Lichtquelle und stand mit einem Mal in einer riesigen Halle. Fackeln erhellten den Raum, und in der Mitte lag ein Berg funkelnden Goldes. Von den Wänden herab hingen und auf Felsvorsprüngen lagen die kostbarsten Geschmeide. Vor dem Goldhaufen stand eine schwere Truhe mit kupfernen Beschlägen. Der geöffnete Deckel gab die Sicht auf Diamanten, Perlen und Edelsteine frei. Gwendolin verharrte einen Moment lang, verzaubert von dem Anblick solcher Schönheit. Sein Auge wanderte über die Schätze und erstarrte plötzlich. In einer dunklen Nische lag ein schauriges, schreckliches Ungeheuer. Es hatte sich zusammengerollt, sein riesiges Haupt mit dem furchtbaren Maul war auf den zackigen Schwanz gebettet. Sein giftiger Atem füllte die Höhle mit dumpfem Schwefelgestank. Gwendolin ging hinter einem Felsvorsprung in Deckung.

Von dem schlafenden Ungeheuer schien auf den ersten Blick keine Gefahr auszugehen. Vielleicht lag hier irgendwo in dem Schatz der gestohlene Becher, dessen Diebstahls man ihn bezichtigt hatte. Staub lag auf den Kostbarkeiten, der Drache schien schon längere Zeit keine Raubzüge mehr unternommen zu haben. Flink kam Gwendolin aus der Deckung und erklomm den Goldhaufen. Dabei sicherte er sich immer wieder nach hinten ab. Der Drache durfte ihn nicht entdecken.

Als der Truck die Spitze des Haufens erreicht hatte, fand er das Gefäß tatsächlich zwischen ein paar Golddukaten und einem kunstvoll gegossenen Briefbeschwerer aus massivem Gold. Gwendolin nahm den Becher in die Hand und kratzte sich hinterm Ohr: ›Warum nehme ich dem Ungetüm nicht gleich den ganzen Schatz ab? Es sitzt ja doch nur Tag und Nacht untätig davor, und keiner hat etwas davon. Wenn ich nur mit dem Becher zu meinem Volk zurückkomme, wird man erst recht glauben, ich sei der Dieb. Bringe ich aber den ganzen Schatz mit, so wird keiner mehr etwas gegen mich vorbringen.‹ Nur, wie sollte er allein diese große Menge Goldes, die Edelsteine und Geschmeide dem Drachen vor der Nase weg und vorbei aus der Höhle schaffen? Da kam ihm der rettende Gedanke: die Bogels! Er hatte vorhin eine ganze Herde dieser Zwergenponys in unmittelbarer Nähe der Höhle auf einer Gebirgswiese grasen sehen.

Ja, das war die Lösung! Jetzt brauchte er nur noch ein paar Stricke und Säcke. Gwendolin durchstöberte die Gänge, entdeckte eine schmale Eisentür und drückte sie auf. Hier war ein regelrechter Haushaltsraum. An den Wänden hingen Besen, Wischlappen und Handfeger. Auf dem Fußboden davor waren Putzeimer abgestellt. Unweit davon, in einem Spind, fand er zu seiner großen Freude eine Menge dicker Hanfseile. ›Kaum zu glauben! Was macht der Drache nur mit einer solchen Unmenge an Seilen?‹ Er machte sich nicht die Mühe, eine Antwort zu finden, sondern schulterte die Seile und schleppte sich hinaus zu den Ponys. ›Jetzt brauche ich nur noch jede Menge Säcke. Ich muss unbedingt jemanden finden, der sich in der Drachenhöhle auskennt!‹

Gwendolin verkroch sich hinter einem Busch auf der Ponywiese. Er zwickte sich ins linke Ohrläppchen und krächzte heiser: ›Denk nach! Der Drache wird bestimmt gleich aufwachen. Dann wird alles zu spät sein.‹ Da kam ihm der richtige Einfall: ›Mäuse! Überall gibt es Mäuse. Bestimmt auch in der Drachenhöhle! Ich muss unbedingt ein Mauseloch finden!‹

Hastig richtete er sich auf und rannte in die Höhle zurück. Seine Augen suchten den Höhlenboden ab. Da sah er zu seiner Freude, dass sich in einer Ecke etwas bewegte. Aus einem Holzstapel vor einer Wand lugte ein Mäuseschwanz hervor. ›Bitte, liebe Maus!‹, sprach er den Schwanz an. ›Komm hervor, ich muss unbedingt mit dir sprechen!‹ Flups! Der Schwanz war verschwunden. ›Sie wird sich wohl erschreckt haben‹, überlegte der kleine Wicht. Da funkelte ihn aus der Dunkelheit heraus ein Augenpaar an. ›Ich tu dir nichts! Komm schon heraus‹, flüsterte Gwendolin freundlich. Langsam trippelte die Maus aus ihrer Deckung: ›Guten Tag! Ich heiße Fred, und wie darf ich dich anreden?‹, frug sie. ›Mein Name ist Gwendolin. Ich bin auf der Suche nach leeren Säcken. Kannst du mir verraten, wo ich welche finde?‹ – ›Leere Säcke? Was willst du denn damit?‹ Der Truck verspürte keinerlei Neigung, der Maus von seinem Vorhaben zu berichten. Er sprach daher: ›Ich bin auf der Durchreise und möchte meinen Freunden, die mich zu Hause erwarten, einige Geschenke mitbringen. Dafür brauche ich ein paar Jute- oder Hanfsäcke.‹ Das konnte Fred gut verstehen. Schließlich sind Mäuse sehr verständige Tiere. ›Komm, folge mir. Ich kenne in der Drachenhöhle eine Kammer, da gibt es viele Säcke, mehr als du je tragen kannst.‹

Maus und Truck huschten durch die Gänge. Es roch mal nach Moder, mal nach den herrlichsten Essenzen, je nachdem, wo sie gerade vorbeischlichen. Fred war hier zu Hause, jeden Winkel kannte er. Als sie an einer Tür vorbeikamen, aus deren Spalt es nach den köstlichsten Speisen roch, frug Fred: ›Darf ich dich zum Essen einladen? Dort hinter der Tür ist die Speisekammer des Drachen.‹ – ›Nein, vielen Dank. Ich muss schnell die Säcke haben, damit ich daheim bin, bevor es dunkelt.‹

Endlich erreichten sie am Ende eines langen Ganges eine schwere, eisenbeschlagene, verschlossene Eichentüre. Gwendolin drehte den Schlüssel herum, sie sprang auf. Ordentlich aufeinandergestapelt lagen Säcke über Säcke in dem Raum. Hinter einem Verschlag befand sich ein hoher Berg Kartoffeln lose auf dem Fußboden aufgeschüttet. An der Rückwand des Raumes stand eine Schubkarre. Gwendolin ergriff sie und stapelte die Säcke darauf. Dann bedankte und verabschiedete er sich von Fred und machte sich auf den Weg zu den Ponys.

Es hatte schon zu dämmern angefangen, und die Sonne rötete sich bereits zu ihrem Untergang, als Gwendolin das letzte Pferdchen mit dem Gorgonenschatz beladen hatte. Der Drache hatte immer noch nichts bemerkt. Schnarchend, dass die Wände wackelten, lag er in der Höhle. ›Nichts wie weg!‹, dachte der Truck. ›Bald wird er aufwachen‹ – bei diesem Gedanken lief es ihm kalt über den Rücken. ›Nicht auszudenken, was geschieht, wenn er den Diebstahl bemerkt.‹ Gwendolin trieb die Ponys zur Eile an. Willig trabten sie aus der Höhle ins Tal hinunter.

Es dauerte Stunden, bis sie schließlich in die Nähe des Kenninhügels gelangten. Hoch oben in einer schlanken Fichte saß Schnickschnack, der Späher. Trotz der hereinbrechenden Dunkelheit gewahrte er in der Ferne die merkwürdige Karawane, die immer näher heranschaukelte. Noch konnte er nicht erkennen, dass es Gwendolin, der Truck, mit den Zwergenponys war, der auf ihn zutrabte. Er blies kräftig in sein Horn, um das Herannahen eines fremden Zuges zu melden.

In jener Zeit war Golbinham von Bighard Vorsitzender des Rates, ein entschlussfester, tatkräftiger Kenninfürst. Mit wenigen knappen Befehlen stellte er einen Stoßtrupp bewaffneter Wichte zusammen, der den Auftrag bekam zu erkunden, was es mit der nahenden Karawane auf sich hatte.

Just in dem Moment, als die Zwergenschar das große Flügeltor am Eingang des Hügels erreichte, vernahm man aus der Ferne vom Koselgebirge her ein mächtiges, wutschnaubendes Gebrüll, und genau in diesem Augenblick trafen hier Gwendolin, dort der Stoßtrupp unter ihrem Anführer Wigwood aufeinander. Dieser rief ihm entgegen: ›Halt! Trucks ist es verboten, sich dem Hügel zu nähern. Verzieh dich also, geschwind!‹

›Wigwood!‹, antwortete Gwendolin. ›Erkennst du mich nicht mehr?‹ – ›Gewiss doch, Gwendolin. Aber ich darf keinen Truck in unser Gebiet hereinlassen. Leider gilt das auch für dich!‹ – ›Du wirst deinen Auftrag vergessen, wenn ich dir erzähle, was die Ponys tragen.‹ Bei diesen Worten klopfte er mit der Hand auf einen der Säcke, und es ließ sich ein Scheppern vernehmen. Er lächelte: ›Hier drin ist der Gorgonenschatz!‹ Wigwood Augen weiteten sich, und Gwendolins Gesicht überzog ein triumphierender Ausdruck. ›Komm schon, führ mich zu Golbinham von Bighard! Den gestohlenen Becher habe ich auch dabei. Den habe ich im Drachenschatz gefunden.‹

Die Krieger eskortierten den Ponyzug. Wigwood hatte sich wieder gefangen und unterhielt sich gelöst und freundlich mit dem Verbannten. Als sie in der großen Empfangshalle des Zwergenhügels eintrafen, halfen sofort viele fleißige Hände, die kleinen Pferde von ihrer schweren Last zu befreien. Gwendolin hatte durch seine Taten seine Ehre wiederhergestellt und konnte so unter vielen Beteuerungen des Bedauerns nicht nur in die Gemeinschaft zurückkehren, sondern wurde abermals als Vorsitzender des Rates eingesetzt. Und der Rat der Sieben beschloss, den Schatz auf immer in

Verwahrung zu nehmen und zum Wohle aller Wesen nutzbar zu machen.«

An dieser Stelle endete Balduins Geschichte. Filibus Platin und die anderen waren sichtlich beeindruckt. Das Lagerfeuer war bis auf einen kleinen Rest heruntergebrannt. Erst jetzt dachte jemand aus der Runde daran, neues Holz aufzulegen; so gebannt hatten sie den Worten des Alten gelauscht.

»Ihr wollt doch sicher noch hören, was geschah, als der Drache den Verlust seines Schatzes bemerkte?«

»Oh, ja! Erzähl!«, schallte es aus der Runde. »Bitte, lass es uns hören!«

Balduin kratzte sich an der Nase, schob seine rote Mütze zurecht, räusperte sich und fuhr fort:

»Lange, nachdem Gwendolin mit den schwer bepackten Bogels die Drachenhöhle verlassen hatte, wachte das Untier aus seinem Tiefschlaf auf. Stets galt sein erster Blick dem Schatz. Und nun starrte er ungläubig auf das große Nichts. Eine siedende Hitzewelle stieg ihm in seine Fratze, und ungezügelte Wut überkam ihn. Er schleuderte sein Haupt hoch und riss das geifernde Maul auf, dann stieß er ein so grauenhaftes, furchterregendes Gebrüll aus, dass es bis in die hintersten Winkel des Koselgebirges zu hören war. Dabei verfärbte sich sein Schuppenpanzer mehr und mehr ins Schwarze. Vielleicht rührt daher die Redewendung ›sich schwarz ärgern‹. So mancher nannte ihn von nun an den Dunklen Pogolch. Er war durch den Verlust so gestört, dass er noch viel böser wurde als je zuvor. Außerdem schwor er sich, nie wieder zu schlafen. Drachen haben es eigentlich nicht nötig zu schlafen. Weil er es aber trotzdem getan hatte, hatte er den Gorgonenschatz verloren. Deshalb wollte er nun die ganze Welt büßen lassen.

So brach eine furchtbare Zeit des Raubes, der Überfälle und der Zerstörung an. Der Drache wütete entsetzlich unter allen, die im Koselgebirge lebten. Er brandschatzte, mordete, tobte. Aber er fand den Schatz nicht. Als er erfuhr, dass dieser sich in der Obhut der Kennin befand, machte ihn das noch wütender. Kaum eine Chance hatte er, jemals wieder in den Besitz des Schatzes zu gelangen. Doch er gab nicht auf. Ein Drache gab niemals auf. Eines Nachts, er hatte sich zuvor wieder einmal unsäglich über den Verlust des Goldes geärgert, beschloss er, seine Höhle auf immer zu verlassen und eine neue Wohnstätte zu suchen. Seine Halle erinnerte ihn zu sehr an den Verlust. So überflog der Pogolch das Koselgebirge und erreichte nach einigen Stunden den Wuselwald. Hier ließ er sich auf einem Abhang an einer Waldlichtung nieder, dort, wo die Natur besonders schroff und feindselig war. Die meiste Zeit des Jahres pfiff kalter Wind. Gewitter auf Gewitter grollte um die Hänge herum. Und die Regenwolken ließen das Sonnenlicht nur selten durch.

An dieser Stelle baute er eine Drachenburg, ein Steinbruch lieferte ihm, was er brauchte. Als sie fertig war, stattete ihm der hässliche, böse Waldtroll einen Besuch ab, und sie tranken Brüderschaft. An jenem denkwürdigen Abend beschlossen sie, die einzigen Bewohner des Wuselwaldes, die Guul, die ihrerseits zu den dunkelsten und übelsten Gesellen jener Zeiten zählten, zu überfallen und zu unterjochen. In ihren schwarzen, an Mönchskutten erinnernden Gewändern sahen sie schon aus der Entfernung bedrohlich aus. Es waren trollartige Geschöpfe, aber ihre Gestalt glich der von Ziegenböcken. Auf ihren schmalen Hufen legten sie große Entfernungen in kürzester Zeit zurück. Zuweilen bedienten sie sich der Zigogels, einer schwarzen kurzbeinigen Pferderasse, die für ihre Gewandtheit und Schnelligkeit berühmt war.

Der Pogolch schätzte an den Guul vor allem ihre Reizbarkeit und Bosheit. Sie waren ein kriegerisches Volk, von je her straff organisiert und sehr obrigkeitshörig dazu, genau das Richtige für einen Drachen, der Untertanen suchte, die ihm Kriegsdienste leisten sollten. Die Drachenburg gelangte zu trauriger Berühmtheit in allen Landen, da alles Böse, was im und um das Koselgebirge herum geschah, seinen Ursprung in dieser dunklen Feste hatte. Immer mehr düstere Gesellen siedelten sich um sie herum an. Hexen und die schwärzesten Magier, die die Welt jemals zu Gesicht bekommen hatte, gingen hier ein und aus.

Es wollte aber nicht gelingen, dem Pogolch den Gorgonenschatz zurückzuzaubern. Wir Kennin sind letztendlich die besseren Schatzwächter. Der Pogolch kann unserer Stärke nichts anhaben. Wir sind die Hüter der Geheimnisse unserer lieben Erde. Aus ihr kommt das Gold wie das Eisen und jedes andere Metall. Wir haben es in unseren Bergwerken geschürft, unsere Schmiede, und später die Menschen, haben das edle Metall zu Kunstwerken geformt. Das Drachenpack hatte es einfach nur frech geraubt. Es verdient daher keinerlei Anteil daran. Der Pogolch ist ein Räuber, der seine Beute liebt, raffgierig und geizig wie eine alte Elster.

Ja, meine lieben Freunde, jetzt kennt ihr seine Geschichte und die des Gorgonenschatzes«, beendete Balduin von Tintagel seine Erzählung.

KAPITEL 10

Der Hinterhalt

Denkst du, Balduin, dass der Pogolch uns beobachten läßt?«, frug Filibus Platin.

»Schon möglich, aber ich glaube es nicht, weil es in dem Gebiet, aus dem wir kommen, keine Spitzbuben gibt. Leider wird sich das wohl bald ändern. Wir erreichen jetzt die Gegend um den Koselstrang. Es würde mich wundern, wenn sich da nicht jemand fände, der unsere Anwesenheit an den Pogolch verriete. Und nun genug für heute. Die Nacht ist schon weit vorangeschritten. Morgen haben wir einen langen Marsch vor uns.«

Schwerer grauer Nebel überlagerte die Morgendämmerung des folgenden Tages. Das karge Gras auf den Steinen leuchtete in frischem Grün, beschienen durch die ersten durchbrechenden Strahlen des Sonnenaufganges. Der schlecht befestigte Weg zum Koselstrang führte über zahlreiche in den Fels gehauene Stufen in ein unwirtliches Tal hinab. Am oberen Ende dieses Felsenweges saß in einer Nische über einem schroffen Steilhang eine kleine Anzahl Kennin beisammen, in der Mitte Humanus Kreuzhard von Rosenhügel, der über seine Erlebnisse am Koselstrang berichtete. Die Runde beschloss, zum Aufbruch zu blasen, da die Kunde des Spähers keinen Anlass zur Sorge bot. Vor Nöcks und anderen Wassermännern fürchteten sich die Wichte nicht. Allenfalls Fratz, der stinkende Schwefeldämon, könnte eine gewisse Gefahr darstellen. Glücklicherweise hatte Kreuzhard vom Wirt der

Spelunke erfahren, dass jener gerade außer Landes war, um seine Freundin, die Hexe Knurz, zu besuchen.

Laut erschallte das Horn bis in alle Winkel. Das Zwergenvolk sammelte sich an einem Platz unweit des Abstiegs. Mütter riefen ihre Kinder herbei, und die Alten erhoben sich ächzend. »Wie sollen wir über diese steilen Stufen und Felsvorsprünge die Planwagen mit den Bogelgespannen ins Tal hinabfahren?«, frug Buri Bautermann. »Ich werde ein wenig mit Zauberkraft nachhelfen«, antwortete Balduin von Tintagel, »und schaue mal sofort im Zorobaster nach, welches der geeignete Zauberspruch ist«, sprang auf den Kutschbock seines Wagens und verschwand hinter der Plane. Einen Augenblick später erschien er schon wieder mit einem breiten Lächeln: »Ich hab's!« Sein rechter Arm malte majestätisch eine Acht in die Luft, während er gleichzeitig in einer fremden Sprache einen geheimnisvoll klingenden Spruch murmelte. Plötzlich standen alle Planwagen des Zuges still und schwebten knapp über dem Erdboden. Auch die Hufe der Bogels berührten den Grund nicht mehr, was die Tiere nicht weiter störte. Die Kennin nahmen die Zügel und führten sie die Stufen an der Felswand hinab. Die Landschaft wurde, je weiter sie vorankamen, immer öder und lebensfeindlicher. Als der lange Zug die Talsohle erreichte, konnten die Wichte in gebührender Entfernung das Wirtshaus am Koselstrang erkennen. Im tristen Licht des Nebels sah es gespenstisch aus. Die Ankunft des Zuges war den Gästen selbstverständlich nicht entgangen. Einige Modertrolle lugten aus den Fenstern heraus, und ein Rudel langschwänziger Bisamratten schoss aus allen Löchern und sprengte davon. Raffgie Rig, der Wirt, trat neugierig vor die Tür. Er lehnte sich mit verschränkten Armen an die Hauswand und schaute den näherkommenden Kennin finsteren Blickes entgegen.

An der Spitze des Zuges lief Thorgrimm von Granitgestein, gefolgt von Lapis Excellis, Laurin Lazuli, dicht dahinter Wiegand, der Schmied.

Er hielt nicht, wie die meisten anderen, einen Wanderstock, sondern seinen schweren Schmiedehammer in der einen Hand, während er den Amboss unter den linken Arm klemmte. Das sah schon recht seltsam aus. Wiegand würde niemals Hammer und Amboss irgendwo liegenlassen. Beides war untrennbar mit ihm verbunden, wie auch kein Kennin sich jemals von seiner Mütze trennen würde. Er galt als der Kundigste, weil er schon weit gereist war. Es gab nur wenige Plätze im Koselgebirge, die er nicht kannte.

»Was meinst du«, wandte sich Thorgrimm an Lapis Excellis, »sollen wir dem alten Schankwirt einen Besuch abstatten? Ob man ihm wohl trauen kann?«

»Vorsicht!«, mahnte Lapis. »Der Mann ist möglicherweise ein Freund von Fratz, dem stinkenden Schwefeldämon. Ich habe eine andere Idee. Der Baumgeist der alten Kastanie dort, schräg gegenüber dem Wirtshaus, ist ein Freund von mir. Wir ziehen, ohne Einkehr zu halten, am Wirtshaus vorbei, und ich kehre in der kommenden Nacht im Schutze der Dunkelheit zurück, um mit Kastagnetus, dem Baumgnom, zu reden. Er wird mir auch verraten können, wie wir gefahrlos am Nixenteich vorbeiziehen können. Bestimmt wird er mir auch sagen, wie es von dort aus weitergeht. Die unzähligen Kastanienwälder halten alle einen intensiven Kontakt untereinander.«

»Sehr gut!«, meinte Wiegand. »Was glaubst du, Lapis, müssen wir mit Überfällen der Modertrolle rechnen? Ich kenne sie zu wenig, ich kann sie schwer einschätzen.«

»Leider müssen wir davon ausgehen, dass sie es versuchen werden«, seufzte Lapis Excellis und zuckte mit den Achseln. Das war das Stichwort für Thorgrimm. Er fuchtelte mit seinem Kurzschwert wild in der Luft herum und schrie:

»Auf dass sie es wagen sollen, diese Moderköpfe! Ich werde ihnen schon den Balg gerben mit meiner scharfen Klinge. Wir werden sofort eine Schutzpatrouille zusammenstellen!«

Er drehte sich um und lief den ganzen Zug entlang bis ans Ende. In kurzen Abständen rief er etwas in die Zwergenschaft hinein, so dass immer einer oder zwei hervortraten und sich ihm anschlossen. Schließlich hatte er wohl an die zwei Hundertschaften um sich herum versammelt. Plötzlich ertönte lauter Hörnerklang: Es wurde zum Verteilen der Waffen geblasen.

Hinter dem Planwagen Balduins schob sich der Schwerterkarren durch die aufgeweichte Erde des Weges. Er war bis

obenhin mit schrecklichen kettenbehangenen Morgenster-
nen, Kurzschwertern und Lanzen angefüllt. Turmalin, der
Waffenmeister, gehörte zu den ältesten der einfachen Zwerge
im Hort. Sein langer schlohweißer Bart schleifte beim Gehen über den Boden. Bucklig und krumm geworden, stand
der Greis vor dem rechten Hinterrad seines Planwagens und
kaute auf einer Baumwurzel herum. Die Zwerge hatten sich
in Zweierreihen aufgestellt und bekamen einer nach dem anderen von Turmalin ihre Schwerter in die Hand gedrückt.
Thorgrimm verteilte die Wachpatrouillen zu zweit und zu
dritt entlang dem gesamten Zug.

Inzwischen hatte die Zwergengesellschaft den Mischwald
hinter dem Wirtshaus zum Koselstrang erreicht. Weder mit
Raffgie Rig noch mit den Modertrollen kam es zu Auseinan-
dersetzungen. Die Bäume im Wald, den sie jetzt durchquer-
ten, standen dicht bei dicht. Infolgedessen konnte kaum ein
Sonnenstrahl ihren Weg bescheinen. Gespenstisch still war
alles, kein Vogelgezwitscher noch irgendwelche sonstigen Geräusche. Ab und zu funkelte ihnen aus dem Dickicht ein Augenpaar entgegen. Die Kennin fühlten sich von allen Seiten
beobachtet. Misstrauisch geworden, untersuchten die Wach-
mannschaften die am Weg liegenden Bäume, ob sich nicht jemand dahinter versteckt hielte. Doch niemand zeigte sich.

Wie sehr sie sich auch umsahen, keiner von ihnen bemerkte
die Modertrolle, die oben in den Baumkronen saßen und mit
listigen, geradezu verschlagenen Gesichtern hinabblickten.
Wie reife Früchte ließen sich die wilden Trolle unerwartet auf
die Kennin fallen. »Ergreift sie!«, schrie ihr Anführer. Sie
packten kratzend und beißend die Wichte, aber diese wussten sich wirksam zu wehren. Thorgrimm und seine Mannen
zückten flink ihre Kurzschwerter und hieben kräftig auf die
Angreifer ein. Die anderen Männer stürmten Turmalin zu,
welcher wieselfix drei große Körbe mit weiteren Kurzschwertern bereitgestellt hatte. Immer mehr Zwerge trafen auf die
Trolle und fügten ihnen schmerzhafte Wunden zu. Dabei
war es gar nicht so einfach, eine solche Schlacht in dem dichten Wald auszufechten. Überall standen diese verflixten Bäume herum. Aber anstatt den Gegner zu treffen, hieb so mancher Kämpfer gegen einen Baumstamm oder einen dicken

Ast oder völlig daneben. Mitten im Getümmel schlug sich Thorgrimm mit dem Anführer der Trolle. Der Modertroll führte einen dicken Mooreichenknüppel in der Hand. Sein braunes torfähnliches Fell hing ihm in langen filzigen Zotteln herab. Die schmutziggraue ledrige Haut glich der eines Elefanten. In seinem von wulstigen Lippen umgebenen Maul steckten drei von großen Lücken umrankte faulige Zahnstümpfe. Über der Stirn erstreckte sich eine mattgraue runzlige Glatze, hinter den Ohren, groß wie Kohlblätter, befand sich ein schmaler buschiger Haaransatz, der sich über den gesamten Hinterkopf zog. Dieser wilde Bursche stank wie drei Dutzend nasser Füchse.

Thorgrimm ließ sich weder vom Kriegsgebrüll noch durch die deftigen Knüppelschläge des Trolls beeindrucken. Immer fester schlug der Unhold auf den Kennin ein. Thorgrimm parierte jedoch alle seine Hiebe. Jedes Mal splitterte dabei etwas vom Holz des Knüppels ab. Am Ende des Kampfes gab der inzwischen recht abgewetzte Prügel ein ächzendes Knacken von sich, worauf der Haarige ungläubig und verdutzt auf den abgebrochenen Stumpf in seiner Hand glotzte. Genau diesen Moment nutze der Einäugige mit der Augenklappe und versetzte dem Zotteligen einen furchtbaren Schwertstreich auf dessen Hinterteil. Ein geradezu irrsinniges Schmerzgebrüll übertönte das gesamte Kampfgeschrei. Der Anführer der Trolle nahm die Beine in die Hand, rannte, was das Zeug hielt, schreiend weg vom Ort des Geschehens. Man sagt, dies sei die Geburtsstunde des Ausdrucks »sich trollen« gewesen.

Während sich die Kennin mit den Modertrollen herumschlugen, sahen die Frauen aus sicherer Entfernung mit besorgten Blicken dem Getümmel zu. Sie hielten ihre Kinder fest umklammert. Die Alten bildeten einen geschlossenen Ring um Frauen und Kinder. Turmalin, der Waffenmeister, hatte sie ausreichend mit Lanzen und Wurfspießen ausgestattet, damit sie sich wehren konnten.

Draußen tobte indessen der Kampf weiter. Nach ihrem Anführer ergriffen schon bald mehr und mehr Trolle die Flucht. Hier und da lagen ihre erschlagenen Gefährten herum. Manch einer lief mit geschundenem Rücken, verletztem

Bein oder verdroschenen Stellen davon. Schließlich gaben die Modertrolle auf und zogen sich zurück.

Die Frauen, die Alten und die Kinder rannten auf die Kämpfer zu, herzten und drückten sie und beglückwünschten sie zu ihrem Sieg. Kein Kennin war ernsthaft zu Schaden gekommen.

KAPITEL 11

Der Nöck,
die Nixen und der
Irrlichterwald

Nachdem sie die Modertrolle begraben und alle Kampf-
spuren beseitigt hatten, verließen die Kennin das
Schlachtfeld. Sie wollten dadurch vermeiden, dass Fratz, der
böse Schwefeldämon, ihre Fährte aufnahm. Jetzt erschien ihnen der Wald nicht mehr ganz so dunkel, und sie gelangten
nach einigen Stunden auf einen gut ausgebauten Waldweg.
Laurin Lazuli und Lapis Excellis liefen diesmal in der Zug-
mitte und halfen den Müttern, die über keinen eigenen Planwagen verfügten, beim Tragen ihrer Kinder. Weiter hinten
ritten Filibus Platin und eine Schar junger Kennin auf ihren
Bogels und bildeten die Nachhut. In regelmäßigen Abständen sprengten einige von ihnen zu den Seiten aus, um zu erspähen, ob jemand den Zug überfallen könnte. Die eisenbe-
schlagenen Holzspeichenräder der Wagen rollten knarrend
und knorzend über den weichen, dicht beblätterten Waldboden und gruben sich nicht gar so tief in die feuchte, nach
Moos riechende Erde. So kamen sie gut voran und hätten
sicher noch ein größeres Stück Weges hinter sich gelassen,
wäre nicht an dem Wagen Buri Bautermanns ein Radkranz
gebrochen, als dieser über einen scharfkantigen Stein fuhr.
Die gesamte Kolonne musste warten, bis viele kräftige Hände den Schaden wieder behoben hatten. Ohne weitere Unterbrechung bewegte sich der Treck bis zum Abend des folgenden Tages. Als sie den Tümpel erreichten, an dem zuvor
Humanus Kreuzhard von Rosenhügel den Nöck getroffen

hatte, dunkelte es schon. Thorgrimm, der immer noch den Zug anführte, ließ zur Rast blasen. Daraufhin bildeten die Fahrzeuge einen großen geschlossenen Kreis zu einer Wagenburg, in deren Mitte man ein Lagerfeuer anzündete.

Das Reisig dafür fand sich im umliegenden Gesträuch zur Genüge. Der Brandgeruch des Feuers und auch der Lärm der Kennin, die sich scherzend und wild gestikulierend in kleinen Kreisen um das Feuer gruppierten, zog schon bald die Aufmerksamkeit des Nöcks auf sie. Fahles Mondlicht fiel auf das von Süßwassertang bedeckte Haupt des Fürsten der Unterwasserwelt. Er schwamm einsam und still im schillernden Nachtlicht und verbarg sich im vertrockneten Geäst an der Oberfläche des Wurzenteichs. Mit seinen hohlen Augen beobachtete er stumm das Treiben der Kennin. Er musste unaufhörlich an die Warnung des vermeintlichen Trucks denken, der ihm vom »Nöckschlächter« berichtet hatte.

In gebührender Entfernung tanzten zwei Nixen im lockeren Schilf des unbefestigten Ufers. Sie waren so in ihren Tanz vertieft, dass sie nicht bemerkten, was sich um sie herum ereignete. Erst als die Kennin auf ihren Fideln, Flöten und Trommeln zu spielen begannen, unterbrachen sie ihren Tanz, um der Musik zu lauschen. Die Wasserjungfrauen verwandelten sich in zwei hornlose weiße Kühe und näherten sich, gemächlich wiederkäuend, langsam der Gesellschaft. Niemand bemerkte sie, selbst als sie schon ganz nah herangekommen waren. Lediglich Wiegand, der Schmied, sah in ihre Richtung. Seinen wachsamen Augen entging nicht, dass sich hinter den harmlosen Kühen etwas verbarg. Er kannte die Nixen und die Nöcks. Dort, wo er herkam, gab es einen unterirdischen Teich, in dem der Nixenkönig Karus Kalter mit seinem Hofstaat lebte. Er zählte seit langen Zeiten zu seinen besten Freunden. Sie verbrachten viele Tage und Stunden in Freundschaft miteinander. Von ihm lernte er die Eigenarten der Wassermänner und Wasserfrauen kennen.

Auch dem Nöck war die Annäherung der Nixen nicht entgangen. Er hoffte, daraus später Nutzen ziehen zu können. Obwohl sie mittlerweile bemerkt worden waren, scherte sich keiner um die Kühe, denn Nixen konnten den Kennin nur gefährlich werden, wenn man ihrem Teich zu nahe kam.

Lapis Excellis hatte sich derweil auf den Weg zu Kastagnetus, dem alten Baumgeist, gemacht. Seine Kastanie stand vor dem Wirtshaus von Raffgie Rig und mochte wohl etliche hundert Jahre alt sein. Sie war ein riesiger Baum mit kräftigem Umfang, wie man ihn selten zu Gesicht bekommt. Gerade als Lapis unter den weit ausladenden Ästen stand, ertönte aus ihrer Krone: »Ich grüße dich, Lapis Excellis. Schön, dass du dich mal hier blicken lässt«, und heraus trat Kastagnetus, ein Gnom, knorrig und furchig von Gestalt. Aus dem dicken Stamm schälte sich ein Gesicht, die Haare einer buschigen Baumkrone gleich. Seine dicke Nase hatte die Form eines abgebrochenen Astes, das große Maul ähnelte einer Baumhöhle, in der von Zeit zu Zeit eine Steinkauzfamilie nistete. Die Augen, Astlöchern gleich, blickten gütig, ernst und weise.

»Auch ich grüße dich«, entgegnete Lapis Excellis.

»Was führt dich zu mir?«, erkundigte sich Kastagnetus.

»Wir haben uns lange nicht gesehen«, sagte Lapis, »und nun möchte ich hören, wie es dir geht.«

Die beiden tauschten die Erlebnisse der letzten Jahre aus und freuten sich darüber, dass sie die Zeiten gesund und munter überstanden hatten. Lapis kam nun zu der Frage, die ihm arg auf den Nägeln brannte. »Sag, lieber Kastagnetus, ist die Gegend hier noch sicher? Was gibt es Neues? Kann uns der Nöck im Wurzenteich gefährlich werden?«

Kastagnetus räusperte sich, rümpfte die Nase und sprach mit knarzender Stimme: »Es hat sich im Koselgebirge herumgesprochen, dass euer Volk sich auf den Weg gemacht hat. Der Nöck hat große Angst vor euch. Da hat dein Freund Humanus Kreuzhard von Rosenhügel gute Arbeit geleistet. Allerdings erreichte auch Fratz, den Schwefeldämon, die Kunde eures Kommens. Er brach sofort auf, um seinen Freund, den Pogolch, zu informieren. Tharkblith werdet ihr womöglich ohne Probleme erreichen.

Natürlich kann man das in diesen unruhigen Zeiten bei all den vielen Unwägbarkeiten des Koselgebirges nie so genau wissen. Eins jedenfalls steht fest: Der Pogolch wird euch seine Spießgesellen, die Guul, entgegenschicken. Auch die Modertrolle werden sich auf die Seite des Pogolchs schlagen. Habt ihr das Koselgebirge erst hinter euch gelassen, droht euch weitere Gefahr durch die Bewohner der Menschenstadt. Was sie im Einzelnen so gefährlich macht, vermag ich noch nicht einmal zu sagen. Meine Freunde, die Kastanienwälder des Koselgebirges, erfuhren es von den Sylphen, den Vogelgeistern, die aus dem Norden eingeflogen kamen. Sie befinden sich wie ihr auf der Wanderung. Wenn ihr ihnen begegnet, könnt ihr sie selber fragen. Ich bin nur ein alter Baumgeist. Meine Boten sind die Vögel und der Wind. Beide sind nie lange an einer Stelle, deshalb reime ich mir aus ihren Berichten oft viel selbst zusammen. Soviel jedenfalls kann ich dir mitteilen«, schloss Kastagnetus.

»Du hast mir sehr geholfen, lieber Freund«, bedankte sich Lapis Excellis freundlich. Sie saßen noch eine Weile zusammen und schwatzten. Schließlich verabschiedete sich Lapis und machte sich auf den Weg zurück zu seinen Gefährten.

Der folgende Tag begann mit einem klaren Himmel. Die Morgensonne verjagte bereits früh die dichten Nebel über dem Teich. Die Nixen hatten sich in ihre ursprüngliche Gestalt zurückverwandelt und waren in der Tiefe des Tümpels verschwunden. Das Sonnenlicht hatte auch den Nöck in sein kleines Schloss auf dem Grunde des Weihers getrieben. Über den Wassern tanzten Stechmücken, während sich die Kennin am anderen Ende des Ufers zum Aufbruch sammelten. Bunte Libellen surrten über das von den Nixen niedergedrückte Schilfgras.

Eine Rohrdommel hatte sich auf einem der dickeren Halme niedergelassen und beobachtete neugierig das Treiben der Wichte. Mit der aufgehenden Sonne begann sich ein leichtes Lüftchen zu regen. Der Wind strich über das Wollgras hinweg und bewegte die jungen Birken, die überall in kleinen Gruppen beieinander standen. Die leuchtend gelb blühenden Mummeln bereicherten mit ihrer Schönheit die Landschaft. Auf den winzigen Blättern der Wasserlinsen saßen Wildbienen und stillten ihren Durst. Selbst der mittlerweile stärker werdende Wind vermochte sie nicht zu vertreiben. Unweit der Sammelstelle der Zwerge tollten zwei junge Wasserratten im dichten Bewuchs der Uferböschung. Etwas weiter vom Ufer entfernt sah man das Eingangsloch eines verlassenen Fuchsbaus. Ausgerechnet dort hatte sich eine Kaninchenfamilie niedergelassen. Ihre Jungen spielten ausgelassen in der sicheren Deckung des angrenzenden Grabens.

Die Kennin hatten ihre Schlafstellen schon lange verlassen, als sich die ersten Tiere zu rühren begannen. Die Zwergenrosse wieherten, als Thorgrimm von Granitgestein das Signal zum Aufbruch gab. Mit einem Ruck setzten sich die ersten Planwagen in Bewegung. Allmählich nur verließ der lange Zug den dichten Wald. Felder und Auen wechselten einander entlang seines Weges ab.

»Es wird nicht mehr lange dauern, bis wir in den Irrlichterwald kommen«, raunte Lapis Excellis hinter vorgehaltener Hand Kreuzhard zu.

»Ich weiß«, antwortete Kreuzhard und seufzte tief.

»Was ist los? Was hat es damit auf sich?«, wollte Filibus Platin wissen, der neben ihnen einherging. Die beiden Älteren schauten sich bedeutungsvoll an.

»Also, was ist?«, wiederholte Filibus, jetzt erst recht neugierig geworden.

»Nun«, brummte Kreuzhard sorgenvoll, »der Irrlichterwald liegt etwa eine Tagesstrecke von hier entfernt. Wenn man sich ihm nähert, verändert sich plötzlich die Gegend. Tannen und Fichten werden immer weniger. Dafür wachsen mehr hohe Mammutbäume. Weil sie in den Höhen dicht geschlossen sind, wird es immer dunkler, je tiefer man hineingeht. Dann, auf einmal, tauchen die Irrlichter auf. Sie tanzen und springen zwischen den Bäumen wild umher, mal oben, mal unten, mal hierhin, mal dorthin. Das macht sie sehr gefährlich. Trifft ihr Lichtschein auf einen Dwarl, so ist dieser auf der Stelle verloren und erstarrt zu Stein. Aus diesem Grunde müssen wir in ganz kleinen Grüppchen durch den Irrlichterwald. Gott sei Dank sind die Bäume sehr groß und breit, so dass man sich gut in den Furchen ihrer Rinde verstecken kann.«

Filibus' Neugier hatte sich für kurze Zeit in Schrecken gewandelt. Kreuzhard war das nicht entgangen: »Es wird uns allen gelingen, das Gehölz unbeschadet zu durchqueren. Hab Vertrauen, du wächst mit der Herausforderung!«

Die klaren, überzeugenden Worte hatten Filibus' Mut geweckt; und als er es in der Ferne aufblitzen sah, sprach er sich

Mut zu: »Ich lass mich doch nicht von ein paar Irrlichtern um die noch zu erwartenden Abenteuer bringen!« Da hob auch schon Thorgrimm an der Spitze des Zuges den Arm zum Anhalten. Buri Bautermann drängte sich nach vorne und hielt den Zeigefinger an die Lippen. Das aufgeregte Geplapper verstummte augenblicklich. »Da vorne liegt der Irrlichterwald. Wir müssen uns deshalb in Zweier- und Dreiergruppen aufteilen. Der Schatten der einzelnen Mammutbäume kann nur wenigen ausreichend Schutz bieten. Jeder Erwachsener nimmt ein Kind mit. Den Ponys mit den Wagen kann nichts geschehen. Wir treffen uns auf der anderen Seite am Weg zur alten verlassenen Wasserschmiede wieder. Ich will dort alle unversehrt sehen!«, rief er mit kräftiger Stimme. Die Kutscher flüsterten den Bogels Anweisungen ins Ohr, dann ließen sie sie laufen.

Sie waren schnell mit Sack und Pack verschwunden. Hinter ihnen drangen die ersten Zwerge vor. Sie suchten Schutz hinter einem großen Mammutbaum, denn die Irrlichter tanzten herbei: »Haben wir da nicht gerade einen gesehen?«, zischelte es. Doch ehe sie einen ausmachen konnten, hatten die Kennin schon ein neues Versteck aufgesucht. Die Leuchten fauchten hinterher, was die nächste Gruppe nutzte, sich in Sicherheit zu bringen. Ein nachzüngelndes Lichtlein machte lautstark auf sie aufmerksam, als aber die anderen umkehrten, hatte sich das Paar schon verzogen. Die Zwerge führten die Irrlichter regelrecht vor, ein Beobachter aus der Ferne hätte seine helle Freude an den tanzenden Erscheinungen gehabt. Mit ihrer Stärke und Flinkheit bewiesen die Kennin ihre Überlegenheit.

Einmal aber traf der Lichtstrahl einen nicht mehr so beweglichen Greis, der unter dem traurigen Raunen der Zeugen sofort zu Stein erstarrte. Zwei jüngere Unerfahrene ergriff die Panik, sie dachten nicht mehr an Deckung und wurden ebenfalls Opfer der Irrlichter. Da preschten die Kutschen und Planwagen plötzlich aus dem Nichts auf die Irrlichter zu, wirbelten sie wild durcheinander und begruben sie unter sich.

»Seht euch nur vor!«, drohte dröhnend Filibus Platin. »Eisenbeschlagene Hufe löschen gleich eure Lampen aus!«

Die Hellen sammelten sich in Richtung der Stimme, was den huschenden Gestalten zugute kam. Diese hatten inzwischen das Weite gesucht und lenkten die Irrlichter mit frechen Sprüchen ab. Sie tanzten wild hin und her, fluchten über die Vergeblichkeit ihres Tuns und schimpften über die Schnelligkeit der Kennin. Fast hätten sie dabei doch noch ein Wichtelkind erwischt, das hingefallen war und dem tödlichen Strahl nur um Haaresbreite durch einen schnellen Sprung hinter einen dicken Stamm entkam. So erreichten fast alle mit wenigen Blessuren die Waldgrenze vor dem Weg zur Wasserschmiede.

»Wir werden Giallar, den Greis, Tobin und Torin in Erinnerung behalten«, sprach Buri Bautermann traurig, während einige seiner Gefährten Steine zu drei kegelförmigen Haufen zusammentrugen. Dann stimmte er kaum vernehmbar das Lied vom Weggang an, in das nacheinander leise die gesamte Schar einfiel:

Ich mag dich, du ...
Es treibt dich fort im Nu ...
Und nur der Geist der Erde weiß, warum, wozu ...
Fort im Nu ... fort im Nu ...

klang es noch eine Weile verhalten in den Wald hinein.

KAPITEL 12

Unterwegs nach Tharkblith

Grendel, dem Schmied, konnte in seiner Wasserschmiede der Gesang nicht verborgen bleiben. Als er aber aus dem alten Gebäude hinauslugte, um nach der Ursache zu forschen, machte er nur die blinkenden Irrlichter in der Entfernung aus. »Fangen die jetzt auch noch an zu singen? Reicht doch, wenn sie dauernd in der Gegend herumblitzen«, meinte er und zog sich ungehalten zurück.

Die Sieben hatten beschlossen, bei Grendel nach dem Weg zur Menschenstadt zu fragen. Doch sie wussten ihn nicht einzuschätzen, denn der Schmied war ein Einzelgänger. Thorgrimm bot sich an. Er wollte ihm ein einträgliches Angebot machen.

Als er zur Tür eintrat, fand er den Schmied am offenen Kaminfeuer sitzend, seinen Hammer in der rechten Hand. Er war ganz offensichtlich erwartet worden.

»Tritt ein, Fremder, nur selten beehrt mich jemand mit seiner Anwesenheit. Was ist dein Begehr?« Dabei verzog er seine dünne ledrige Gesichtshaut zu einer hämischen Grimasse. »Sprich! Und lüge mich nicht an!«

Thorgrimm ließ sich von diesen großspurigen Worten nicht beeindrucken, sondern warf nur einige verhalten düstere Blicke zurück. »Bist du taub? Antworte gefälligst! Meine Zeit ist knapp!«, fuhr ihn Grendel schroff an. Dabei deutete er mit seiner breiten schmutzigen Hand auf den Kaminsims, auf dem eine zerkratzte alte Sanduhr stand. Die Gegenwart rieselte mit dünnem Faden in die Vergangenheit. Für einen Dwarl galt das Messen von Zeit sehr wenig, hatte er doch aufgrund seines zu erwartenden Alters genug davon.

Thorgrimm hatte genug gesehen: »Ich mach es kurz: Wie komme ich am schnellsten nach Tharkblith?«

»Oho!«, rief Grendel. »Ein Reisender bist du also. Was gibst du mir, wenn ich dir den Weg verrate?«

Thorgrimm griff in die Tasche, die an seinem Ledergürtel hing, zog einen kleinen Goldklumpen heraus und hielt ihn Grendel hin.

»Sieh da! Reich bist du auch noch ...«, rief dieser.

Thorgrimm hatte ihn richtig eingeschätzt. Einer, der die Zeit maß, war auch dem Besitz ergeben. Mit zugekniffenen Augen fuhr sein Blick abschätzig an dem Schmied herab. »In der Menschenstadt werde ich es vermehren. Also, was ist, willst du dir etwas verdienen?«

Grendels Begierde war geweckt. Zugleich schmiedete er einen Plan, wie er dem seltsamen Besucher folgen könnte. Womöglich führte der ihn zu einem Platz, an dem er noch mehr Gold versteckt hielt. »Nimm den Weg über das Uruselmoor. Nur von dort aus gelangst du auf der Straße, die sich durch das Koselgebirge über die Hochebene von Darkonor schlängelt, über den Pass. Von da aus erreichst du das sagenumwobene Felsenschloss des Grenzhüters. Er ist der Zöllner, an dem niemand vorbeikommt, ohne seinen Tribut zu entrichten.«

Thorgrimm kratzte sich nachdenklich am Hinterkopf: »Heißt das, ich muss noch einmal durch den Irrlichterwald?«

»Nein, das brauchst du nicht. Direkt hinter meiner Schmiede beginnt ein schmaler Fußweg. Der führt nach Westen, später ein kurzes Stück durch das Uruselmoor, dann erreichst du den Pass.«

Von Granitgestein warf ihm den Goldklumpen zu und verließ ohne weitere Worte die Schmiede. Grendel schlich ihm hinterher. Es verschlug ihm die Sprache, als er aus sicherer Entfernung die riesige Schar wahrnahm. ›Was hat sie wohl ins Revier verschlagen?‹ Er schlich sich näher heran, um die Kennin zu belauschen.

»Dieser Grendel hat mir einen Fußweg direkt hinter seiner Schmiede angewiesen, der stracks nach Westen führt …«, hörte er Thorgrimm sagen.

Buri, der auf einem umgefallenen Baumstamm saß, frug: »Ob wir ihm trauen können?«

»Ich glaube nicht«, antwortete Thorgrimm.

»Ich kann mir vorstellen, dass er mit dem Pogolch in Verbindung steht«, setzte Buri Bautermann mit besorgter Miene hinzu.

»Womit du sogar recht hast«, flüsterte Grendel hinter dem Busch. Er hatte genug vernommen. Ohne verdächtiges Geräusch begab er sich zu seiner Schmiede zurück. Das Feuer im Kamin brannte noch. Er setzte sich ohne Zögern an einen schweren rußgeschwärzten Tisch und griff zu Feder und Pergament. Das kam nicht oft vor, deshalb hatte er auch Mühe mit dem Schreiben. Hinzu kam in dem düsteren Raum das flackernde Talglicht. Mit krakeliger Schrift und in knappen Worten teilte er dem Pogolch mit, dass sich ein großes Zwergenvolk auf dem Weg in die Menschenstadt befände. Grendel rollte das Pergament auf kleinste Größe zusammen und schob die Rolle in einen Ring, durch den er ein Silberkettchen führte. Sodann rief er seinen Raben herbei und band ihm das Kettchen um den Hals. Er sah dem Raben tief in die Augen. »Abraxas, du fliegst in den Wuselwald zum Pogolch. Nur der Pogolch, kein Waldtroll oder sonst wer, darf dir das Kettchen abnehmen.« Der Rabe nickte. Er verstand jedes Wort seines Herrn. Grendel setzte sich den Raben auf den Handrücken, trug ihn zum Fenster, öffnete es, und der Vogel flatterte davon.

In einer nicht enden wollenden Schlange zogen die Kennin nach Westen. Der Weg verbreiterte sich schnell zu einem Sträßchen, welches in ein Tal mündete. Links und rechts erhoben sich felsige, spärlich bewaldete Bergmassive. Der Himmel hatte seine graue Wolkendecke umgelegt. Einzelne Nebelschleier verbargen den Blick auf die Bergspitzen. Sie kamen an einem Wasserfall vorüber, der sich aus den steilen Gesteinswänden der mit karstigem Gestrüpp umsäumten Felsformationen herunterstürzte. Überall lagen Granitmonolithe im Graspolster des moorigen Gebiets. Ab und an ließ sich das Zirpen der Grillen vernehmen. Eine leichte Brise aus Südwest umwehte die Weidenbäume, die die Wiesen und Tümpel säumten. In dieser lieblichen, friedvoll erscheinenden Landschaft ließ sich ein Rotkehlchen singend auf dem Ast einer Birke nieder. Libellen huschten über die mit Schilf und Rohrkolben durchwachsenen Weiher. Wildbienen flogen die Mummeln und Wasserlinsen an, um sich an den feinen Tautropfen zu erquicken. Eine Drossel schlüpfte, nach Futter suchend, unter einen Haselbusch und pickte die feuchte Erde nach Würmern und Samen ab.

Zwei behaarte Hände schoben das dichte Farnkraut auseinander, und ein runzliger Zwergenschädel mit einem langen weißen Bart lugte hervor. Ein zweites Gesicht kam von der gegenüberliegenden Seite her zum Vorschein. »He, Buri!«, rief der Erste dem Zweiten zu. »Hier ist nichts! Wie sieht es bei dir aus?« – »Ich habe einen Raben gesehen!« – »Was ist schon ein Rabe«, sagte Filibus Platin, der Sohn des alten Plutin. »Normalerweise ist nichts daran«, entgegnete Buri Bautermann, »nur trug dieser an einer Halskette eine Nachricht.« – »Eine Nachricht? Von wem könnte sie stammen? Und für wen ist sie bestimmt?«

»Vielleicht schickt sie der Nöck aus dem Wurzenteich ... oder Fratz, der Schwefeldämon? Der Himmel mag's wissen!« Die beiden Kennin brachen sich einen Weg durch das dichte Gestrüpp, vorbei an einer Lichtung von grobem Adlerfarn und locker verstreutem Wollgras, zwischen dünn belaubten Birken. Buri Bautermann und Filibus Platin erreichten das Ende eines Trampelpfades. Dort stand eine Gruppe Wacholderbüsche nahe einer Schlehe, neben der eine halb verrottete Waldkiefer auf dem Boden lag. Sie roch modrig, die Rinde war schon zu großen Teilen abgeplatzt und einige graugelbe Holzpilze sprossen aus den Furchen ihres Stamms. An dem großen Knorren an ihrer Seite, mit einem Strick aus Hanf festgebunden, standen zwei dunkelbraune Bogels. Buri und Filibus schwangen sich auf die Ponyrücken und ritten auf die Hochebene zu. An einer Schwarzerle legten sie eine kurze Rast ein, um sich die Taschen mit Mehlbeeren zu füllen, die hier in Mengen wuchsen. Die Früchte waren aber nicht für sie selbst bestimmt, sondern als Wegzehrung für die anderen im großen Zug.

Schließlich ritten die Freunde weiter, vorbei an Ebereschen und Heckenrosen. Nach kurzer Zeit erreichten sie eine kleine Anhöhe mit zwei nah beieinander stehenden Bergahornbäumen, zwischen denen hindurch sie reiten mussten. Hier trafen die beiden wieder auf den Trampelpfad, den sie vorübergehend verloren hatten. Er führte über karstiges, vertrocknetes Gestrüpp. Am Rande einer Waldwiese, die übersät war mit herrlich blauem Eisenhut, hielten sie ihre Pferde für einen Moment an, um sich an der Natur zu erfreuen. Als es wieder steil bergauf ging, stiegen sie von ihren Ponys ab und führten die Tiere zu Fuß über bemooste Felsblöcke hinweg zum angrenzenden Feenplateau. Die Ebene war gut zu überblicken.

Dort oben in der Mitte wanderte das Zwergenheer. Sie sahen die Alten mit ihren knorrigen Eichenstecken, die jungen Mütter und Väter, die die spielenden Kinder nicht aus den Augen ließen, und auch die Führer, die mit würdigem Schritt vorangingen.

»Wir werden sie bald eingeholt haben«, meinte Buri zu Filibus. Sie zogen die Zügel, die Bogels schnaubten und warfen die Köpfe hoch. In wildem Galopp ging es hinauf und hinab über eine Blumenwiese an Ebereschen und Hartriegelsträuchern vorüber. Eine halb verfallene Steinbrücke führte sie über einen ausgetrockneten Bachlauf, auf dessen anderer Seite es wieder steil aufwärts ging. So erreichten sie endlich die Nachhut des Zwergenzuges. Die Wächter geleiteten die beiden zum Führungstross.

»Wir bringen die Späher!«, kündigte ein Wächter die Ankömmlinge an. Thorgrimm wandte sich um und blickte den beiden entgegen. »Nun?«, frug er mit seiner tiefen, rauchigen Stimme.

»Wir haben beobachtet, wie ein Rabe mit einer Schriftrolle um den Hals an uns vorbeiflog«, teilte Buri Bautermann mit. »Und Mehlbeeren haben wir auch mitgebracht!«, rief Filibus Platin dazwischen. Thorgrimm strich sich nachdenklich über seinen Bart: »Die Sache mit dem Raben gefällt mir nicht. Die Nachricht, von wem auch immer sie stammen mag, wird für uns nichts Gutes beinhalten. Wir müssen noch mehr auf der Hut sein.«

Nach diesen Worten entbrannte eine wilde Diskussion darüber, wie die Angelegenheit mit den Raben zu deuten sei. Deshalb bemerkte niemand, wie sie aus einem Gebüsch heraus von einem kalten Augenpaar beobachtet wurden; dazu begann es, kaum vernehmlich zu rauschen. Nach kurzer Zeit bogen sich die Zweige eines großen Wacholderstrauches zurück, und die geheimnisvolle Gestalt war verschwunden. Das Rauschen aber legte sich nicht.

Nach der kurzen Unterbrechung setzten sich die Kennin wieder in Bewegung. Die Pause hatte den Müttern mit ihren Kindern gut getan. Die Babys waren gestillt worden und lagen nun zufrieden schlafend in ihren Wagenbettchen. Die ganz Alten ergriffen ihre Eichenstecken und humpelten und schlurften in ihren grauen Filzschuhen umher. Dazwischen tanzten und hüpften singend die jungen Wichte. Manchmal trieben sie es gar zu wild, so dass ihnen die Alten ein Stück Rinde oder einen Tannenzapfen schimpfend hinterher warfen. Gut erzogene Zwergenkinder entschuldigten sich, die frechen hingegen lachten nur und liefen schnatternd davon.

Die Landschaft nahm im Laufe der Stunden zunehmend schroffe Konturen an. Riesige scharfkantige Brocken versperrten den Kennin oftmals den Weg. Dann mussten alle paarweise hintereinander herlaufen, um überhaupt weiterzukommen. Manchmal lag aber auch ein Baumstamm quer, und der immer steiniger werdende Weg erschwerte den Gebrechlichen zusätzlich das Fortkommen. Vereinzelte Schneewehen erinnerten die Wanderer daran, dass sie immer noch eine Hochebene durchschritten. Die hereingebrochene Nacht umgab sie sternenklar mit eisig blauem Himmel. Es wurde richtig kalt. Schweigend zogen sie durch die Nacht. Der warme Hauch ihres Atems schwebte in vielen nebligen Wölkchen zum Himmel.

Eine geheimnisvolle Gestalt war ihnen auf leisen Sohlen gefolgt. Sie trug einen Umhang, der über den Boden schleifte. Eine Kapuze hing ihr tief in die Stirn. Darunter verbarg sich jemand, von dem nichts Gutes ausging.

Die behaarten Füße der Gestalt schlichen geübt und lautlos über die steinige Erde. An einzelnen Körperstellen des Verfolgers wucherten Hirschgeweihflechte und grünes Moos.

Die lange Wanderung machte mittlerweile vielen zu schaffen. Manche konnten schon die Füße nicht mehr hoch genug heben, schlurften und zählten jeden ihrer Schritte. Die Kennin sind Hügel- und auch Bergbewohner, sie waren lange Märsche nicht gewohnt. Viele von ihnen hatten schmerzende Blasen an den Füßen. Aber nur wenige beklagten sich über die Strapazen der Reise.

Nach einiger Zeit erreichten sie das Hochland von Mellywoods, eine verspielte Landschaft mit Kaninchenbauen, Heidesträuchern und jeder Menge wilden Besenginsters im Wechsel mit fruchtbaren Wiesen und kargen, steinigen Hügeln. Von hier aus war es nicht mehr weit bis nach Tharkblith, der Menschenstadt. Die Kennin richteten sich auf eine längere Rast ein. Sie suchten sich zu diesem Zweck einen der größeren verlassenen Kaninchenbaue aus. Das Labyrinth der Gänge erinnerte sie an den heimischen Kenninhügel. Der Hohe Rat der Sieben besprach sich und stellte mehrere Trupps zusammen, um die Gegend auszukundschaften und Nahrung zu finden. Einige wurden bestimmt, den Weg nach Tharkblith auf mögliche Gefahren hin zu untersuchen. Zum Anführer wählte man Lapis Excellis, den Weisen. Ihm zur Seite standen als Kriegsknecht Thorgrimm von Granitgestein und als Stratege in schwierigen Situationen Humanus Kreuzhard von Rosenhügel. Als vierter wurde Balduin Hexagramm von Tintagel den anderen zugeteilt. Mit der Aufsicht über den Zwergenzug und zu seinem Schutz wurden Buri Bautermann, Wiegand, der Schmied, und Laurin Lazuli im Kaninchenbau betraut.

Lapis und seine Gefährten brachen, gut gestärkt nach einem kräftigen Mahl, zu ihrer wichtigen Mission auf. Wortkarg und schnellen Schrittes überquerten sie die von Hecken durchzogenen Feuchtwiesen von Mellywoods, bis sie die großen Dolmen und Steinkreise von Murdiernooks erreichten. Kurz dahinter fielen die Felsen steil ab zu den Endmoränen einer dicht bewaldeten, von Wegen durchzogenen Landschaft, über die tief und schwer ein stetig dichter werdender Nebel zog. Filibus Platin, der sich ebenfalls der Gruppe angeschlossen hatte, ging gebeugt, um den modrig riechenden Nadelwaldboden auf Spuren hin zu untersuchen. Balduin, der ihm folgte, hielt oftmals inne und streckte seine Nase schnuppernd in die Luft. Roch es nach fremden Gestalten? Gar nach Menschen? Der Nebel wurde immer dichter. Thorgrimm, dem alten Recken, schien es hier nicht geheuer. Seine Hand schloss sich fester um den Griff seines Kurzschwertes. Als sie Rast hielten, zog Kreuzhard ein Pfeifchen aus der Westentasche, klopfte es aus, stopfte es mit getrockneten Rosenblütenblättern und zündete es sich genüsslich an. Dabei blickte er verschmitzt zu Balduin hinüber, der es sich im angetrockneten Gras unter einer Linde gemütlich gemacht hatte. Er streckte alle Viere von sich und ließ es sich gutgehen. Lapis und die anderen saßen im Kreis. »Wie weit noch bis Tharkblith?«, wollte einer der Soldatenwichte, die sie begleiteten, wissen. »Einen halben Tagesmarsch!«, rief ihm Kreuzhard zu. »Was wird uns dort erwarten?«, frug ein anderer. »Es ist lange her, dass ich zuletzt dort gewesen bin. Wenn wir vorsichtig sind, wird uns nichts geschehen«, antwortete der vom Rosenhügel. »Gibt es etwas, vor dem wir auf der Hut sein müssen?«, erkundigte sich neugierig Thorgrimm und zog dabei eine Augenbraue hoch. »Die Ratten!«, antwortete Kreuzhard. »Sie sind schlau, nur auf ihren eigenen Vorteil bedacht, kennen aber jeden Winkel der Stadt. Wir können ihr Wissen ausnutzen.«

Ein Grinsen huschte über das Gesicht der dunklen Gestalt im schwarzen Umhang. Sie hatte unbemerkt, auf einem Baumstumpf sitzend, die kleine Gesellschaft belauscht.

Im Reich der Ratten

Im dichten Nebel vermochten die Kennin kaum die Richtung auszumachen. Nur Balduin konnte durch ihn hindurchsehen. Stets führte er ein Fläschchen mit Sichtwasser bei sich. Es stammte aus einer verzauberten Quelle hoch droben in Jotunheimen, wo die Riesen hausten. Benetzte er damit seine Augen, konnte er selbst dickste Mauern mit seinen Blicken durchdringen.

Als sich nach langer Wanderung die Dunstschleier endlich lichteten, sahen sie die Stadt Tharkblith mit ihren qualmenden Schornsteinen, ihren Hochhäusern, Mietskasernen und Straßen vor sich. Am Stadtrand türmte sich ein gigantischer Müllberg auf. »Dort muss es doch Ratten geben!«, raunte Filibus Thorgrimm zu. »Ja, bestimmt!«, zischte dieser zurück. »Dort werden wir mit unseren Erkundungen beginnen.«

Durch ihre roten Zipfelmützen für Menschenaugen unsichtbar, überquerten sie mehrere überfüllte Straßen und schlüpften flink zwischen den Autos hindurch. Auf dem Müllplatz angekommen, strauchelte Thorgrimm und fiel mit lautem Klatschen in eine stinkende Ölpfütze. Filibus musste furchtbar lachen. Die anderen hielten sich die Nase zu und quietschten ebenfalls vor Vergnügen. Missmutig schaute Thorgrimm an sich hinab. Seine Beinkleider, sein Wams, einfach alles war mit schwarzem, ekligem Motoröl durchtränkt. »Potz Blitz und Funkelstein! Wie krieg' ich das jetzt wieder sauber?«, fluchte er. Balduin griff in seine Tasche und zog einen kurzen Zauberstab heraus: »Wie waren deine letzten Worte? Potz Blitz und Hinkelstein?« – »Funkelstein«, verbesserte ihn Kreuzhard, »Funkelstein!« – »Na gut, Funkelstein!«, sagte Balduin mit wichtiger Miene und fuchtelte wild mit dem Stab in der Luft herum. »Dein Zustand sei so, wie er war, sei ein Zwerg mit Haut und Haar!«

Gespannt schauten alle auf Thorgrimm und brachen erneut in schallendes Gelächter aus. Zwar war er blitzsauber, aber – splitternackt! Balduin stieg die Schamesröte ins Gesicht, und Thorgrimm kochte vor Wut. Doch bevor er aus der Haut fahren konnte, räusperte sich der Zauberer sichtbar verlegen: »Hem, hem! Ich muss wohl etwas falsch gemacht haben.« Er wiederholte den Spruch und fügte diesmal noch einige Worte in Trollsprache hinzu. Jetzt steckte Thorgrimm wieder in seiner gewohnten Kluft und schimpfte laut über das Öl, über unfähige Zauberer und überhaupt.

Zehn kampferprobte schwere Ratten hatten sich derweil unbemerkt genähert und versteckten sich hinter einem verrosteten Lastwagenwrack. Mit blitzenden feindseligen Blicken musterten sie die Eindringlinge. Ihr Anführer, dem die Bosheit aus den Augen sprang, hatte rotes Fell – das war sehr ungewöhnlich. Sein Körper wies zahlreiche große Narben aus unzähligen schweren Kämpfen auf. Aus dem wie eine Hakennase gebogenen, geifernden Maul kamen ein paar kurze Befehle, dann stoben seine Begleiter in alle Himmelsrichtungen davon.

Ein scharfes Zischen ließ die Kennin aufhorchen. »He, ihr, verschwindet hier!«, befahl eine heisere Stimme. »Zwerge haben bei uns nichts verloren!« Hinter einem großen Schieferstein trat die rotbepelzte Ratte hervor. Sie baute sich breitbeinig vor ihnen auf und fauchte großspurig: »Vor euch steht Growan Rotpelz Mac Greger, die einzige irische Ratte zwischen dem Koselgebirge und dem Wuselwald. Leutnant Ragzahn, verhaften Sie diese komischen Figuren hier!« Dabei knallte er mit seinem langen nackten Schwanz peitschenartig auf den Boden. Aus allen möglichen Schlupfwinkeln, aus einer verfallenen Baugrube, sogar aus der angrenzenden Kanalisation preschten Ratten hervor und umkreisten die

Kennin. Eine dicke tiefschwarze Ratte sprang mit gefletschten Zähnen auf Thorgrimm zu: »Ihr seid verhaftet! Jeder Widerstand ist zwecklos.« Doch der wich mit einem flinken Satz zur Seite aus, war völlig unbeeindruckt und zückte sein Kurzschwert. Kreuzhard aber legte seine Hand beschwichtigend auf Thorgrimms Arm. Sie benötigten schließlich die Hilfe der Nager.

Die Rattenpatrouille unter Führung des Rotpelzes Mac Greger nahm die Zwerge in ihre Mitte und führte sie in einen dunklen Gang, der hinter einem Mauervorsprung versteckt lag. Von hier aus hatte man Zugang zu einem weit ausgedehnten unterirdischen Wegenetz, das sich die Ratten geschaffen hatten. Die feisten Nager und ihre Gefangenen bewegten sich immer tiefer in das Rattenimperium hinein. Als ihnen eine furchterregend große Ratte begegnete, die den rothaarigen Offizier bemerkte, hielt sie sofort an und erkundigte sich über den Auftrag seiner Horde. Ehrerbietig salutierte Mac Greger vor seinem Gegenüber und gab bereitwillig Auskunft. Er hatte es offensichtlich mit einem Vorgesetzten zu tun, der sich auf Inspektionsrunde befand.

Links und rechts kreuzten sich jetzt zunehmend Seitengänge verschiedener Größe, in denen sich immer mehr Tiere bewegten. Die weiblichen kamen den Zwergen noch viel hässlicher vor als ihre männlichen Artgenossen. Leutnant Zack scherzte laut grölend mit Thapsus, einem seiner Kumpane: »Heute Abend gibt es sicher ein gutes Fressen!«, und gaffte dabei voller Gier zu den Kennin hinüber. Filibus stockte das Blut in den Adern: ›Sie wollen uns doch wohl nicht verspeisen?‹, hoffte er im Stillen. »Ja«, krächzte Zack, als hätte er Filibus' Gedanken erraten, »du wirst einen saftigen Braten abgeben.« – »Das könnte euch so passen!«, konterte Filibus wütend. Da flog ihm auch schon eine geballte Rattenfaust ins Gesicht: »Halt den Mund, es hat dir keiner befohlen, etwas zu sagen!«, brüllte Thapsus und bleckte die Zähne.

Zu beiden Seiten der Gänge befanden sich Einbuchtungen, in denen sie von Zeit zu Zeit einzelne oder mehrere Weibchen bei der Aufzucht ihrer Zöglinge bemerkten. Andere Gänge hingegen waren leer, nass und kalt. Nach einer Weile betraten sie eine schmale Gasse, die unmittelbar in einen

Kanal mündete. Über einen Steg erreichten sie eine runde, von scharfen Rattenzähnen aufgenagte Öffnung, durch die alle schlüpften. Ein modriger Geruch schlug den Freunden entgegen und raubte ihnen fast den Atem.

Aus allen Ecken und Winkeln wurden sie von vielen glühenden Augen mordlustig angestarrt. Die Stille in der Halle war unheimlich.

Unruhig zuckte das Licht der Fackeln an den Wänden hin und her und warf wirbelnde Schatten auf das angehäufte Geröll. In der Mitte des Raumes stand eine Säule. Um sie herum erstreckte sich eine knorrige Balustrade aus rußigem Wassereichenholz. Gleich dahinter war im schwachen Schein eines Talglichtes ein kleines Podest zu erkennen. Darauf stand ein alter verkommener Stuhl, an dessen Rücklehne die Sprossen fehlten. Auf der Sitzfläche lag ein gut erhaltenes, erstaunlich sauberes rotes Samtkissen, auf dem eine rabenschwarze Ratte in majestätischer Haltung thronte. Sie blickte gebieterisch auf ihre Untertanen herab. Ein Auge wurde durch eine Klappe verdeckt. Ihr abscheuliches staubiges Fell war übersät mit Räude und von langgezogenen, unzähligen tiefen Narben durchfurcht. Der rasiermesserscharfe Blick des anderen Auges durchbohrte alles, was er erhaschte. Schließlich traf er auch die Zwerge.

In gebührendem Abstand, im fahlen Licht nur schwer zu erkennen, stand eine Gestalt in einem dunklen Umhang, die Kapuze tief ins Gesicht gezogen. Kreuzhard allein war sie aufgefallen.

»Ins Verlies mit ihnen!«, befahl der auf dem roten Samtkissen. Sogleich ergriffen starke Pfoten die Kennin und zerrten sie fort. Der Rattenkommandeur war wesentlich kräftiger als seine Untergebenen, mit einem außergewöhnlich rötlich-blonden Fell, seine Haarspitzen funkelten wie Gold im Schein der Pechfackeln. Thorgrimm spürte hinter seinem Blick einen Anflug von Gutmütigkeit. Die Ratte hatte ihm ganz kurz mit einem Auge zugeblinzelt und ihn versöhnlich angeschaut. Trotzdem blieb er misstrauisch.

Sie krochen durch einen äußerst engen Seitengang, wie es hier wohl Hunderte gab, der vor einer rußigen Holztür mit dicken Beschlägen und klobigen Riegeln endete. Die Ratten warfen ihre Gefangenen schonungslos in einen dahinterliegenden, schlecht belüfteten dunklen Raum. In der linken Ecke stand vor einer Dreckpfütze eine ramponierte Bretterkiste. Darauf flackerte ein abgebrannter schmutziger Paraffinkerzenstumpf. Krachend fiel die Tür hinter ihnen ins Schloss, während sich von draußen ein schauerliches Lachen vernehmen ließ: »Dolosius Mortus wird euch hier verschmoren lassen!«

»Wer ist Dolosius Mortus?«, rief Filibus Platin interessiert.

»Unser General, der unser Imperium regiert und den ihr fürchten solltet!«, erscholl als Antwort zurück.

Wortlos musterten die Kennin ihre neue Unterkunft. Der Raum glich eher einem großen stinkenden Loch als einem Zimmer. »Was jetzt?«, frug Filibus Platin.

»Wir müssen hier raus«, sagte Thorgrimm von Granitgestein.

»Wie denn?«

»Ich werde uns zum Ausgang zaubern!«, rief Balduin.

»Noch nicht!«, widersprach Lapis Excellis. »Habt ihr vergessen, dass wir die Ratten brauchen, damit sie uns durch Tharkblith führen?«

Kreuzhard frug: »Aber wer von ihnen ist vertrauenswürdig?«

»Wir sollten abwarten, was passiert«, schloss Lapis Excellis.

Am nächsten Morgen hörte Thorgrimm ein leises Zischen. »Pssst! Hört mich jemand?«, machte es hinter der Tür.

»Ja, was gibt's?«, pfiff Thorgrimm vorsichtig zurück.

»Hier ist Growan Rotpelz Mac Greger. Ich muss euch sprechen!«

»Nur zu!«, ermunterte ihn Thorgrimm.

»Ihr werdet von mir hören!«

Am Abend kam eine Rattenpatrouille unter Führung des Rotpelzes, um die Zelle zu kontrollieren. Zwei von ihnen postierten sich am Eingang, die anderen durchsuchten den Raum. Währenddessen musterte Growan Mac Greger mit betont strenger Miene Thorgrimm von Granitgestein. Zugleich hatte er seine Untergebenen im Blick. Da schoss auch schon sein harter, grobschlächtiger Befehlston durch die Dunkelheit: »Leutnant Zack! Sie und Ihre Garde, verziehen sie sich und lassen mich mit den Gefangenen zum Verhör allein! Das ist ein Befehl!« – »Jawohl, Herr Oberst!«, salutierte Zack und verschwand augenblicklich mit seinen Kumpanen im Schatten des Höhleneingangs.

Die Zwerge blickten erstaunt. Wie hatte sich auf einmal die Mimik der Ratte verändert! Nichts brutal Gemeines lag mehr in ihren Augen, sie strahlten Milde aus. Ihre Fellhaare lagen glatt zurückgestrichen, die vielen Narben waren kaum noch erkennbar. Auch hatte die irische Ratte aufgehört, ständig die Zähne zu fletschen. »Verzeiht mir bitte meine groben Umgangsformen«, eröffnete ihnen Growan Mac Greger im Flüsterton, »ein anderes Verhalten hätte schnell Verdacht erregen können. Ich bin euch freundlich gesinnt.«

»Aus welchem Grunde sollten wir dir das glauben?«, frug Lapis Excellis misstrauisch.

»Es bleibt euch nichts anderes übrig. Aus der Rattenhöhle von Tharkblith gibt es kein Entkommen. Selbst denen, die nicht patrouillieren oder in der Armee dienen, entgeht nichts. Alles Verdächtige wird sofort gemeldet. Die Denunziation anderer gehört zu den Charakterzügen der Ratten.«

»Soso, und warum wollt Ihr uns dann helfen?«, erkundigte sich Balduin von Tintagel, der sich bisher zurückgehalten hatte.

»Weil ich keine gewöhnliche Ratte bin. Da, wo ich herkomme, haben die Schwarzratten die Rotpelzratten nicht nur vertrieben, sondern ausgerottet. Ich bin die letzte meiner Art.«

»Was unterscheidet euch denn von den Schwarzen außer der Pelzfarbe?«, wollte Filibus Platin wissen.

»Unsere engsten Verwandten sind die vegetarisch lebenden Sumpfbiber. Sie leben wie wir in kleinen Familien. Die Schwarzrattenclans sind zehnmal größer, als unsere waren. Sie sind aggressiver als wir und leben von Fleisch. Wir dagegen ernähren uns nur gelegentlich davon. Dann haben sie uns in großen Rudeln überfallen und nach und nach getötet.

Als sie meine Familie umbrachten, habe ich sehr viele von ihren Soldaten erledigt. Ungeschoren sollten sie nicht davonkommen. Das hat ihrem Anführer, Dolosius Mortus, sehr imponiert. Er hält ständig Ausschau nach neuen Offizieren, die ihm grausam und mordlustig erscheinen. Ich war an diesem Tag erfüllt von Rachegefühlen und Wut. Um überleben zu können, musste ich mich ihnen anschließen. Durch meine Größe war ich den einzelnen Tieren im Kampf überlegen und arbeitete mich schnell zum Oberst empor. Doch meine Rache ist noch nicht gestillt. Ihr kommt mir sehr gelegen, denn mein Clan hat mit den Zwergen immer in Frieden gelebt. Ich würde euch gern helfen und mit euch gehen, denn diese Gesellen hier kennen nur Krieg und Streit.«

»Wir vertrauen dir«, sagte Kreuzhard bedächtig.

Thorgrimm von Granitgestein aber war misstrauisch: »Wie willst du uns hier rausbekommen?«

»Noch habe ich Befehlsgewalt. Und draußen wartet ein Freund, Mortella, das Mauswiesel. Es lebt im Stadtpark. Mortella kennt alle Tricks und Kniffe, um uns schadlos durch das Reich der Menschen hindurchzuschleusen. Ich rufe jetzt die Wache. Sie soll euch abführen. Wir laufen mit ihr sofort zum Exerzierplatz, direkt vor dem Haupteingang der Höhle. Dort werde ich die Wache durch einen Überraschungsangriff außer Gefecht setzen. Wir müssen uns beeilen, denn unsere Flucht wird nicht lange unbemerkt bleiben.«

»Alles klar, Herr Oberst!«, salutierten einstimmig die Kennin.

Oberst Mac Greger befahl die Wache herbei. »Nehmt das Zwergenpack in eure Mitte, damit es nicht auf dumme Gedanken kommt«, ordnete er schlitzäugig an. Zack, Ragzahn, Thapsus und die anderen grölten lachend.

»Höh, höh!«, polterte Thapsus und kratzte Thorgrimm schnippisch mit seinen dünnen Rattenfingern unter dem Kinn. »Was macht der einäugige Giftzwerg, wenn er sich nicht wehren kann? Höh, höh!«

Thorgrimm kochte vor Wut und hatte alle Mühe, sich zurückzuhalten. Mit schnellen Schritten durcheilten die Gefangenen und ihre Wächter das Dunkel des Labyrinths. Keiner der Offiziere, denen sie begegneten, schöpfte Verdacht. An einem Wachtposten salutierte der Rotpelz und gab vor, die Zwerge auf Befehl von Dolosius Mortus nach draußen zu eskortieren.

Zügig erreichten sie den Höhlenausgang. Draußen in den Straßen war es Nacht. Fahles Mondlicht erhellte die feindliche Umgebung. Ein lauer Wind strich über den Asphalt.

»Wir treffen auf äußerst günstige Bedingungen!«, zischte Mac Greger den Wichten zu.

Er hob die rechte Vorderpfote und brüllte: »Halt! Stillgestanden! Alles hört auf mein Kommando!« Im selben Augenblick fiel der Rattenkommandant über die Leutnants Zack und Ragzahn her. Mit einem gezielten Biss in den Hals tötete er sie blitzschnell. Die anderen erstarrten vor Schreck und wagten sich nicht zu rühren. Mit pfeilschnellen, gekonnt platzierten Prankenhieben schlug Growan sie bewusstlos. »Nichts wie weg!«, schrie er.

Die Zwerge liefen unter rot leuchtenden Laternen eine Landstraße entlang, die direkt zum Stadtzentrum von Tharkblith führte. »Gleich sind wir am Stadtpark, wo Mortella, das Mauswiesel, wohnt!«, keuchte der Rotpelz.

Inzwischen hatte man die Flucht bemerkt. General Dolosius Mortus tobte vor Wut, als er davon erfuhr. Mit lautem Gebrüll sprang er von seinem Stuhl herunter und hopste mit einem Satz auf das runde Podest in der Mitte der Halle. Hunderte, wenn nicht gar Tausende schwarzer Ratten, übereinander stolpernd, strömten herein. Durch den einfallenden Luftzug flackerten die Pechfackeln noch wilder und unruhiger als zuvor. Das Dunkel der Rattenfelle vermischte sich auf gespenstische Weise mit den zuckenden Schatten an den Wänden. Der ganze Raum füllte sich geisterhaft mit dem flüsternden Quieken und Zischen der unzähligen Nager. Dolosius richtete sich zu voller Körpergröße auf und schrie: »Tatzitus und Ragnar Raff! Ich befördere ich euch mit sofortiger Wirkung zu Leutnants der Garde. Seht zu, dass ihr diese unverschämten Zwerge und den Verräter Rotpelz Mac Greger schleunigst zurückholt!« Für einen Moment hielt er inne, als wäre ihm gerade ein genialer Einfall gekommen: »Nein, wartet. Tötet sie! Tötet sie alle! Niemand legt sich ungestraft mit Dolosius Mortus an!«

Zögernd und ständig nervös um sich blickend schlichen Mac Greger und die Zwerge geduckt durch den Stadtpark von Tharkblith. Die wilden Rosensträucher und Fliederbüsche boten im Dunkel der Nacht mehr Schutz als am Tage. Düstere Nebelwolken hatten den Mond bedeckt. Die Tulpen, von deren bunter Farbenvielfalt im Tageslicht jetzt nichts zu sehen war, verteilten sich flächig auf die großzügig angelegten Beete im Park. Sie hielten ihre Blütenkelche zugeklappt, und die Gänseblümchen auf dem Boden des verwilderten Rasens konnten die Zwerge mit ihren behaarten groben Füßen nur annähernd erspüren. Frilo, der Steinkauz, schaute von einem hochgewachsenen Apfelbaum auf die voranschleichende Zwergentruppe herab.

Auch Mortella beobachtete interessiert das Geschehen. Sie hockte am Fuß der benachbarten Eiche, eines ausgesprochen knorrigen Exemplars, viel krummer und gedrungener als die meisten ihrer Art. Die vielen Riefen der Borke bezeugten das hohe Alter des Baumes. Dichte Hirschgeweihflechte in unterschiedlich matten Grüntönen bedeckten die Wetterseite des Stammes.

»Dort hinten sind wir verabredet«, flüsterte Growan Mac Greger.

Das Mauswiesel stand lässig an den Baum gelehnt. Es hatte die Arme verschränkt und erwartete die Ankömmlinge mit schräg gelegtem Kopf. »Hallo!«, pfiff es ihnen entgegen. Es betrachtete aufmerksam die merkwürdige Schar. Die Zwerge schnauften, als sie den alten Baum erreichten.

»Keiner, der den Stadtpark betritt, entgeht dem scharfen Blick des Wiesels«, wisperte es leise mit glänzenden Augen.» Nun denn, was kann ich für euch tun?«

Lapis Excellis antwortete: »Außerhalb der Stadt, auf der anderen Seite des Koselgebirges, steht unser ganzes Volk. Wir suchen einen Weg durch Tharkblith hindurch zu den Gärten der Riesen. Ob du uns wohl dabei helfen kannst?«

»Ich helfe gern, wenn ich kann!«, rief Mortella freudig aus. »Vor allem, wenn ich meinem alten Freund von der irischen Insel damit einen Gefallen erweisen kann.«

Mac Greger strich sich mit der rechten Pfote ganz eitel über das rote Haupthaar.

So merkte er zunächst nicht, wie sich die Gruppe langsam von ihm entfernte. »Halt! Halt!«, rief er. »Lasst mich nicht hier stehen! Ich will mit!« – »Wie viele seid ihr denn?«, erkundigte sich das Mauswiesel keck und sprang im Laufen auf eine Parkbank.

»Treili!«, antwortete Kreuzhard mit einem Wort aus der Trollsprache, die Zwerge wie Tiere gleichermaßen sprechen, das bedeutete »unzählig viele«.

Frilo, der Steinkauz, startete von seinem Ast in Richtung Ausgang der Rattenhöhle. Dort hockte eine Gestalt mit hochgezogener Kapuze auf dem Boden. Frilo landete auf ihrer rechten Schulter und flüsterte ihr etwas ins Ohr. Schließlich schwang sich der Kauz wieder in die Lüfte, indes der unheimliche Fremde aufstand und sich auf den Weg zum Stadtpark von Tharkblith begab.

Es wurde langsam heller. Außer Kreuzhard hatte noch keiner der Zwerge das unruhige Getriebe einer Menschenstadt erlebt. Immer weiter drangen sie zwischen Park und Häuser vor. Sie kamen an einer belebten Baustelle vorbei. Ein schwerer Radlader rangierte auf dem Platz.

Preßlufthämmer knatterten ohrenbetäubend. »Was für ein höllischer Lärm!«, schrie Balduin ärgerlich und sichtlich gereizt. Er musste gegen den Krach der Motoren anschreien, damit ihn die anderen überhaupt verstehen konnten.

»Ich habe Ohrenschmerzen«, wimmerte Filibus Platin mit schmerzverzerrtem Gesicht. »Die Menschen spinnen«, stellte Lapis Excellis trocken fest. Dabei starrte er verständnislos in die Menge, die von der Baustelle hin zur Fußgängerzone in unmittelbarer Nähe lief. Inzwischen schaufelte der Radlader Bauschutt von einer Ecke in die andere.

»Wie können die Menschen ein solches Getöse nur aushalten?«, frug Filibus völlig entnervt.

»Bloß fort von hier!«, rief Thorgrimm den anderen zu.

»Jetzt seht ihr, wie es wohl in dieser Zeit um unser altes Zuhause bestellt ist«, seufzte Balduin von Tintagel und senkte traurig den Kopf.

»Ach, wie sehne ich mich doch nach Zuhause ...«, meinte Filibus betrübt. Thorgrimm hob drohend die Faust dem Radlader entgegen.

»Er sieht dich ja doch nicht«, sagte Kreuzhard.

Die Gefährten gelangten zu einer Schnellstraße. Eine Blechlawine stinkender Autos wälzte sich im Schneckentempo in die Stadt. Lapis Excellis schüttelte den Kopf und wiederholte: »Wirklich, ganz ehrlich, die Menschen spinnen!« Dabei tippte er sich mit dem Zeigefinger an die Stirn.

»Warum sitzen die alle in diesen Eisenkisten?«, erkundigte sich einer der Soldatenzwerge. Das Mauswiesel antwortete schulterzuckend: »Habe noch nie darüber nachgedacht.«

»Sie benutzen die Blechschachteln, um schneller ans Ziel zu kommen«, kommentierte Kreuzhard. »So einen Blödsinn habe ich schon lange nicht mehr gehört«, konterte der von Granitgestein und zog kritisch eine Augenbraue hoch. »Jeder Mensch, den ich bisher gesehen habe, läuft schneller als diese komischen Apparate.« – »Die Blechkisten sind schnell, aber die Menschen, die sie lenken, sind strohdumm. Wenn nicht alle gleichzeitig in dieselbe Richtung wollten, würden sie sich nicht gegenseitig behindern«, erklärte der vom Rosenhügel. Growan Mac Greger fiel mit ein: »Also ganz ehrlich, falls ihr meine Meinung hören wollt, die spinnen, die Menschen ... völlig bekloppt ... Warum sollte ein vernunftbegabtes Wesen in eine solch beräderte Blechkarre steigen? Man kann damit zum Beispiel keine Abkürzung nehmen. Immer muss man auf der Straße bleiben. Ich mit meinen Pfoten kann dagegen durch Kanäle schwimmen oder den kürzesten Weg über die Dächer wählen. Gegen einen solch hohlen Blechkasten würde ich jedes Wettrennen locker gewinnen!«

Filibus Platin legte sein Gesicht in Falten und blickte nachdenklich in die Ferne: »Ich glaube, die Blechschachteln müssen gar furchtbare Bauchschmerzen haben. Ich bin sicher, dass sie unter schrecklichen Blähungen leiden.« Staunend und neugierig blickten ihn alle an. »Ja, Blähungen«, fuhr dieser fort, »ihr habt richtig gehört! Sie stinken ständig aus ihrem Hinterteil heraus, sie furzen mit lautem Getöse, dass die Schwarte nur so kracht. Sie schreien nicht, aber sie brummen und heulen vor Schmerzen ... die Armen! – »Ich habe noch nie so ein entsetzliches Klagelied vernommen«, stellte Lapis Excellis teilnahmsvoll fest. »Wisst ihr eigentlich, dass die Menschen einen sehr intelligenten Namen für diese fahrenden Untersätze verwenden?«, warf Kreuzhard ein. »Und, wie lautet er?«, erkundigte sich Balduin. Dazu setzte er eine Miene auf, die bekundete, dass er die Menschen nicht einmal für fähig hielt, einen schlauen Begriff zu bilden. »Sie nennen sie ›Automobile‹, das heißt ›selbstbewegend‹, ohne vorgespannte Pferde«, erklärte Kreuzhard weiter.

»Los, kommt rüber, auf die andere Straßenseite!«, rief Mortella und huschte flink über die Bordsteinkante. Die anderen folgten, so gut sie konnten. Es dauerte nicht lange, bis sie schließlich die Fußgängerzone erreichten. Die Menschen dort liefen geschäftig durcheinander. »Warum sind hier alle so hektisch?«, frug Filibus Platin. »Es hat etwas mit dem Pogolch zu tun«, flüsterte Kreuzhard geheimnisvoll, »er hat seinen Spießgesellen, den reichen Kaufmann Nixtun Ohnegeld zu den Menschen geschickt. Er hat ihnen Papier gegeben, später dann sogar nur einzelne Scheine, und behauptet, sie seien so viel wert wie Gold und Diamanten.«

»Und das haben die Menschen tatsächlich geglaubt?«

»Oh ja, es kommt sogar noch toller. Durch magische Zauberei gelang es ihm, Zahlen durch ein unendlich langes Stück Draht von einer Ortschaft zur anderen zu schicken. Dann hat er ihnen erzählt, nun brauchten sie kein Geld mehr. Sie sollten ab jetzt die Zahlen wie Geld verwenden.«

»Völlig plemplem, diese Holzköpfe«, brummte Thorgrimm fassungslos. Diesmal war er es, der sich mit dem Zeigefinger an die Stirn tippte. »Sie sind absolut meschugge geworden«, meinte er trocken.

Kreuzhard fuhr fort: »Je mehr Menschen es gibt, desto dümmer wird jeder einzelne von ihnen. Das Neueste, was Nixtun Ohnegeld den Menschen verkauft, sind bewegliche Bilder in bunten Kästen. Die schickt er ihnen über einen Draht ins Haus. Auf diesen Bildern ist zum Beispiel ein Wald zu sehen. Und warum tut er das? Weil sie aus ihrer Stadt immer seltener herauskommen. So verlieren sie zunehmend den Blick für Pflanzen, Tiere und die anderen Wesen, die sie begleiten. Die Menschen bleiben in der Stadt, arbeiten in Krach und Hektik und werden süchtig nach Drahtgeld und Bildern. Sie sind nicht mehr Herr ihrer Sinne!«

»Außer Leslie Marie!«, rief Filibus Platin und Humanus Kreuzhard von Rosenhügel ergänzte: »Sie lebt noch mit den Pflanzen und Tieren und freut sich über uns Zwerge, Elfen und den großen Geist, singt gern Lieder, hört Gedichte und

Geschichten. Sie und ihre Freunde machen sogar Musik mit Violine, Flöte und Klavier. Dagegen sind vielen anderen Kindern irgendwelche komischen Sachen, die quietschen, blinken und schnarren, seltsame Kisten, die bewegliche Bilder zeigen, wichtig geworden. Welch ein Jammer!«

»Los, kommt, wir müssen weiter!«, mahnt Mortella die Gruppe. Sie liefen auf dem Bürgersteig die Hauptstraße entlang. Kreuzhard drehte sich zu Lapis Excellis um: »Wir sollten einen Reisebus für das Zwergenvolk mieten, um schneller durch Tharkblith hindurchzukommen.« – »Ein Bus allein wird nicht reichen«, gab Lapis zurück. »Dann mieten wir eben viele!«, mischte sich Filibus Platin ein. »Mindestens fünf an der Zahl!« – »Wo bitte geht's zum nächsten Busunternehmen?«, frug Lapis Excellis. »Ich kenne eins außerhalb der Stadt in der Luisenstraße«, rief das Mauswiesel, »dort bin ich ab und zu und nasche an den Gummischläuchen. Ich meine die Gummischläuche der Busmotoren.« Erneut schüttelte Thorgrimm den Kopf und tippte sich an die Stirn: »Die Mauswiesel sind auch verrückt!«, flüsterte er Filibus Platin ins Ohr und rollte dabei mit den Augen.

»Halt!«, rief Mortella. Sie waren auf einer Brücke über die Schnellstraße angelangt, doch die Wagen mussten wegen einer Baustelle sehr langsam fahren. »Achtet auf die gelben Lastwagen; sie fahren zur Busstation. Springt einfach auf die Ladefläche!« – »Ich gebe das Kommando!«, sagte Growan Mac Greger schneidig und hob die Pfote. »Auf mein Zeichen springen alle zugleich!« – »Da kommt so ein Fahrzeug!«, rief Balduin, der sich über das Brückengeländer gebeugt hatte. »Zugleich!« Und alle sprangen auf den Kipper des Lastautos, das gerade unter der Brücke hindurch fuhr. »Na, das hat ja gut geklappt!«, schnaufte Thorgrimm zufrieden.

Das Auto rumpelte, und der kühle Fahrtwind pfiff den Freunden gewaltig um die Ohren. Sie hockten sich mit dem Rücken an die Hinterwand der Fahrerkabine. An einer Ampel hörten sie neben sich ein dröhnendes Geräusch: »Bumm, bumm, bumm, wumm, bumm, bumm, dumm ...«, drang es an die Ohren der Zwerge und Tiere. Thorgrimm und Balduin starrten sich erstaunt an. Sie hangelten sich an der Ladefläche hoch und blickten über die Kante. Da stand neben ihnen ein protziger Kleinwagen mit zwei jungen kahlköpfigen Leuten in Lederjacken. Aus dem Wageninneren dröhnte es. Der Grimmige hob gerade die Hand, um sich mit dem Zeigefinger an die Stirn zu tippen, als Balduin diese ergriff und meinte: »Lass nur, ich weiß schon.« Der Lastwagen kam an einem großen Platz vorbei. Mittlerweile blickten alle Zwerge über die Ladekante. Ein großes Gebäude trug die Aufschrift »Rathaus«. Davor war eine große Menschenmenge versammelt. Dicht gedrängt standen die Leute bis auf die Straße, der Lkw musste stehenbleiben. Auf einer Tribüne stand ein eleganter Mann in einem schwarzen Anzug. Der Geruchssinn der Zwerge erfaßte sogar sein süßliches Parfum, während er redete. »Ich mache alles billiger!«, krächzte die Stimme des Kaufmanns Ohnegeld aus den Lautsprechern. »Die teuersten Sachen nahezu kostenlos!«

»Wie kann man etwas Wertvolles billig anbieten?«, frug Filibus erstaunt.

»Das kommt ganz einfach zustande«, antwortete Kreuzhard: »Man zwingt die Hersteller, ihr Produkt zu niedrigen Preisen abzugeben, egal, ob die Arbeiter damit ihr Auskommen haben oder nicht. Die Käufer kaufen gedanken- und bedenkenlos und stärken so den Nixtuns dieser Welt den Rücken.« – »Das war doch nicht immer so, das wissen wir doch aus den Überlieferung.« – »Ganz recht. Erst seit aus der Runde der fünf Brüder aus dem Gorgonengeschlecht – dem Drachen Diavolo Ahrisorad, den einst der menschliche, von den Kennin mit ihrem Wissen ausgestattete Zauberer Geffrim beseitigte, dann Nekrophilius Atomasio, Luciobolus Dragonus, dem Biest vom Kaltenstein und dem Pogolch – das Biest und der Pogolch sich mit einem namentlich unbekannten Höheren Schwarzen Wesen, dem ›Dunklen‹, verbündeten, nimmt das Unheil seinen Lauf. Diese drei nämlich beschlossen, einen neuen Gorgonenschatz zu horten, der allerdings nicht aus Gold und Silber, sondern aus Talern besteht, die aus menschlicher Boshaftigkeit, Raffgier, Eitelkeit und Gefühllosigkeit, gekrönt von Gleichgültigkeit und Teilnahmslosigkeit, zusammengesetzt sind.« – »Und alle haben das mitgemacht? Das kann doch wohl nicht wahr sein!« Filibus war empört. »Doch. Das alles hat sich allmählich eingeschlichen«, entgegnete Kreuzhard, »das Schlimme ist, dass keiner etwas von all dem bemerkt hat und also keiner fragen kann, wie es dazu kommen konnte. – Doch hört!«

Nixtun Ohnegeld setzte seine Rede fort.

Er hatte einen umfassenden Vortrag darüber gehalten, dass Geld und das Geldverdienen wichtiger seien als Naturschutz und vor allem als die Interessen der Kinder. Er mochte Kinder nicht leiden und setzte plump auf die, die keinen Kinderlärm ausstehen konnten. Deshalb versprach er großspurig, kein Geld mehr für Spielplätze zu bewilligen. Auch Geld für Schulen würden seine Leute in den verantwortlichen Gremien künftig streichen. Geld und Reichtum seien der Schwerpunkt seiner Politik. Nixtun Ohnegeld hätte es am liebsten, wenn sich alle seine Untergebenen nur noch mit Geld beschäftigen würden. Geld! Geld! Geld!

Die Kennin lauschten dem Rest seiner Worte stumm und verstanden nichts von all dem, was er da redete.

Filibus Platin schüttelte den Kopf, Thorgrimm rollte mit den Augen, Kreuzhard starrte ins Leere, und Balduin tippte sich erneut an die Stirn: »Völlig irre, dieser Typ! Wie kann man sich bloß mit solch unnützem Zeug beschäftigen. Da, wo andere ihren Verstand haben, hat der seinen Geldbeutel.«

Der Lastwagen fuhr wieder an und beschleunigte. Über eine holprige Brücke steuerten sie eine Kreuzung an.

Dahinter entdeckten sie die Busstation. Dort angelangt, bog das Fahrzeug auf eine mehrspurige Schnellstraße ab, die direkt aus der Stadt hinausführte. An einer Baustelle hielt der Laster eine Weile, und die Gefährten wechselten nochmals auf einen leeren Kieskipper, der sich gerade anschickte, zum Hügel hinaufzufahren, an dem das Kenninvolk seine Zelte aufgeschlagen hatte.

Der Rat der Sieben bekam kurz darauf die Nachricht von der baldigen Ankunft der Kundschafter und schickte ihnen ein Begrüßungskomitee auf flinken Bogels entgegen.

KAPITEL 14

Der Pogolch

Wer die vom Abendrot beschienenen Almen und Berg-
wiesen des Koselgebirges kannte, der fand die karge Landschaft des Wuselwaldes sicherlich beklemmend und
öde. Wurden in den alten Handschriften der Erindahl im
hohen Norden des Koselgebirges noch die leuchtendroten
Kastilleas, die blauvioletten Lupinen und der samten-dunk-
le Buchweizen in wunderbarer Lyrik beschrieben, oder der
Sandregenpfeifer, wie er rundlich mit schwarz-weiß gefärb-
tem Kopf, mit seiner weißen Flügelbinde im Licht der weichen Dämmerung von feinen Schatten umspielt wurde, so
hatte das Land des Pogolchs nichts von alledem. Die Landschaft des Koselgebirges und seiner Täler zeigte sich oftmals
in reicher Vielfältigkeit. Und beobachtete man die einsamen
Trucks oder Waldläufer bei ihren Streifzügen durch die weit-
läufigen Niederungen, die sogenannten Downs, und Feldrai-
ne am Rande der feuchten Erlenbruchwälder, kam es einem
nicht selten so vor, als wanderten die oberen dünneren Äste
der Bäume ganz langsam über den tief ultramarinblau ge-
tränkten sommerlichen Abendhimmel.

Keiner der Trucks oder ihrer Begleiter hätte es je gewagt,
einen Fuß in die stinkigen Moore des Pogolchs zu setzen.
Während das Koselgebirge in lebendigem Glanz erschien, der
alle Gemüter erheiterte, wirkte das Land des Pogolchs düster
und bedrohlich. Auch das Wetter über Pogolchland unter-
strich die Unwirtlichkeit der Gegenden, worin der Unhold

mit seinen Spießgesellen hauste. Nicht selten war der Himmel auch am Tag nachtschwarz. Heulend huschte der Aar durch das Dunkel der Schattennebel. Blitze zuckten zum Boden hernieder, unmittelbar gefolgt vom ohrenbetäubenden Krachen des Donners. Lediglich der Mond, der dem Gewitter folgte, wenn der Sturmwind sich gelegt hatte, überdeckte mit seinem Leichenlicht die Kolke und Feuchtwiesen, in welchen sich übles Gewürm tummelte. Folgte man dem einzigen begehbaren Weg in das Moor, so hätte es erstaunen können, überhaupt ein Lebewesen in dieser feindseligen Umgebung zu entdecken.

Blumen gab es im Reiche des Pogolchs nicht, wohl aber zuhauf Giftpilze. Satanspilz und Hexenröhrling schossen überall aus der Erde, vor allem aber dort, wo der Pogolch sich länger aufgehalten hatte. Nicht anders war es um die Vogelwelt bestellt. Nebelkrähen zu Tausenden, schwarze Kolkraben, Graudohlen und Pfuhlschnepfen gehören zu jenen Arten, die man wohl kaum als trillernde Singvögel bezeichnen kann. Der Wuselwald bestand aus eintönigem Bewuchs von Kiefern und Fichten. In den Moorgebieten wucherten vor allem Birken neben allerlei wildem Buschwerk. Hier gediehen dicht am Boden in großer Anzahl die Gewächse, die in jenen Zeiten landauf, landab als Hexenkräuter bekannt waren: Bilsenkraut und Stechapfel, Tollkirsche, der giftige Aronstab und die Teufelskralle. Der große Artenreichtum an giftigen Pflanzen lockte manch düstere Gestalt in das Gebiet. Schlechtes zieht bekanntlich Schlechtes an: die alte Knurz und den stinkenden Schwefeldämon.

Gelangte man hindurch und kam im Land des Pogolchs an, überraschte einen immerwährende Kälte. Hier wurde es niemals richtig hell, herrschte ständig Nacht, die Temperatur überschritt nur selten den Gefrierpunkt. Ewig heulte der eisige Nordostwind über das Moor hin bis zu den Felsformationen, die da und dort die angrenzenden Wälder durchschnitten. Der Weg schlängelte sich einsam, oft kaum erkennbar, durch ein ausgedehntes Geröllfeld, das vor Zeiten ein Fluss hier geschaffen hatte. Man konnte allerdings auch Lebewesen in dieser feindseligen Umgebung ausmachen: Seitlich des Weges gewahrte man ab und zu ein Rascheln,

Knistern und Knacken. Das waren die Guul, in schwarze Kutten gekleidete üble Gesellen aus der Halbwelt der Trolle. Sie überwachten bei gelegentlichen Patrouillen den Weg zur Burg des großen Unholds.

Der Pogolch hatte jeden seiner Gefolgsleute, die Guul, mit einem Speer aus dunklem Licht ausgerüstet; damit konnten sie jedes Geschöpf, ins Herz getroffen, in einen der ihren verwandeln. Nur dem vermochten die Speere nichts anzuhaben, der reinen Herzens war. Wer sich noch weiter vorwagte, musste sich mit wärmster Kleidung versehen haben, denn die Temperatur nahm um so mehr ab, je mehr man sich den unüberwindbar scheinenden Festungsanlagen der Pogolchburg näherte.

Nun wurden die Kreaturen noch skurriler. Sie hausten in mehreren Dörfern, weitläufig um die Burg verstreut. Duevelus, Teufulum und Schmok lauteten die Namen der drei Orte. Duevelus lag westlich des Wuselwaldes am Rande einer Giftkräuterwiese, in der Nähe des alten »Kultplatzes des schwarzen Blutes«. Die Häuser der Dorfschaft standen in grober Fachwerkbauweise an ihren Plätzen. Die Hohlräume zwischen den Holzquadern bestanden aus einem Filz von Wollgras, Seggen, Schilf und lehmigem getrocknetem Morast. In diesen einfachen Hütten hatte sich die üble »Hexenschaft von Smudge,« die wohl zu den bösesten Hexenringen jener Zeiten gehörte, einquartiert. Sie verwalteten auch das Buch der Zauberei, den neuen Zorobaster, nachdem Balduin von Tintagel den alten an sich genommen hatte.

Der zweite Ort mit Namen Teufulum beherbergte die größte Siedlung satanischer Zauberer, die in der damaligen Welt bekannt war. Es war ein Orden der Boshaftigkeit. Jeder von ihnen trug einen langen spitzen Hut und einen schwarzen Bart, der bis zu den Knien reichte. Ihre Häuser waren Türme aus schwefliger Basaltlava, spitz wie ihre Hüte. Um das Dorf herum befand sich anstelle einer Schutzmauer ein Ring aus ewig brennendem Pech. Dabei regnete es ständig von oben herab, als wolle der Regen das ewige Feuer ersäufen.

In Schmok stieg giftiger, nach Schwefel stinkender Nebel auf. An wenigen Tagen im Jahr, wenn über ihm der Vollmond schien, konnte man die alte Knurz auf einem klapprigen Esel in den Dunst reiten sehen. Auch der hässliche Waldtroll stolperte zu gewissen Zeiten, halb auf Händen, halb auf Füßen, in das schemenhafte Nichts hinein. Wenn sich zuweilen ein paar Guul in die Nähe des Dorfes Schmok verirrten, vernahmen sie manchmal in der Stille schaurige, helle, langgezogene Klagerufe. Dann schallte es aus dem Dunkel mit heiserer Stimme zurück: »Kommt heeer! Kommt heeer!« Der Ruf brach ab und verstummte.

Ließ man die drei Dörfer hinter sich, so gelangte man nach fünf strammen Tagesmärschen in den unmittelbaren Einflussbereich der riesigen Burganlage des Dunklen Pogolchs. Immer mehr Straßen kreuzten den großen Weg, der aus dem Koselgebirge ins Pogolchland führte. Dunkle Guul und Hexen mit Raben oder schwarzen Katzen auf der Schulter kamen einem entgegen oder flogen auf einem Besen vorüber. Oder man begegnete der Verwandtschaft des grausen Waldtrolls. Dieses hässliche Geschmeiß nutzte den Pakt mit dem Pogolch, um andere für sich arbeiten zu lassen. Sie gebärdeten sich wie Herrscher, erteilten unsinnige Befehle, ließen sich bedienen, Essen bringen und hierhin wie dorthin tragen, obwohl sie früher immer alles mühelos zu Fuß erledigt hatten. Aber sie waren nichts verglichen mit den blutrünstigen und angriffslustigen Raubsauen, den Murhtags. Diese sahen wie Wildschweine aus, hatten aber Reißzähne wie ein Wolf und waren auf mehr aus als nur auf Trüffel. Vorwiegend machten sie Jagd auf kleine schleimige Ratten, Gnogs genannt, die im Reich des Pogolchs weit verbreitet war.

Nach einer Steppe gelangte man zu einer großen Wirtschaftsregion. Allerlei Handwerksbetriebe, Fabriken und Kraftwerke lagen dicht gedrängt beieinander. Doch bei genauem Hinsehen wurde dort Seltsames bearbeitet. Der Schmied, zum Beispiel, gab nicht etwa Eisen eine Form, sondern er hielt ein Stück Wahrheit ins Feuer. Sie wurde danach schmerzhaft auf einem harten Amboss weichgehämmert. Dann nahm er aus dem Kühlschrank eine eiskalte Lüge und pfropfte sie der Wahrheit auf. Das fertige Produkt legte er dann in eine Kiste mit dem Aufkleber: *An / Tharkblith / Rathaus / Koselgebirge.*

In der großen Spinnerei saßen die Hexen aus Duevelus und spannen Fäden aus Dummheit, Gleichgültigkeit, Neid und Gemeinheit in die Kleidung hinein, die der Pogolch ins Menschenland schaffen ließ. Diese Firma bildete den Grundstock des neuen Pogolchschatzes.

Es gab auch einen großen Güterbahnhof. Hier wurden die Waren aus Schmok auf den Weg zu den Menschen gebracht. Güterzüge mit allerlei Süchten nach Drogen aller Art, Bildern, Geld und sogar Wissen fuhren mehrmals täglich ab.

Weiter gab es noch riesige Kavernen in der Erde, aus denen früher Erdöl gepumpt worden war. Dort erhoben sich mittlerweile Fabrikhallen gigantischen Ausmaßes, in denen keine lebendigen Wesen, sondern nur Roboter und Maschinen ihre Arbeit an der Herstellung »veredelten Desinteresses und verfeinerter Intoleranz gegenüber allem Göttlichen« verrichteten. Es handelte sich hier um High-Tech-Ware, und besonders gut liefen die Versandkisten mit der Aufschrift »Inhalt garantiert ohne jeden Geist«.

In den Gaswerken wurden Flaschen mit Lachgas für den Kulturbetrieb, speziell die Spaßkultur, abgefüllt.

Überall in diesem großzügig angelegten Industriepark herrschte reges Treiben emsiger Guul. Sie transportierten mit ihren Ponys viele Waren. Ihr Anführer war Ragnaduhl. Er wohnte in einem tiefen Loch unterhalb der Pogolchburg und besaß einen selbst für hiesige Verhältnisse problematischen Charakter: Er ergab sich einerseits seinem Herrn in unterwürfigster Weise und redete ihm in allen Dingen nach dem Maul, andererseits knechtete er seine eigenen Untergebenen wie Sklaven. Unterwürfigkeit und Sklavenhaltung – von dieser »Industrie« lebten sehr viele sehr gut an diesem Ort.

KAPITEL 15

Die Festung und
das Haus von Schmok

Die Festung, ein riesiges massives Bauwerk, war von
einem breiten Wassergraben umgeben, der nur auf einer
Zugbrücke überquert werden konnte. Hinter den Mauern
wimmelte es nur so von Guul und Waldtrollen. Wer zur Burg
gehörte, trug eine Rüstung, war Soldat. Kleine Trupps überquerten die Brücke in beiden Richtungen. Einige schleppten
frisch erlegte Murhtags auf dem Rücken, das Lieblingsfressen
des Pogolchs. Er verschlang täglich so viele davon, dass die
Guul es mit dem Nachschub schwer hatten. Drang man etwas
weiter ins Innere der Burg vor, so lief man an den Ställen der
Zigogels, der wilden Trollponys, vorbei. Nur unweit davon
lag die Großküche, aus der herrlichste Gerüche von Gesotte-
nem und Gebratenem herausdrangen. Gleich daneben führte
eine ungewöhnlich breite Wendeltreppe aus grau-gelblichem
Schwefelsandstein zu einer riesigen, schweren zweiflügeligen
Tür aus schwarzem ungehobeltem Eichenholz. Den massi-
ven schmiedeeisernen Türklopfer hatte es aus seiner Veran-
kerung gerissen: Jemand musste die Tür mit Brachialgewalt
zugeschlagen haben. Nur einer konnte das gewaltige Tor öffnen: der Schwarze Meister selbst.

Er lag am hinteren Ende eines riesigen Saales und war ein
Lindwurm, wie ihn die Erindahl geschildert hatten. Seine bösen Augen blitzen wach ins schummrige Dunkel der mit Fackeln bestückten Halle. Seit dem Raub des Gorgonenschatzes
hatte er nicht mehr geschlafen. Er konnte bis auf den Tag den

Verlust des Schatzes nicht verwinden. Das viele Gold, das viele Silber, geraubt von einem dämlichen, dummen, mickrigen Kennin! Unfassbar!

Und jetzt all die Nachrichten über das wandernde Zwergenvolk. Sollte es sich um das Volk handeln, welches seinen Schatz verbarg? Bei diesem Gedanken wurde ihm ganz übel. Er musste herausfinden, was an den Geschichten stimmte. Er ließ nach Ragnaduhl rufen, der Fürst der Guul sollte helfen, ihm Klarheit verschaffen.

»Schrecklicher Pogolch, Meister über alle Bosheit der Welt. Zu Euren Diensten!«, begrüßte er den Drachen unterwürfig.

»Gehab dich wohl, elender Wurm«, fauchte der Pogolch, »sag dem Dunklen, ich müsste ihn unbedingt sofort sprechen!«

»Dein Wunsch sei mir Befehl!«, schleimte der Guulfürst.

»Das ist kein Wunsch, sondern ein Befehl! Und jetzt mach, dass du fortkommst!«

Ragnaduhl verließ auf der Stelle die Burg, schwang sich auf eines seiner ausgeruhten Zigogel und ritt davon. In strammem Galopp erreichte er kurze Zeit später die dichten Nebel von Schmok und ritt, ohne zu zögern, in den fast undurchdringlichen Schleier hinein. Eine Zeitlang vermochte er kaum seine Pfote zu erkennen. Da tat sich mit einem Male der Vorhang vor ihm auf und gab den Blick auf eine dicht gedrängte Siedlung kleiner, mit Ried und Heidegras bedeckten Lehmhütten frei. In der Mitte des Dorfes stand eine besonders große, aus der ein helles kaltes Licht leuchtete. Ragnaduhl band sein Pony neben dem Eingang an ein kurzes Stück Balkenzaun und betrat einen großen, prunkvoll ausgestatten Innenraum. Die Wände waren mit hellstem Fichtenholz vertäfelt, und gleich Bildern einer Galerie hingen daran in übersichtlichem Abstand Lust, Leid und Sucht der Menschheit. Lichtwesen umschwirrten neugierig Ragnaduhl wie Mücken eine Gaslampe. Sie schienen ihm Fragen in einer fremden Sprache zu stellen. Verständnislos schauten sie ihn an, weil er keine Antwort gab.

Zwar war ihm die Sprache geläufig, aber er wollte sich nicht auf die albernen Lichtelben einlassen; deshalb warf er ihnen nur einen mürrischen Blick zu. Den Guulfürsten interessierte nur die Gestalt am Ende des Raumes, der Dunkle.

»Sei gegrüßt, Dunkler aus dem Nebelland. Mich schickt der Pogolch. Er sucht deinen Rat und wünscht dich unverzüglich zu sprechen!«

»Ei, freilich, sieh an, Ragnaduhl, der Guul?«, frotzelte hämisch der Neblige. »Mich staunt, dass du mich immer noch den Dunklen nennst! Diese Anrede gebührt doch eher dem Pogolch als mir!«

»Wohlan, so seiest du fortan ›Der Neblige‹ von mir geheißen. Auch wenn du dich mit deiner Vernebelungskunst gar prächtig zu verdunkeln weißt und viele deiner Artikel als magische Künste der Versuchung und der Lüste ins Menschenland verschickst. Du hast mich noch lange nicht ausgetrickst!«, konterte der Schattenfürst.

»Was kann denn wohl so wichtig sein, dass der Herr Pogolch meiner Gegenwart so inniglich bedarf?«

»Seltsame Dinge gehen vor im Land der Koselberge. Man sagt, die Kennin seien auf der Flucht. Und der Gorgonenschatz ...«

»Schweig! Still!«, fuhr ihm der Neblige in den Satz. »Solch neue Mär setzt hier bei uns schon Schimmel an! Ich bin den Zwergen schon seit langem auf den Fersen. Heimlich denn, und unerkannt, in meinem dunklen Gewand, folgt ich ihnen gar manche Stund, beäugte sie von Nahem und aus der Ferne, um den Grund ihrer Flucht zu erlernen.«

»Und, was hast du gelernt?«

»Fürwahr, Gevatter aus dem Schattenland, was glaubst du wohl?«

»Ich kann und könnt' es nicht ergründen.«

»Die süßen Früchte sind's, mein Freund aus Schmok, und auch die bitteren kalten gar, die der Pogolch mit dunkler Absicht, aus Machtgier denn und eis'ger Berechnung schickt' ins Menschenland in ihr kos'lig, kuschliges Gebirge.«

»Ach, du meinst den Geiz, das Geld, die Lust am gegenseitigen Übertrumpfen, die goldene Gleichgültigkeit und den Hass auf alles Göttliche.«

»Ja, genau das, und vieles mehr ... Und jetzt stell dir vor, zum Totlachen ist's! Eine Straße wollten die Menschen den

Kennin durch ihren Hügel bauen. Da mussten sie wohl weichen. Tja, Pech für sie, Glück für uns. Bald wird die Menschen keiner mehr daran erinnern, was geist'ge Welten ... Da fällt mir ein: ›Fahr zu, oh Mensch! Treib's auf die Spitze, vom Dampfschiff bis zum Schiff der Luft! Flieg mit dem Aar, flieg mit dem Blitze! Kommst weiter nicht als bis zur Gruft.‹ Wo hab ich das denn bloß gelesen? Ein schlauer Mensch es war, vor langen Zeiten, der jenes hat so trefflich fabulieret ... Wie war doch gleich sein Name? Egal!«

Ragnaduhl konnte die Sprüche des Nebligen überhaupt nicht leiden. Unruhig trat er von einer seiner Hinterpfoten auf die andere. »Komm endlich zur Sache!«, fauchte er sein Gegenüber unwirsch an.

»Gemach, gemach, mein Freund. Die Ruhe nur! Sollst dich nicht unnötig betrüben. Wirst schon schnell genug erfahren, was des Pogolchs Drang befriedigt.«

»So sprich! Wonach steht der Zwerge Sinn? Wo wollen sie hin?«

»Truksvalin ist ihr Ziel, das Dwarlland!«, fauchte der Neblige mit geheimnisvoller Miene. »Um dahin zu kommen, müssen sie durch Pogolchland!«

»Na, da haben wir ja noch etwas Zeit«, bemerkte der Schattenfürst.

»Ja, und dazu müssen sie noch die Gärten der Riesen und die Schädelsteinhöhlen durchqueren.«

»Hab Dank, Nebliger«, verbeugte sich Ragnaduhl, »ich werde dich für deine Dienste beim Pogolch loben.«

»Tu, was du für richtig hältst«, antwortete der Neblige mit finsterer Miene, »lass ihn aber wissen, dass mir sein Wohlwollen egal ist. Er hat keine Macht über mich.«

Ragnaduhl nickte stumm, aber beredt, verneigte sich und verschwand.

KAPITEL 16

Tharkblith

Während sich **Ragnaduhl auf seinem Zigogel** zurück zum Pogolch begab, berichteten Humanus Kreuzhard von Rosenhügel und seine Gefährten von den Abenteuern, die sie gemeinsam in der Menschenstadt bestanden hatten. Die Rückkehr der Späher veranlasste Buri Bautermann, unverzüglich den Rat der Sieben einzuberufen. Laurin Lazuli, der ebenso wie Buri Bautermann und Wiegand im Zwergenlager zurückgeblieben war, eröffnete die Versammlung.

»Ihr habt nun Tharkblith ausgiebig erkundet. So tut uns bitte kund, wie die Menschenstadt von unserer Schar zu durchqueren ist. Habet ihr nun wohl zu unser aller Vorteil den rechten Weg erkundet?«

Lapis Excellis sprach: »Es wartet eine Reihe bedrohlichster Gefahren auf uns in Tharkblith. Fast scheint es mir unmöglich, eine so große Anzahl Zwerge unbeschadet durch das Gebiet der Menschen zu führen. Da sind zum einen die Ratten, die nur darauf warten, uns den Garaus zu machen. Von den Menschen mit all ihren Verrücktheiten ganz zu schweigen. Ihr könnt euch nicht im Entferntesten vorstellen, wie verrückt sie sind. Aber wir haben Freunde gefunden, die uns helfen können, das bevorstehende Abenteuer unbeschadet zu bestehen. Ich denke hierbei an Growan Mac Greger, die rote Ratte, und Mortella, das Mauswiesel. Leider, so meine feste Überzeugung, wird ihre Hilfe bei weitem nicht ausreichen. Wir werden darüber hinaus unsere Verwandten, die

Hausgeister, die Brownies, die Tomtras und Nisken, brauchen. Ich habe Laurin Lazuli gebeten, in Tharkblith nach ihnen zu suchen. So lass, Laurin, uns bitte vernehmen, was deine Reise an Erkenntnissen gebracht hat.«

Laurin Lazuli räusperte sich, rückte sein Wams zurecht und strich sich mit seiner wettergegerbten Hand den langen schlohweißen Bart zurecht: »Ich dachte mir im Stillen, eine Aufgabe wie diese möchte doch gar zu schwierig nicht sein. Ein geübtes Auge sollte eigentlich seinesgleichen Brüder schnell erkennen. Wie erschrocken war ich dann, niemanden aus unserer Sippe in Tharkblith zu finden. Zunächst einmal, um nicht aufzufallen, verkleidete ich mich als Truck mit langem dunklem Schlapphut. Trucks werden von den meisten Wesen, wenn auch nicht geachtet, so immerhin respektiert. Also brauchte ich die Ratten nicht zu scheuen noch jedwedes andere Getier. Schnell kam mir zu Ohren, dass lange schon die Tomtras und die Nisken die Behausungen der Menschen verlassen hatten. Lediglich könne man mit etwas Glück noch ein paar Brownies in der Kornmühle und in der Stadtbibliothek finden. Ich begab mich sogleich in die Mühle und durchstöberte dort alles, ohne auch nur einen zu entdecken. Meine Güte, wie sah ich verstaubt aus, als ich mich auf den Weg in die Bücherei machte. Welch dumme Gesichter die Menschen gemacht haben, als ich die Bibliothek betrat! Mein Hut verlieh mir zwar die gewohnte Unsichtbarkeit, doch konnte ich nicht verhindern, dass das Mehl zuhauf aus meinen Kleidern rieselte. Außerdem musste ich ständig niesen. So kam es in der Bibliothek zu recht spukhaften Geräuschen. Auf alle Möbel, Fensterbänke und Bücher legte sich in Sekundenschnelle spukhaft weißer Staub. Die Bibliothekarin, eine dürre ältere Frau mit langen Haaren und einer Nickelbrille auf der Nase, kreischte so laut, dass ich glaubte, mir würden gleich die Ohren abfallen. Im selben Moment brach ein Tumult los. Mir kam das Durcheinander allerdings sehr gelegen, und ich verzog mich flink in einen der langen Gänge zwischen den mannshohen Bücherregalen, wo ich auch prompt auf einen Brownie stieß.

Es war einer von der Stadtsorte mit graumeliertem Fell. Der dichte Pelz bedeckte seinen ganzen Körper und spross sogar auf seinem Handrücken. Er hatte schrecklich große Segelohren, eine Nase wie die der alten Knurz, und die großen runden Augen glichen denen eines Menschenaffen. Über seinem runzligen Gesicht prangte eine große Halbglatze, die zusammen mit seinen riesigen gefurchten Händen seine absonderliche unproportionierte Gestalt nur noch stärker betonte. Der Mund war auffallend schmallippig, und sein Gebiss wies nur Zahnstümpfe auf. Aber sein gutmütiger, ja warmherziger Blick ließ den Dwarl trotz all seiner Hässlichkeit überaus angenehm und liebenswert erscheinen.

›Ei, ei!‹, rief er, als er mich zwischen den Büchern auf sich zukommen sah, ›sieh da, ein Zwerg, der sich als Truck verkleidet hat!‹ Es war mir, wie er dort auf seiner kleinen Bücherleiter stand und freudig auf mich herabblickte, als käme nach vielen Jahren ein alter Freund zur Tür herein. ›Hallo! Ich bin Laurin Lazuli vom Hügel hinter dem Koselgebirge!‹, rief ich dem Brownie zu. Und jener antwortete, ohne zu zögern: ›Hallo, mein Freund! Man nennt mich hier Chianan tir Brendalough, für dich einfach Chianan, das reicht.‹ Er stieg behäbig von seiner Leiter herab und reichte mir zur Begrüßung die Hand, lächelte und sprach mit tiefer kerniger Stimme: ›Ich sehe deinem Gesicht an, dass du nicht hergekommen bist, um dir ein Buch über die Sehenswürdigkeiten von Tharkblith auszuleihen.‹ – ›Fürwahr, das hast du recht erkannt!‹ – ›Dann sprich! Womit kann ich dir dienlich sein?‹ – ›Das kann ich dir gar wohl sagen. Doch bitte, gib mir zunächst kund: Wo sind all die Tomtras und Nisken, die es früher hier gab?‹

Der Brownie senkte betrübt den Kopf: ›Es war in der Zeit, als die Menschen Kirchen gebaut hatten. Überall läuteten die Glocken zur heiligen Messe. In den Dörfern und in den Städten verblasste mit der Verehrung des neuen Gottes das Wissen über uns Naturgeister. Alles, was die Menschen taten, wurde technischer. Aber das Schlimmste war dieses furchtbare Glockengeläut! Die meisten von uns konnten es einfach nicht mehr ertragen. Es schmerzte entsetzlich in den Ohren. Der erste große Auszug begann. Viele Kobolde, Nixen, Faune und Trolle flüchteten aus den Dörfern und Städten des Koselgebirges. Auch du wirst dich gewiss noch an diese

Zeit erinnern. Die Haus- und Hofgeister aber, die Nisken, Tomtras und Brownies, blieben. Sie schlossen Frieden mit den Menschen und lebten lange in gegenseitigem Respekt, manchmal sogar in Freundschaft zusammen.‹

›Wo sind die anderen Brownies hier in Tharkblith?‹, unterbrach ich ungeduldig meinen neuen Freund.

›Manche haben sich zurückgezogen und sind nach Truksvalin ausgewandert. Andere sind geblieben und leben in dieser Bibliothek oder in der Kornmühle.‹

›In der Kornmühle habe ich niemanden gefunden!‹, rief ich.

›Sie verstecken sich tagsüber auf den Dachböden und in den Hohlräumen der Zwischendecken. Deshalb konntest du sie nicht finden, verehrter Freund.‹

›Und was ist aus den Nisken und Tomtras geworden?‹

›Sie sind alle fort. Sie haben es noch lange mit den Menschen ausgehalten. Aber als diese Fabriken bauten, nahm die Anzahl der Autos in Tharkblith ständig zu. Im Gegensatz zu uns, die wir nur selten die Menschenhäuser verlassen, waren Nisken und Tomtras ja dauernd unterwegs, und so wurden mehr und mehr durch schreckliche Unfälle verletzt. Sie wurden angefahren oder gerieten in die Maschinen. Viel schlimmer für sie war es aber, dass die Menschen sie nicht mehr wahrnahmen.

Auch die Zeit der Kirchen hatte ihr Ende gefunden. Die Leute verehrten jetzt einen neuen Gott, ein dunkles Wesen, vielleicht sogar den Pogolch selbst.

Es vollzog sich mit den Nisken und Tomtras eine merkwürdige Verwandlung. Anstatt vor den Menschen zu flüchten, blieben sie und verloren ihre Herzlichkeit. Dann begannen Einzelne, sich mit der neuen Technik zu beschäftigen, und brachen den Kontakt zu uns ab. Sie verließen schließlich die Menschenhäuser, zogen in die Fabriken und halfen den dort neugeborenen Automatenelben bei ihrer Arbeit. Erfand ein Mensch zum Beispiel eine neue Küchenmaschine, einen Mixer oder ein neues Automodell, so entstand jedes Mal zugleich ein entsprechendes Elementarwesen. Die Nisken und Tomtras wurden auf diese Weise zu Helfern des Pogolchs. Das Schlimme ist nun, dass immer mehr solcher Geräte nach Tharkblith eingeführt werden. Nur eine kleine Gruppe Nisken und Tomtras entzog sich der ganzen Entwicklung und floh nach Truksvalin, in das Reich Ferroderichs. Nun stehen die Häuser leer, ich meine, es fehlen ihnen die guten Hausgeister, die bis dahin für Frieden zwischen den Menschen gesorgt hatten. Zunehmend brachen jetzt die Familien auseinander, und mehr Streit zog ein.‹

Bedrückt schauten wir uns gegenseitig an: ›Trotzdem, so sag an, lieber Chianan von Brendabock ...‹

›Tir Brendalough ...‹, korrigierte mich der Brownie höflich.

›Entschuldigung, lieber Chianan tir Brendalough: Draußen auf der Anhöhe vor der Stadt zeltet mein Volk. Wie schleusen wir so viele Dwarl unbeschadet durch die Menschenstadt? Wir müssen weiter zu den Gärten der Riesen, denn unser Ziel heißt Truksvalin.‹

Der Brownie setzte sich in einen großen Ohrensessel mit kariertem gelbrotem Stoffmuster und schlug die Beine übereinander. Dann beugte er sich über einen kleinen Tisch und griff mit seiner großen behaarten Hand nach einer schmalen messingbeschlagenen Schachtel. Er entnahm ihr eine dicke braune Zigarre und zündete sie genüsslich an. Den Qualm blies er mir selbstzufrieden ins Gesicht. Ich hustete, verzichtete aber darauf, mich zu beschweren.

›Mein lieber Laurin Lazuli, wir Brownies sind ein selbstbewusstes Volk, fürchten weder Tod noch Teufel, weder Mensch noch sonst jemanden‹, grinste mich der Hausgeist pfiffig an, dabei kniff er verschmitzt das rechte Auge zu, ›ich habe eine Idee, wie wir dein Volk durch die Stadt bekommen: Wir organisieren eine große Demonstration gegen diesen üblen Nixtun Ohnegeld. Allerdings benötigen wir dazu ein bisschen Zauberei.‹

›Was meinst du damit?‹, frug ich.

›Ihr nehmt einfach Menschengestalt an und zieht mitten durch die Stadt hin zum nördlichen Stadttor. Wenn ihr draußen seid, verteilt ihr euch und nehmt wieder eure ursprüngliche Gestalt an.‹

Ich sprang auf, klatschte in die Hände und rief: ›Grandios! Welch eine treffliche Idee!‹

›Nicht wahr?‹, grinste mich der Brownie schelmisch an. ›Die ganze Sache ist natürlich nicht ganz so einfach, wie sie klingt. Wir wissen nämlich nicht, wie Nixtun Ohnegeld auf so etwas reagiert. Deshalb müssen wir euch Geleitschutz geben. Stell dir nur vor, er holt seine Soldaten, um die Demonstration aufzulösen ...‹

›Und was wollt ihr dagegen tun?‹, erkundigte ich mich neugierig.

›Oh, da macht euch mal keine Sorgen. Das werdet ihr dann schon sehen‹, kicherte Chianan tir Brendalough. Seine kleinen Äuglein funkelten vor Freude. Hausgeister waren dafür bekannt, den Menschen mit Vorliebe ab und zu einen Streich zu spielen.

Ich fasste volles Vertrauen zu meinem neuen Freund und war mir sicher, dass er zu dem stand, was er versprach. Wir rauchten noch gemeinsam eine Zigarre, dann verabschiedete ich mich. Chianan traf zusammen mit mir auf der Anhöhe den Stoßtrupp um Balduin, Kreuzhard und Thorgrimm.«

Der große Rat war mit dem, was Laurin Lazuli zu berichten hatte, äußerst zufrieden.

Die Versammlung unter Buri Bautermanns Leitung beschloss, dass der Brownie den Zug der Kennin durch die Stadt schützen sollte. Laurin Lazuli ließ ihn herbeirufen und besprach mit ihm das Nötigste für den morgigen Aufbruch. Noch vor Anbruch der Nacht begab sich der braunbepelzte Haustroll auf den schmalen festgetrampelten Pfad hinab nach Tharkblith, um seine Kameraden über das Kommen der Zwerge zu informieren.

Bereits in den frühen Stunden des beginnenden Morgens meldete er sich wieder zurück. Er habe alles mit den Seinen besprochen. Die Kennin seien herzlich willkommen. Sie mögen sich nun mit ruhiger Zuversicht in Menschen verwandeln. Die Herolde riefen das Volk am Rande des Abhanges zusammen. Es dauerte allerdings einige Zeit, bis auch die letzten sich eingefunden hatten. Vor dem Zelt Buri Bautermanns hatten einige junge Kennin unter Anleitung Filibus Platins ein hölzernes Podest aufgebaut. Darauf lag eine schwere dunkle Brokatdecke, die mit goldgefaßten Edelsteinen bestickt war. Das auffallend niedrige Rednerpult bestand aus einem hochgestreckten Rosenquarz, der mit seinem wunderbaren sechseckigen Schliff in die beginnende Morgenröte hineinglänzte. Von der rechten Seite des Pultes hing der Ast eines blühenden Jasminstrauches herab. Ein Zaunkönig hüpfte zwischen den Ästen eines nahen Gebüschs aufgeregt hin und her. Hinter all dem senkte sich die Hügelkuppe mit ihrer Nordseite steil herab. Ein schmaler, mit Kalksteinschotter belegter Feldweg schlängelte sich zu dem Zwergenzeltplatz hinauf. Auf halber Höhe befand sich ein verlassener Dwarlstein, der einst als Kultplatz dem schon lange ausgestorbenen Volk der Scectoguren diente. Hier begann der dichte Nebel, der die Menschenstadt Tharkblith von der übrigen Welt des Koselgebirges trennte.

Mitten durch den Dunst führte der Schotterweg talwärts in die Stadt. Blickte man hinüber in die Downs, so sah man, wie eine einsame Drossel sich über die Hügelkuppe in den Himmel schwang, den Feldweg kreuzte und über die Wiesen hinwegsegelte, um dann im Nebel zu verschwinden. Aus Richtung des Zwergensteins ließ sich das hohe »Ziiirp« einer Heckenbraunelle vernehmen, die in einer der zahlreichen Feldahornhecken ihr Nest gebaut hatte. Gar nicht weit davon entfernt, vom Fuße einer Rotbuche, drang das schnarrende, schmatzende Geräusch eines Igelmannes, der einer Igeldame den Hof machte.

Auf der Hügelspitze, auf der die Kennin standen, endete der leichte Nieselregen und wich einem sanften Morgenwind, der lau durch die Bärte der Wichte strich. Balduin, genannt der Hexer, trug im Zaubermantel das dicke Zauberbuch, den Zorobaster, unter dem rechten Arm. In der linken Hand hielt er eine lange Haselnussrute, die ihm als Zauberstab diente. Mit wichtiger Miene betrat er das Podest, knallte das Buch auf das Rosenquarzpult, dass alle Anwesenden zusammenzuckten, und schlug es auf. Alsdann hob er die Rute und schwang sie beschwörend über den Köpfen der Zwerge. Dazu murmelte er einen geheimnisvollen Zauberreim, den er aus dem Zorobaster ablas. Plötzlich begannen die Kennin, sich zu verändern. Sie wuchsen auf menschliche Größe heran, trugen menschliche Kleider und verloren ihre dicken runzligen Nasen, ihre Rauschebärte und die langen Ohren. Alles an ihnen wurde jünger. Einige trugen zur Erheiterung der anderen sogar modische Shorts, Schlaghosen oder, was besonders komisch wirkte, mit Mustern benähte Lederstiefel. Viele waren mit olivgrünen Parkas, Feldjacken und bunten Anoraks bekleidet. Schon nach kurzer Zeit stieg eine lange Menschenschlange den schmalen Feldweg hinab ins Tal. An der alten Kultstätte sprach Balduin noch einen kleinen Segensspruch.

Die für Menschen unsichtbaren Brownies empfingen den Treck am Stadttor. Der Zug begab sich auf die Hauptstraße und legte den gesamten Verkehr lahm, was zur Folge hatte, dass sofort zahlreiche Verkehrspolizisten zur Stelle waren. Sodann erschien eine wilde, von Nixtun Ohnegeld angeheuerte Schlägertruppe mit Knüppeln und Schlagstöcken, um die Demonstration aufzulösen. Vergeblich versuchte die Polizei, die Schläger zu vertreiben. Jetzt verwandelten sich die Brownies blitzschnell in Glatzköpfe mit noch größeren Knüppeln und droschen auf die wilde grölende Meute der Radaubrüder ein, dass ihnen Hören und Sehen verging. Feige warfen die ihre Knüppel weg und rannten laut schreiend davon, manch einer mit einem kleinen beißenden Untier im Nacken.

Ungehindert erreichten die Kennin das Zentrum. Die Spruchbänder der Demonstranten verstanden die Menschen allerdings nicht: »Rettet die Elementarwesen!«, »Wir fordern die Wiedereinführung zwergengemäßer Lebensbedingungen!«, »Nieder mit Nixtun Ohnegeld und seinen dunklen Pogolchfreunden!« und »Wer Hausgeister verjagt, verschenkt sein Glück!« Auch der mahnende Satz »Keine Taten auf Erden ohne Folgen in der göttlichen Welt!« war zu lesen.

Auf dem Rathausplatz kam es zu einem großen Gedränge. Da erschien unter lautem Gebrüll und schrillen Pfiffen der reiche Kaufmann und Bürgermeister, Nixtun Ohnegeld, auf dem Rathausbalkon. Er versuchte, eine Ansprache zu halten, drang aber nicht durch. Ganz schnell redete er sich in Rage und bekam einen puterroten Kopf. Es waren nur einzelne Wörter wie »Wirtschaft«, »kaufen«, »billiger«, »Spinner!« und »Weltverbesserer!« zu hören. Schließlich gab er auf und versteckte sich hinter einer großen Tür unweit seines Balkons. Unter ohrenbetäubenden Pfiffen und lautem Geschnatter setzte sich der Aufmarsch erneut in Gang und bewegte sich durch die Innenstadt auf das nördliche Stadttor zu. Die bezahlten Schergen Ohnegelds wurden erfolgreich von den Brownies an ihrem Auftrag gehindert. Als der Zug das Tor durchschritten hatte, ließen sie das schwere Eisengitter herunter, so dass sie nicht verfolgt werden konnten.

Mitten im Nebel begann das Grenzgebiet zu den Gärten der Riesen. Dort lag eine große Apfelplantage mit einem weißen Landhaus. Es hatte das Aussehen eines kleinen Adelssitzes. Die hohen Fenster umgaben jeweils zwei dunkelgrüne Fensterläden, die das Haus dezent verschönerten. Davor lag ein eingefasster Garten mit schönen Blumenrabatten am Rand und einem großen Rasen in der Mitte. Neben dem Haus stand eine knorrige alte Rosskastanie. Das Hinterhaus streckte sich in die Länge und mündete in einen großen runden Hofplatz. Am Rande des Apfelgartens führte eine Platanenallee am Gutshaus vorbei zu einem ausgedehnten Seengebiet. Der Apfelgarten war durchzogen von langen Baumreihen, an deren Enden jeweils ein wunderschöner, weithin leuchtender Rosenbusch stand. Davor hatten die Bewohner jeweils eine Gruppe blauer Lavendelbüsche und Katzenminze gepflanzt, auf denen sich in lustigem Reigen bunte Schmetterlinge tummelten. Überquerte man den Hof, so gelangte man auf einen Wirtschaftsweg, der mit Rosenbögen überspannt war. Eine Scheune, mit weißen Beetrosen eingefasst, gehörte ebenfalls zum Gehöft. Die Äpfel strömten einen herrlichen Duft aus, und ihr überaus delikater Geschmack war weit über alle Lande hin bekannt.

Kreuzhard suchte die alte Kastanie im Garten des Landhauses auf, um sich bei ihrem Baumgeist, einem Waldelb alter Schule, nach dem Weg in die Gärten der Riesen zu erkundigen. Mit »Ehrwürdiger Kastanienelb« redete der Kennin den Baum an. Die Kastanie rauschte mit ihren Blättern. Da erkannte der vom Rosenhügel im Stamm ein stark gefurchtes, strenges Gesicht: »Was willst du, Wicht?«, brummte der Kastanienelb mit tiefer, knarzender Stimme.

»Ich bin mit meinem Volk auf der Reise in die Gärten der Riesen. Kannst du mir sagen, wie wir dort hinkommen?«

»Du hast Glück, eine Rabenkrähe hat es mir einmal vor vielen Jahren verraten.«

»Ist es weit?«

»Nein.«

»Wie finden wir hin?«, erkundigte sich Kreuzhard höflich.

»Geht durch den Rosenbogengang dort. An dessen Ende begebt ihr euch über eine kleine Brücke in den nahen Zauberwald. Dort dreht euch dreimal um die eigene Achse. Sogleich seid ihr am Ufer eines Flusses. Auf der anderen Seite seht ihr einen Fährmann mit seinem Schiff. Bittet ihn, euch überzusetzen. Da er ein Mensch ist, wird er Geld oder Gold verlangen. Gebt es ihm, aber auch eine der herrlichen Rosen aus dem Apfelgarten. Nur dann wird er euch mitnehmen. Und noch eines beachtet: Er soll euch keine weiteren Fragen stellen.«

»Ich danke dir, edler Kastanienelb, und wünsche dir ein gutes Jahr mit ausreichend viel Sonnenschein, genügend Regen und nicht allzu heftigen Stürmen«, verabschiedete sich der Kennin.

»Auch ich danke für deinen Besuch. Der große Geist segne dich«, knarzte der Baum höflich.

Die Kennin liefen an der Scheune entlang und bogen rechts in die Hofeinfahrt ein. Hinter der Mauer an der anderen Seite stand eine alte Trauerweide. Kurz dahinter begann der Rosenbogenweg. Da sahen sie, wie zwei Kinder auf sie zuliefen. Filibus Platin sah sie zuerst.

»Leslie Marie!«, jubelte er aufgeregt. Welch eine Freude! Das Mädchen lief mit ausgestreckten Armen auf den Zwerg zu und schloss ihn in die Arme.

»Sieh mal, Filibus«, rief sie, »ich habe einen kleinen Bruder, er heißt Fynn.«

»Hallo, Fynn!«, begrüßte Filibus den Jungen freundlich. »Sag, Leslie, wie kommst du denn hierher?«

»Ich wohne hier, und mein Bruder auch. Über euren Hügel läuft jetzt eine Straße, und unseren kleinen Hof gibt es nicht mehr. Als mein Vater das alles aufgeben musste, war er sehr traurig. Dann hat er hier neu angefangen, und dieses Leben macht uns wieder richtig froh.«

Leider konnten die Freunde nur kurz miteinander sprechen, denn die anderen Zwerge, allen voran Buri Bautermann, drängten zur Weiterreise. Alle dachten wehen Herzens an ihren verlassenen Kenninhügel. Sie durchschritten den Rosenweg, nicht ohne eine Rose für den Fährmann zu brechen, überquerten die Brücke und erreichten das Zauberwäldchen. Wie der Kastanienelb geraten hatte, drehten sich alle dreimal um die eigene Achse und schon befanden sie sich an dem Fluss, der die Gärten der Riesen vom Menschenland trennt. Der Fährmann stand mit seinem Schiff am anderen Ufer. Buri Bautermann nahm Menschengestalt an, um für ihn sichtbar zu sein.

»Heb! Heb, hooh!«, rief er.

»Was ist dein Begehr?«, frug der Fährmann zurück.

»Setz mich über!«, antwortete Buri.

»Kannst du denn auch zahlen?«

»Ja, gewiss!«, gab der Zwerg zurück.

Der Mann band sein Schiff los und tuckerte hinüber. Er war ein Hüne, groß und breitschultrig. Ein Vollbart zierte sein Gesicht. Er trug ein kurzes Hemd, blaue Pluderhosen und eine blaue Seemannsmütze. Er dachte, er habe es nur mit Buri Bautermann zu tun.

»Ich möchte, dass du zehnmal übersetzt und keine Fragen stellst, auch wenn du meinst, dein Schiff sei leer.«

Der Fährmann schaute ihn erstaunt an, aber der dicke, mit Gold gefüllte Beutel, den Buri ihm zeigte, machte ihn schweigen. Der Schiffer wunderte sich über seinen seltsamen Gast, dachte aber bei sich: ›Wenn dieser komische Kauz auch nicht alle beisammen hat, für das Gold würde ich sogar einen Kopfstand machen.‹ Laut sagte er: »Eine Bedingung noch: Ich brauche eine Rose aus dem Apfelgarten. Dein Gold ist für mich, die Rose für die Riesen.«

Buri zeigte ihm die Blume, da gab der Schiffer die Fähre frei. Sogleich ertönte Fußgetrappel, das sich vom Ufer näherte und in der Mitte des Bootes verstummte. Doch er konnte niemanden sehen, außer dem einen, der an der Reling stand und ihn freundlich anlächelte. Eiskalt lief es dem Seebär über den Rücken. Nachdem das Getrappel geendet hatte, frug er vorsichtig an, ob er jetzt losfahren solle. Buri nickte, und der sich gruselnde Schiffer setzte die erste Fuhre über. Auf dem Fluss herrschte Totenstille. Es war dem Fährmann nicht geheuer, und er wollte den Spuk schnell beenden. Doch es ging so noch lange fort. Gespenstisches Stapfen auf die Fähre hinauf, Grabesschweigen, schauderhaftes Trapsen am anderen Ufer. Vor lauter Entsetzen entfuhr dem Fährmann ein Stoßseufzer: »Hei, du lieber Himmel, das kann doch nur mit dem Klabautermann zugehen!«

»Nicht ganz korrekt, mein Lieber. Der Klabautermann ist ein Cousin von mir. Mein Name ist Buri Bautermann.«

Entsetzt schaute der Fährmann ihm ins Gesicht. Der Zwerg drückte ihm seine rote Kappe in die Hand, da sah er Hunderte trauriger Zwerge am Ufer stehen. Der Fährmann blickte sprachlos fragend.

»Ja, die Menschen haben unsere Heimat zerstört. Deshalb verlassen wir euch. Unser Weg ist noch weit«, sprach Buri und nahm dem Schiffer die Mütze wieder ab, »hier sind dein Gold und die Rose.«

Wie angewurzelt stand der Fährmann noch immer verblüfft da, den Beutel und die Blume in der Hand, als die Kennin schon längst über die weite Wiese zogen. Das Gras wuchs sehr niedrig. Zartrosa bis sanft violette Herbstzeitlose standen überall verstreut und verliehen der Landschaft ein liebliches Gepräge. Hinter dem Tannenwald, am Rande der Wiese, erhob sich ein Gebirge, gleich rechts, aus dem Wald kommend, floss ein fröhlich plätschernder Bach, an dem Sumpfdotterblumen, Schilf und Kresse wuchsen. Einige Längen entfernt, am Fuße eines mächtigen alleinstehenden Eichbaums, begann ein schmaler Fahrweg, der zunächst am Waldrand entlang, dann leicht ansteigend sich im Dunkel des Waldes verlief. Eine riesige weiße vereinzelte Kumuluswolke am stahlblauen Himmel ließ das Heraufziehen eines Gewitters ahnen. Trotzdem tirilierten und jubilierten die Vögel, als wären sie im Paradies. An der mit Blaubeeren bewachsenen Böschung lag Frikka, die Fuchsfähe, vor ihrem Bau. Liebevoll beobachtete die Mutter ihre Jungen beim fröhlichen Balgen. Sie hatte dabei auch mögliche Feinde der nahen Umgebung im Blick. Das singende Rotkehlchen auf dem Holzapfelbaum war keine Gefahr, wohl aber Blizzard, der Steinadler, der hoch droben in den einsamen Höhen des Gebirgsrandes seine Kreise zog. Wachsam hielt die Füchsin ihn im Auge und gewahrte nebenbei die am Flussufer vorbeiziehenden Zwerge.

Die Männer trugen Rucksäcke oder Kinder auf ihren Schultern. Einige Frauen schoben Kinderwagen vor sich her. Planwagen, die von Kaltblüterponys gezogen wurden, fuhren in der Mitte des Zuges. Zu beiden Seiten der Kolonne liefen, zum Schutz gegenüber Feinden, schwerbewaffnete Krieger, welche Thorgrimm unterstellt waren. Die Vorhut wurde von Thorgrimm selbst angeführt, dessen Blick niemals etwas Ungewöhnliches entging. Er führte den Zug nach alter Gewohnheit an und folgte dem Fahrweg entlang dem Wald. Die Maultiere, denen man allerlei Gepäck auf den Rücken gebunden hatte, passten sich ohne Bocken und Murren dem Tempo an. Der Waldweg, den sie inzwischen beschritten, war gut befestigt und mündete auf eine Gabelung, dessen einer Zweig den Berg hinaufwies. Kreuzhard deutete mit seinem Wanderstecken darauf.

Langsam und stetig arbeitete sich der Treck die zahlreichen Windungen der Serpentinen hinauf. Manches Mal versperrten ihnen dicke Gesteinsbrocken, die oberhalb des Pfades von den Felsen abgebrochen waren, den Weg. Kräftige Kennin räumten sie eilends fort, sodass es zu keinen größeren Aufenthalten kam. Sah man seitlich des Pfades in den Wald hinein, so schaute keck aus dem einen oder anderen lichten Fleck ein kleines Adonisröschen hervor. Etwas weiter, wo die Hänge steiler wurden, legte sich ein dunkler Schatten über den Steig, hervorgerufen durch die dicht beieinander stehenden Blaufichten und Douglastannen. Hier bedeckte eine lockere Schicht feucht-modrig riechender Tannennadeln den Waldboden. Dort, wo die Sonnenstrahlen auch nur für kurze Zeit einen Platz beleuchten konnten, bauten Waldameisen ihre schönen Haufen. Kleine Bächlein, manchmal nur Rinnsale, kreuzten zuweilen den stetig schmaler werdenden Weg der kleinen Leute. Schließlich mündete der Pfad in eine Lichtung auf dem höchsten Punkt des Bergrückens. Auf der Plattform am Rande eröffnete sich ein herrlicher Blick ins Tal, wo die Gärten der Riesen begannen. Zu ihnen schlängelte sich ein Weg hinab.

Lapis Excellis hielt die flache Hand über die Augen, um sie vor der blendenden Sonne zu schützen. Er suchte den Eingang zu den Gärten der Riesen ausfindig zu machen. »Ei der Daus!«, stieß er aus. »Der grüne Waldtroll, Kumpan des Pogolchs! Seht, seht!«, rief er den anderen Zwergen zu. Eine furchteinflößende Erscheinung humpelte eilig auf dem Schotter entlang den Berg hinauf in ihre Richtung. Der mächtige Kopf des Trolls steckte wie der eines halslosen stiernackigen Bisons auf dem stark bemoosten, mit Borken- und Hirschgeweihflechte bedeckten gewaltigen Körper. Er war buchstäblich ein Koloss, mit stark behaarten Händen. In der einen hielt er einen gewaltigen Eichenprügel, der ihm zugleich als Gehstock diente. Wie Seetang hingen ihm die dicken, wie Wurzeln ausschauenden Haare in die Stirn. Böse Augen blitzten aus seinem zur Grimasse verzerrten Gesicht. Sein grünes verfilztes, verzotteltes Fell schlabberte nicht nur an seinem Buckel, sondern auch von all seinen Gliedmaßen herab.

»Was können wir tun?«, frug Lapis Excellis den neben ihm stehenden Buri Bautermann.

»Vorhin habe ich, als wir an der Riesensteinalm vorüber gingen, ein paar große Heuschober gesehen. Darin können wir uns mit dem gesamten Volk wunderbar verstecken, bis der Troll an uns vorbeigetrottet ist.«

»Eine famose Idee!«, rief Lapis Excellis begeistert.

Der ganze Zug brauchte nur kehrtzumachen und war nach wenigen Schritten bei der Alm. Ein paar Kühe grasten friedlich zwischen den Heustapeln. Es stellte die Kennin vor keine schwierige Aufgabe, sich darin zu verstecken, wohl aber sich darin ruhig zu verhalten; hatten doch die Kinder einen Riesenspaß. Als der Boden aber immer spürbarer erbebte, hatte es jeder begriffen und wurde mucksmäuschenstill.

Mit lautem Getrampel kam der Waldtroll den Hügel hinauf, schnaufend wie eine Dampflokomotive. Als seine grünen Augen die Kühe auf der Alm erblickte, ließ sich seine tiefe Stimme wie ein rollender Donner bis weit über die Bergkuppe vernehmen:

»Marrrschverrrrpffflegung!«, rollte und pfiff es aus seinem Rachen heraus. Er ergriff mit seiner riesigen Pranke eine Kuh und wirbelte sie durch die Luft. Mit einem lauten Krachen fiel sie muhend zu Boden und brach sich sofort das Genick. Sodann stürzte sich der Unhold auf das arme Tier und verschlang es mit Haut und Haaren. Als der Troll sein schreckliches Mahl beendet hatte, fühlte er sich müde und legte sich auf der Wiese zum Schlafen nieder. Und schon kurze Zeit später vernahm man ein lautes Schnarchen. Neugierig lugten keck die ersten Gesichter aus dem Heu hervor. Dann sprang einer direkt auf den dicken Bauch des Trolls. Dieser aber schlief seelenruhig weiter.

»Er bemerkt noch nicht einmal, dass ich auf seiner Wampe stehe!«, rief Burlebuz, ein Bruder Filibus Platins.

»Darf ich ihm einen Streich spielen?«, frug Firlefaz, ein Freund von Burlebuz.

»Warum nicht? Er ist im Augenblick nicht gefährlich«, antwortete Buri Bautermann.

»Ich möchte ihm ein paar Edelsteine in seinen Pelz einnähen.«

»Bist du verrückt? Edelsteine?«, protestierte Thorgrimm.

»Reg dich nicht auf«, sprach Balduin, der Hexer, »ich werde die Steine verzaubern. Außerdem entnehmen wir sie dem Gorgonenschatz. Was glaubt ihr wohl, wie das dem Pogolch gefallen wird, wenn sich sein Spießgeselle mit den verlorenen Steinen schmückt?«

Die Zwerge schmunzelten.

»Er wird es riechen ...«, grinste Balduin.

»... und Hackfleisch aus ihm machen!«, feixte Firlefaz.

Gesagt, getan. Burlebuz nähte ihm einige kleine unauffällige Diamanten ins Fell. Balduin schwang seinen Zauberstock darüber und murmelte ein paar geheimnisvolle Sprüche dazu. Er lachte: »Wenn der Pogolch sie ihm abnimmt, werden sie sich eine Stunde später in Kröten verwanden. Sein dummes Gesicht möchte ich gerne sehen!«

An dem schlafenden, schnarchenden Waldtroll vorbei liefen nun alle mit Sack und Pack hinunter ins Tal.

KAPITEL 17

Die Gärten der Riesen

Schon bald erreichten sie das Eingangstor zu den Gärten. Darüber war ein großes Schild befestigt mit der Aufschrift:

Novae Vitae Praeludium Mortis aeternae est
Locus iste terribilis est

»Das neue Leben ist das Vorspiel des ewigen Todes«, übersetzte Kreuzhard, »und darunter steht: Dieser Ort ist schrecklich.«

Alles in diesem Garten wuchs üppig und riesig groß, vor allem Möhren, Pastinaken, Rüben, Schwarzwurzeln sowie Knollensellerie und Kartoffeln. Die Luft war feucht wie in den Tropenwäldern. Es sah alles unwirklich aus. Der Boden war nass und matschig, und schnell drang Feuchtigkeit durch die Stiefel und Beinkleider der Zwerge. Unsere Wichte fluchten und schimpften. Das mochten sie gar nicht leiden.

Einzig Buri Bautermann fühlte sich wohl. Schließlich gehörte er zur Familie der Klabautermänner, die viel mit Wasser zu tun hatten, wenn auch in den meisten Fällen auf Schiffen.

Immer tiefer drangen die Zwerge in das triefende Dickicht ein. Die vorderen schlugen mit langen Macheten einen Weg durch das Gestrüpp. Nach einer Weile bemerkten sie, wie alles durchsichtig wurde. Selbst der Boden nahm ein merkwürdig glasiges Aussehen an. Tiere gab es nirgendwo.

Nur allerlei Geräusche ließen auf die Anwesenheit zahlreicher Insekten schließen. Von überall her drangen zirpende, fiepende, piepsende, surrende Töne an ihre Ohren.

›Jetzt fehlt nur noch, dass uns eine Horde wilder, wütender Riesen über den Weg läuft‹, dachte Thorgrimm von Granitgestein mit sorgenvoller Miene. Da sah er auf einmal in einer enorm großen Karottenwurzel ein kleines Wesen hin und her laufen, als hätte man es dort eingesperrt. Und da, nebenan auch eins! Und dort! Überall kleine Karotten-Wurzelwesen! Sie waren ganz aufgeregt. Eines frug ganz leise: »Was wollt ihr hier? Wer seid ihr? Was macht ihr in unserem Garten? Seid ihr Menschen?«

»Menschen! Hilfe! Menschen in unserem Garten!«, rief ein anderes Wesen aus seiner Möhre.

Thorgrimm sah zu ihm hinüber. Da wurde es plötzlich größer und größer und wuchs aus der Wurzel heraus. Es nahm die Gestalt eines Riesen an, der sich blau verfärbte und wässerig wurde. Überall an seinem Körper, an Armen, Beinen und Füßen, bildeten sich Eiszapfen. Die Zwerge spürten, wie sich die Kälte geschwind im Garten verbreitete. Mit einem eisigen, verächtlichen Blick starrte der Riese auf sie herab. Wütend konnte er nicht werden. Das hätte ihn zu sehr erhitzt, und dann wäre er geschmolzen. Es begann zu schneien, das Wasser auf dem Boden gefror.

Die ersten Zwerge klapperten mit den Zähnen, die meisten bibberten und zitterten, die Kinder schrien vor Kälte. Der Riese wuchs zu seiner natürlichen Größe heran.

»Na, das wird ja immer toller!«, konstatierte Thorgrimm von Granitgestein unbeeindruckt. Riesen wie Zwerge gehören zum großen Reich der Elementarwesen. Deshalb ist ein Riese für einen Zwerg überhaupt nichts Außergewöhnliches. Lediglich die Tatsache, dass Riesen und Zwerge sich nicht allzu häufig begegnen, gab dem Ereignis etwas Spektakuläres.

»Nun? Nachdem du dich jetzt so mächtig aufgeblasen hast: Was willst du mit diesem Theater eigentlich erreichen?«, frug Thorgrimm, immer noch ungerührt.

»Ganz schön frech für ein Menschenkind!«, antwortete der Riese.

»Ganz schön dumm für einen Riesen, der offensichtlich Kennin und Menschen nicht auseinanderhalten kann!«, hielt Thorgrimm schlagfertig dagegen.

Der Riese beugte sich zu ihm herab und schaute dem Wicht verdutzt ins Gesicht. Er nahm ihn sogar in die Hand und beschnüffelte ihn. »Stimmt! Du riechst nicht nach Mensch«, stellte er fest.

»Das hat aber gedauert!«, meinte Thorgrimm

»Gemach, gemach! Bei uns Eisriesen läuft eben alles etwas langsamer ab, auch das Denken und Erkennen.«

»Schau an, ein Eisriese bist du also«, mischte sich Buri Bautermann ein.

»Ja, wir Wurzelelben werden zu Eisriesen, wenn wir uns zu sehr aufregen«, antwortete der Riese. Es schneite immer noch. »Und Menschen regen uns am meisten auf!«, rief er mit ernster, eiskalter Miene und in eisigem Tonfall. »Sie halten sich für Götter«, flüsterte er mit vorgehaltener Hand hinterher. »Dabei sind sie nicht einmal deren Abbild ähnlich. Die Erde und ihre Lebewesen bedeuten ihnen nichts mehr. Sie bedrängen die Welt mit ihren schlechten Gedanken und begreifen nicht, dass auch ein schlechter Gedanke Realitäten schaffen kann. Wir Eisriesen sind nämlich gezwungen, aus den schlechten Gedanken der Menschen schlechtes Wetter zu fabrizieren. Und so schicken wir ihnen laufend Katastrophen wie Überschwemmungen, Eisregen, Frost und Hagel. Sie merken überhaupt nicht, dass sie das alles selbst ins Leben rufen.«

»Fein, dann können wir uns ja zusammentun«, frotzelte Thorgrimm von Granitgestein, »uns haben sie eine Straße durch den Kenninhügel gelegt. Da könnte ich mich ja gezwungen sehen, ihnen einen Ameisenhügel ins Schlafzimmer zu legen.«

»Leg ihnen lieber ein paar stinkende Schwefelstücke unters Bett. Jeder sollte aus seinem Schaffensbereich heraus arbeiten. Schwefel und Mineralien passen besser zu euch Zwergen.«

Der Eisriese zog eine gigantische Eiskugel aus seiner Tasche und legte sie vor den Kennin auf den Boden:

»Jetzt passt mal gut auf. Ich zeig' euch etwas!«

Die Kugel begann zu glänzen, zu funkeln, und plötzlich bewegte sich etwas darin: Da sah man eine Menschenstadt, wie sie im Schnee versank; Verkehrschaos, Bettler, die im Schnee lagen, tot, erfroren, und Leute, die achtlos an ihnen vorübergingen. Ihnen gegenüber pusteten ein paar zu Eisungeheuern zusammengeschrumpfte Eisriesen ständig neuen Schnee auf die Dächer und Straßen. Sie blickten missmutig zu den erfrorenen armen Teufeln hinüber.

»Wir müssen die Temperatur noch mehr senken. Die Menschen sehen noch immer nicht das große Leid ihrer Artgenossen«, sagte der eine zum anderen.

»Recht hast du!«, rief der andere. »Wir dürfen erst aufhören, wenn genügend Gedanken herumschwirren, die in Mitleid getränkt sind.«

»Aua!«, schrie der eine Riese plötzlich. »Da hat mich doch gerade wieder so ein Gedanke einer der Fußgänger dort gestreift.«

»Was für ein Gedanke?«

»Es war ein Gedanke der Gleichgültigkeit! Eisig kalt und heiß vor Wut zugleich.«

›Soll er doch verrecken, der Rumtreiber!‹, dachte der Fußgänger. ›Bettler! Betteln, anstatt wie wir zu arbeiten!‹

»Stell dir vor«, sagte der eine Riese, der alles beobachtet hatte, »ich dachte, es sei ein eiskalter, mitleidloser Gedanke, mit dem wir Frostriesen spielen können, aber es war ein Gedanke voll heißen Hasses und Verachtung. Mit Wut können wir nichts anfangen, wir verbrennen uns nur daran.«

»Ich werde den Feuerriesen von diesen Wutgedanken erzählen, wenn wir in die Gärten der Riesen zurückgekehrt sein werden ...«

Während die beiden Frostriesen sich unterhielten, schwenkte das Bild in der Eiskugel noch einmal zu den Fußgängern auf dem Gehweg. Viele Menschen gingen auf und ab, ohne sich gegenseitig zu beachten.

Da sah man eine schemenhafte Gestalt unter ihnen einhergehen. Die Kennin und der Frostriese schauten wie gebannt in die Kristallkugel. Dieses Wesen lief von Mensch zu Mensch und vereinigte sich wie ein Geist mit ihnen. Bei einigen hielt es sich länger auf, andere wiesen es sofort von sich. Die Zwerge suchten einen Blick auf sein Gesicht zu erhaschen, aber es wurde immer durch die schulterlangen Haare verdeckt. Schnell merkten die Kennin, dass es nicht wichtig war, dem seltsamen Wesen ins Angesicht zu schauen. Sie spürten, wie alle Menschen, die davon berührt wurden, seine große überwältigende Güte und Liebe.

»Was ist das?«, frug Filibus Platin erstaunt. Das Bild in der Eiskugel wurde undeutlich und verschwand ganz. Der Eisriese lächelte dem jungen Zwerg freundlich mit wissenden Gesichtszügen zu: »Diese Frage darf ich nicht beantworten. Nur so viel: Es ist sozusagen mein oberster Chef.«

Filibus und die anderen, die einen Blick in die Kugel getan hatten, waren sichtlich beeindruckt.

»Eine Frage habe ich noch.« Humanus Kreuzhard von Rosenhügel löste die nachdenkliche Stille auf. »Wir sind auf dem Weg nach Truksvalin. Und unser nächstes Ziel sind die Schädelsteinhöhlen. Wie kommen wir dorthin?«

»Oho! Da habt ihr euch etwas vorgenommen. Ihr müsst auf jeden Fall noch durch die Gärten der Nebelsturmriesen und die der Feuerriesen. Dahinter gelangt ihr auf den Weg ins Knochengebirge an das große Tor. Am Ende der Route liegen dann die Schädelsteinhöhlen.«

»Und wie erreichen wir die Gärten der Nebelsturmriesen?«

Der Eisriese reckte sich und drehte dann den Kopf nach Westen.

»Dort hinten liegt deren Reich. Ihr müsst über den Eisgletscher von Connorcechth. Dahinter macht man die Nebelwiesen von Tudor aus. Von da an müsst ihr euch weiter zu den Höhlen durchfragen.«

»Vielen Dank, Eisriese«, sagte Kreuzhard, »alles Gute auch.«

»Gehabt euch wohl, und eine gute Reise mit viel Frost und Kälte«, wünschte der Hüne ihnen zum Abschied.

Das Zwergenvolk durchschritt den Eisgarten. Über allem lag blütenweißer pulvriger Schnee. Die Familien hatten sich inzwischen auf das nasskalte Wetter eingestellt. Alle, auch die Kinder, hatten dicke Fausthandschuhe übergestülpt und trugen Felljacken und warme Wollmützen. Antiquitas, der älteste aller Kennin, schimpfte wie ein Rohrspatz. Ihn fröstelte normalerweise schon, wenn im Sommer die Sonne unterging. Jetzt schnatterte er wie eine Wildgans. Und selbst die Felleinlagen in seinen Lederstiefeln vermochten ihn nicht zu wärmen. So humpelte er verdrießlich mit mürrischem Gesicht den anderen hinterdrein.

Die Kennin überquerten ein Eisblumenfeld und erreichten einen blühenden Obstgarten. Plötzlich begann es zu regnen, und schnell bildeten sich Tausende funkelnder Eiszapfen an den Ästen der Bäume. Eine Wunderlandschaft entstand. Jeden Grashalm umhüllte eine glitzernde Eisschicht. Die Blüten der Bäume blinkten, als seien sie aus buntem Porzellan.

»Jetzt müsst ihr die Äpfel aus dem Apfel-Rosengarten vor dem Reich der Riesen essen. Dann wird euch der Frost nicht mehr so zu Leibe rücken«, erklärte Balduin. Da griffen viele der Kennin in ihre Taschen, bissen in die mitgebrachten Äpfel, und sofort wurde ihnen wärmer.

»Lecker! Was sind das für Äpfel?«, frug Filibus Platin.

Kreuzhard, der neben ihm herging, antwortete: »Es ist eine neue Sorte. Sie heißt Topas, wie der Edelstein. Man hat bei der Namensgebung an uns Zwerge gedacht, weil wir ja die Bewahrer der Bodenschätze, der Edelsteine und der Edelmetalle sind.

Hinzu kommt, dass der Apfel-Rosengarten, der dem Hüter des Ortes gehört, ein ganz besonderer Platz ist. Den Äpfeln, die dort wachsen, werden Heilkräfte nachgesagt. Davon sprechen zumindest die Kinder, die dort wohnen. Wenn du mehr darüber erfahren willst, musst du Balduin fragen. Er weiß über diese Dinge besser Bescheid als ich.«

»Ach, das reicht mir schon«, beendete Filibus das Gespräch.

Hinter dem Obstgarten führte der Weg weiter ins Gebirge hinein. Dort sah man in der Ferne den Gletscher von Connorcechth, der sich wie eine lange Zunge aus den mit ewigem Schnee bedeckten Gebirgshöhen herabzog und sich auf die Nebentäler verteilte. Den ganzen Tag benötigten die Kennin, bis sie ihn endlich gegen Abend erreichten. Sie schlugen ihr Zeltlager auf und verbrachten die Nacht auf einer Felsplatte am Rande des Gletschers.

Nach einer sternenklaren Nacht kündete ein purpurnes Morgenrot vom Beginn des neuen Tages. Der leuchtend blaue Himmel und die Matten ewigen Schnees bedeckten die Pässe und schroffen Gipfel der Berge, die wie Urgestalten der Landschaft ihr Profil verliehen.

Auf einem Felsvorsprung, in unmittelbarer Nähe der Zwergenzelte, lag mit zerschmettertem Körper eine abgestürzte Gemse. Auf ihr saß, unbeeindruckt von der Anwesenheit der Wichte, ein Steinadler, der sich mit seinem gebogenen Schnabel große Stücke herausriss.

Thorgrimm von Granitgestein hatte auf einem Eisblock gegenüber Platz genommen und beobachtete die Szene. Ihm war die letzte Wache vor dem Wecken zugeteilt worden. Mit dem Ellenbogen auf sein Schwert gestützt, ließ er seinen Blick in die Ferne wandern. Er betrachtete auch die gefährlichen, tiefen Gletscherspalten und suchte nach einem sicheren Weg für sein Volk. Als er die Suche schon fast aufgeben wollte, entdeckte er einen schmalen Weg, eher: Trampelpfad, allzu leicht zu übersehen, aber doch gangbar. ›Na prima!‹, dachte er freudig und sprang auf. Er lief zum Zelt Buri Bautermanns, weckte ihn, zog ihn schroff, wie es seine Art war, heraus und wies auf die Stelle.

»Sieh, dort ist unser Weg!«

»Wie hast du den denn entdeckt?«, wollte Buri wissen.

»Beim Wacheschieben hat man halt Zeit«, brummte der Grimmige.

»Ich lasse sofort zum Aufbruch blasen!«, rief Buri Bautermann. »Und du holst sofort die Sieben zu mir!«

Nur wenige Minuten später betrat der vollständig versammelte Rat Buris Zelt. Er wünschte allerseits einen guten Morgen: »Gleich dort drüben beginnt ein schmaler Pfad über den Gletscher. Aber den können wir niemals mit unseren Fahrzeugen schaffen. Also, lasst uns die Wagen auseinandernehmen und die Teile den Lasteseln und Bogels aufbinden. Den Hausrat müssen wir eben solange selber schultern. Wenn wir die Eismassen hinter uns haben, können wir die Wagen wieder zusammenbauen.« Ein allgemeines Murren machte die Runde. Allerdings sahen alle ein, dass es keine andere Lösung gab.

Die Zimmerleute machten sich sofort an die Arbeit. Mittendrin stand Balduin und hielt mit ernstem Gesicht das große Buch der Zauberei in den Händen. Er murmelte und grübelte und grübelte und murmelte. Schließlich schlug er die Augen auf und sah sich zufrieden um. »Ja, ja«, sagte er, »wenn wir den Zoro nicht hätten. Ich habe einen Zauberspruch gefunden, mit dem wir die zerlegten Planwagen leichter machen können.« Und mit todernster Miene und theatralischem Tonfall deklamierte er folgendes:

Krazlipuzli magdemar
magli mugli baktabar
futschli butschli
basam rutschlie?

bisam butschli baktabar!
ante bante lirulante
loralutschli fitschi futschi
plani wagi baktabagi?

abra baktabar! –

»So«, brummte Balduin, zufrieden, sich nicht versprochen zu haben, »jetzt dürften die Planwagen von ihrem Gewicht her nicht schwerer sein als ein Sack Federn.« Er grinste.

Tatsächlich, die Einzelteile waren noch nicht einmal so schwer wie Balsaholz. Die Besteigung und Überwindung des Connorcechth-Gletschers bereitete jetzt weniger Sorge. Schon nach vier Stunden hatte das Zwergenvolk den Berg bewältigt. Nachdem die Kennin die Planwagen wieder zusammengesetzt hatten, sprach Balduin noch einmal einen Spruch aus dem Zorobaster, um den Fahrzeugen ihr ursprüngliches Gewicht zurückzugeben:

– baktabar! –
plani wagi baktabagi
bada boda ista wohl da
– abra baktabar! –

Wunderbar! Alles war wieder beim Alten, die Reise konnte fortgesetzt werden. Der Weg, auf dem sie sich befanden, verbesserte sich mit jeder Stunde. Der Pfad mündete nach einigen Serpentinen, die nach unten führten, auf eine gut befestigte Straße. An der nächsten Kreuzung schlugen sie den rechten Weg ein. Es folgte eine einfache, sich über mehrere Meilen hinstreckende Wanderung über die Nebelwiese, die der Frostriese erwähnt hatte. Nach einiger Zeit begann Wind um ihre Nasen zu streichen, der immer lebhafter wurde. Bei jedem Schritt veränderte sich die Pflanzenwelt.

Alles wucherte und spross im Überfluss. Die Zwerge liefen in immer feuchter werdender Luft über einen matschigen Boden, der mehr und mehr versumpfte. Ein Mangrovenwald umgab die Schar. Die verwobenen und ineinander verschlungenen Stelzwurzeln der Mangroven bedeckten vielfältigste Algenarten. Schnecken und andere Kleintiere bevölkerten das ungewöhnliche Biotop. Von überall her vernahm man die unterschiedlichsten Geräusche: Summen und Sirren, Klappern, Schnattern und Piepsen. All das ließ auf eine reiche Insekten- und Vogelwelt schließen. Am Rande des Waldes angelangt, stießen die Kennin auf eine noch üppigere Vegetation. Neben riesigen Farnen standen Heliconien, schönster Oleander, aber auch Papyruspflanzen. Die Wichte vermochten sich nicht daran zu erinnern, in ihrem Leben jemals einem Erdbeerbaum begegnet zu sein, dem Erdbeerbaum mit seiner grauen rissigen Borke und seinen eher fade schmeckenden roten Früchten. Manche der Kennin galten als besondere Pflanzenkenner, wie zum Beispiel Florinzius, den man auch »den Grünen« nannte. Ihm, der stets mit einer grünen Joppe und einer olivfarbenen Zipfelmütze herumlief, entging die umfangreiche Artenvielfalt herrlichster Orchideen, die es hier gab, nicht. Als »Offizieller Träger des Grünen Daumens« konnte er sie alle mit Namen bestimmen.

Im weiteren Verlauf wurden alle Pflanzen noch größer, breiter und gewaltiger. Antiquitus jedoch, den ältesten im Volk, strengte die lange Wanderung recht an, so dass er zuweilen auf einem der Kutschböcke Platz nahm. War dies nicht möglich, erhielt er von den jungen Kennin Firlefaz und Burlebuz Hilfe und wurde beim Laufen in die Mitte genommen und untergehakt. So kam es, dass sie oft ein Stück hinter den anderen herliefen – plötzlich wurden sie von einer großen Affenhorde umringt.

Die Affen bewarfen sie mit Nüssen und allerlei Früchten. Burlebuz und Firlefaz verteidigten sich nach Kräften. Sie hoben die Nüsse auf und warfen sie zurück. Doch dies reizte die Angreifer umso mehr, und die beiden konnten sich bald nicht mehr wehren. Zugleich vergrößerte sich der Abstand zu den anderen dadurch zusehends. Der Wind, der ihnen um die Ohren pfiff, erhob sich mit einem Mal zu einem mächtigen Brausen. Und wie aus dem Nichts entstand ein dünner hochgezogener Schlauch, der über das Dickicht des umliegenden Gestrüpps strich und plötzlich wie ein Tornado auf die Affenhorde losschoss. Mit Entsetzen starrten die fassungslosen Tiere dem scheinbar Unmöglichen entgegen. Noch ehe sie begriffen, wie ihnen geschah, nahm der Wirbel sie auf, riss sie in die Luft und schleuderte sie in alle Himmelsrichtungen. Die übrigen der Horde stoben in Panik laut kreischend auseinander und ergriffen die Flucht.

Aus der Ferne hatten die anderen Kennin alles mit angesehen. Nun liefen sie aufgeregt auf Antiquitus und seine zwei Helfer zu. Der Wirbelsturm legte sich langsam und rollte auf die riesigen Farne zu. Kurz vor der größten Pflanze fiel er in sich zusammen. Da ertönte aus ihr eine Stimme: »Hallo, ihr Zwerge aus dem Koselvorland! Seid willkommen! Die Eisriesen haben euch angekündigt.«

»Ja, wer seid denn ihr?«, frug Filibus Platin, der als erster den großen Farn erreichte. Nacheinander trafen auch die anderen Zwerge ein.

»Mein Name ist Tempestus, der Sturmriese. Man könnte uns auch die Blattriesen nennen, weil wir immer aus den Blättern der Pflanzen herauskriechen.«

»Guten Tag, lieber Sturm- und Blattriese«, riefen die Kennin, »und vielen Dank, dass du unserem Ältesten und den Jüngsten geholfen hast.«

»Oh, keine Ursache. Ich habe nicht aus mir selbst heraus gehandelt, sondern auf Weisung höherer Stelle.«

»Ach, du meinst das seltsame Wesen, das unter den Menschen wandelt und Chef der Frostriesen ist?«

»Das habt ihr nicht ganz richtig verstanden. Er ist der Oberste. Dazwischen gibt es noch ein paar andere ...«

»Kannst du uns das genauer erklären? Ich kann derlei Rätselsprüche nicht leiden«, knurrte Thorgrimm.

»Ihr Kennin und auch wir wissen, was die Menschen nur ahnen. Ein kluger Kopf unter den Menschen, er lebte vor Jahrhunderten, wusste wohl mehr. Ich habe seinen Namen vergessen, nicht aber seine Worte. Er sprach von höheren Wesen und forderte seine Mitmenschen auf, ihnen zu gleichen. Und dann sagte er etwas, was wir Sturm- und Eisriesen gut verstehen:

Wind und Ströme,
Donner und Hagel
Rauschen ihren Weg
Und ergreifen
Vorüber eilend
Einen um den andern.

Auch so das Glück
Tappt unter die Menge,
Fasst bald des Knaben
Lockige Unschuld,
Bald auch den kahlen
Schuldigen Scheitel.

Nach ewigen, ehrnen,
Großen Gesetzen
Müssen wir alle
Unseres Daseins
Kreise vollenden.

Nur allein der Mensch
Vermag das Unmögliche:
Er unterscheidet,
Wählet und richtet;
Er kann dem Augenblick
Dauer verleihen.

Und wir verehren
Die Unsterblichen,
Als wären sie Menschen,
Täten im Großen,
Was der Beste im Kleinen
Tut oder möchte.

»Welch edle Weisheiten, guter Freund«, meldete sich Thorgrimm noch einmal spöttisch zu Wort.

»Ich habe eine genaue Erklärung gewünscht, aber nicht irgendwelche geheimen Sprüche, die wir erst ergründen müssen. Eigentlich wollten wir nur nach dem Weg fragen …«

»Wirst du wohl deinen Mund halten, dummer Tor!«, brauste da hinter ihm Kreuzhard auf. »Du bist wirklich schrecklich dumm! Vielleicht hörst du dir einfach mal an, was der Sturmriese noch zu sagen hat. Er war nämlich noch nicht fertig!« – »Oh, Entschuldigung, Entschuldigung!«, lenkte der Einäugige ein.

Der Farnblatt-Sturmriese warf aus dem Handgelenk etwas an den Himmel, das wie eine große Freiland-Kinoleinwand wirkte. Darauf entstand eine holographische Projektion. Alle sahen sie nun eine Handlung, die sich irgendwo in der Menschenwelt ereignete. Furchtbare Sturmfluten überschwemmten ganze Landstriche, setzten Dörfer und Städte unter Wasser. – Schnitt. Eine andere Landschaft: Gigantische Tornados brachen sich ihren Weg durch Straßen und Häuser. Verzweifelte Menschen, die all ihr Hab und Gut verloren, überall. – Das Hologramm erlosch.

»Der kluge Mensch, dessen Namen ich bedauerlicherweise vergessen habe, hat noch etwas gesagt:

Der edle Mensch
Sei hilfreich und gut!
Unermüdet schaff er
Das Nützliche, Rechte,
Sei uns ein Vorbild
Jener geahnten Wesen!

Wir alle, die Eis- und Sturmriesen, die Feuerriesen, die ihr noch kennenlernen werdet, und auch ihr Zwerge sind jene ›geahnten Wesen‹. Nur wenige Menschen wissen von uns, manche von ihnen ahnen uns, aber die meisten schreien heraus, dass es uns nicht gäbe. Für sie kann es uns nicht geben, weil es uns nicht geben darf! Und trotzdem nehmen wir uns die Menschen, auch letztere, zum Vorbild, sorgen für Eis, Wasser, Stürme und Vernichtung, weil wir nicht unterscheiden können, wer hilfreich ist und wer gut. Denn wir sind Teile der Natur, die nicht wissen, was böse, was gut ist. Wir drücken der Natur ein Abbild auf, ein Abbild der Gedanken und Handlungen der Menschen. Die Katastrophen haben sie also selbst herbeigeführt!«

»Ein Sturmriese, der philosophiert! Der Zeug redet, das keiner versteht! Mir reicht's!«, machte Thorgrimm noch einmal seinem Unmut Luft. Da blies ihm plötzlich eine starke Bö die Zipfelmütze vom Kopf. »Potz Wichtelblitz!«, rief er. »Jetzt ist es aber wirklich genug!« Die anderen Zwerge lachten, als sie sahen, wie Thorgrimm wütend hinter seiner Mütze herrannte. Und alle Farnpflanzen rundum fielen in das Gelächter ein.

Kreuzhard fing sich als erster. Er stellte sich mitten unter die Riesenfarnpflanzen und frug: »Wie geht es nun weiter? Wie kommen wir zu den Schädelsteinhöhlen?« Da er die Frage nicht direkt an eine bestimmte Pflanze gerichtet hatte, antworteten alle Farne durcheinander. Jeder meinte, er sei persönlich angesprochen worden. Doch schließlich setzte sich eine Pflanze durch, sie war wohl der Anführer: »Hinter dem Vulkan Fuhm liegt Feuerland, der Garten der Feuerriesen. Da müsst ihr durch, sonst werdet ihr die Schädelsteinhöhlen niemals erreichen.«

»Wir werden es schon schaffen!«, sagte Laurin Lazuli, ergriff seinen Wanderstecken und marschierte los, drei Kameraden hinterdrein. Die anderen verabschiedeten sich höflich und dankten für die Hilfe.

Der Vulkan Fuhm stellte für die Zwerge keine Bedrohung dar, denn er war nicht mehr aktiv. Nur ein kleines schwarzes Wölkchen schwebte über der Krateröffnung. So schlugen sie den Weg ein, der sich auf halber Höhe unterhalb des Vulkans den Hang entlangschlängelte und von dort aus weiter nach Feuerland führte.

Feuerland war für zwei Dinge berühmt: erstens für extrem heißes Wetter und zweitens für den armen trockenen Boden. Es gab nur eine einzige Blumenart, eine Orchidee, die kaum Blätter und Wurzeln hatte, sondern ganz Blüte war.

Außerdem wuchsen in Feuerland allerlei wärmeliebende Sträucher wie Berberitze, Zwergmispel, Liguster und, mehr noch, der Wollige Schneeball. Wo sie vorkamen, gab es auch die Königin der Blumen, die Orchidee mit ihrer Riesenblüte. Allerdings gab es im Feuerlandgarten keinen Wald.

Die Hitze hier machte den Kennin schwer zu schaffen. Nirgendwo war ein Platz zu finden, an dem man im Schatten eines Baumes hätte Rast einlegen können. Gnadenlos brannte die Sonne vom Himmel. Einen kleinen Trost spendeten die herrlichen Orchideenblüten in ihrer wunderbaren Farbenpracht. Sie säumten lückenlos den Wegrand auf der Wanderung der Kennin. Ab und zu durchschnitt ein ausgetrockneter Bachlauf ihre Bahn. Und es war auf eine seltsame Art still in diesem Garten, manches Mal war nur das Seufzen des Windes in einer vereinzelten, halb vertrockneten Schierlingstanne am Hügelhang zu hören.

Dann wieder das Rascheln eines kräftigen heißen Lufthauchs, der die verblichenen Eichenblätter am Boden in wilden Kreisen emporwirbelte. Aber sie vernahmen keine Vogelstimmen, denn Tiere konnten nur schwerlich in dieser vertrockneten, Ödlandschaft überleben. Überall brannten Feuer auf dem Boden. Die Feuer waren wie Pflanzen in einem klug durchdachten Garten angeordnet – es waren die Gärten der Feuerriesen. Nur die Riesen selbst waren nirgends zu sehen.

Eine schmale Trasse führte die Kennin in einer scharfen Rechtskurve an einem Granitblock vorbei. Dahinter versperrte ihnen eine Riesenorchidee die Sicht. Im Gänsemarsch schlichen die Zwerge daran vorüber.

»Autsch! Kannst du nicht aufpassen, wo du hintrittst?«, beschwerte sich eine Stimme, als Laurin Lazuli an der Blume vorbeitrottete. Ein heißer Luftstrahl blies dem Zwerg mitten ins Gesicht. Verdutzt drehte er sich um, doch er sah niemanden. Schulterzuckend schickte er sich an, seinen Weg fortzusetzen.

»He!«, rief es wieder. Laurin fuhr vor Schreck zusammen. »Sag mal, hast du das gehört?«, rief er Thorgrimm zu.

Laurin drehte den Kopf zur Seite und blickte unvermittelt einer Orchidee mit menschlichen Zügen in die Augen. »Du Tollpatsch, blöder, du! Du hast mir auf den Fuß getreten!«, schrie die Pflanze ihn wütend an.

»Jetzt ist es aber genug!«, beschwerte sich Laurin Lazuli. »Wie kann man einer Orchidee überhaupt auf den Fuß treten? Das gibt's doch gar nicht! Kann man einem Fisch auf den Fuß treten oder einer Pflanze die Ohren lang ziehen? Schwachsinn! Da sag ich nur: Schwachsinn!«

Thorgrimm, der neben ihm stand, nickte zustimmend und tippte sich an die Stirn.

»Jetzt reicht's aber!«, beschwerte sich diesmal die Pflanze und hielt den verdutzten Zwergen eine Wurzel mit fünf Zehen unter die Nase.

Laurin, völlig überrascht, schnappte nach Luft, und Thorgrimm blieb die Spucke weg. Da entstieg der Blüte ein gebäudehoher Feuerriese. Er sah aus wie eine gigantische Stichflamme. Auch strahlte er enorme Hitze aus. Sein ganzer Körper loderte und flackerte wie eine riesengroße Kerze: »Freunde! Lasst euch von mir verbrennen!«, rief er den beiden Kennin zu. »Brennen tut gut! Was wollt ihr kleinen Leute in unserem Garten?«

»Wir wollen ihn nur durchqueren, um zu den Schädelsteinhöhlen zu kommen!«, antwortete Laurin.

»Fuuch!«, machte es. Und noch einmal: »Fuuch!«, aus einer anderen Richtung. Da standen plötzlich noch zwei weitere Feuerriesen hinter dem ersten, ein Riese und eine Riesin: »Hallo, ihr Zwerge, herzlich heiß willkommen!«, rief das Riesenweib. »Dürfen wir euch zu einem Lagerfeuer einladen?« – »Das Angebot nehmen wir gerne an«, meldete sich Kreuzhard aus der Menge.

Die drei Riesen führten unsere Reisenden zu einem großen brennenden Holzhaufen, der für ein einfaches Lagerfeuer wahrlich zu gewaltig war. Die Feuerriesen sprangen gleich mitten hinein und forderten die Kennin auf, es ihnen gleichzutun. Diese lehnten ab: »Nein«, sagten sie, »wir setzen uns an den Rand. Wir haben's lieber etwas kühler.«

»Etwas kühler!«, wiederholten die Riesen. »Seid ihr etwa Menschen?«

»Wollt ihr uns beleidigen?«, frug Thorgrimm, schon wieder kurz davor aufzubrausen.

»Wohlan, seid bitte unsere Gäste«, sprach die Riesin. »Übrigens, mein Name ist Surtine, und diese beiden Burschen hier heißen Fumos und Feuerwind. Darf ich euch etwas zu essen anbieten?«

»Wenn es für das ganze Volk reicht ...«

»Es wird reichen«, sagte Surtine lächelnd.

Mit einem Mal flogen Hunderte heißer Kartoffeln aus der Feuersglut wie Geschosse auf die Zwerge zu. Zum Schluss kam zum Essen auch noch ein Fass voller Quark dazu. Wie die Riesen es geschafft hatten, dass dazu hergestellte Fass kühl zu halten, war ein Rätsel.

»Wohl bekomm's!«, rief die Riesin. Fumos und Feuerwind hielten sich die Bäuche vor Lachen, als sie sahen, wie die Kennin den heranschießenden Kartoffeln nur mit Mühe ausweichen konnten. Als sich die Unruhe gelegt hatte und alle schmausend beisammensaßen, entspann sich eine Unterhaltung.

»Warum seid ihr auf Wanderschaft?«, erkundigte sich Feuerwind.

»Die Menschen haben sich geändert. Sie sind nicht mehr wie früher«, antwortete diesmal Wiegand, der Schmied, der sich lange nicht geäußert hatte. Er berichtete von all den Abenteuern, die sie überstanden hatten.

Der Riese Fumos blickte teilnahmsvoll auf die Schar herab: »Wir Feuerriesen haben auch etwas zu erzählen. Normalerweise sind wir friedliche Leute, sind nicht so groß wie jetzt, sondern klein und anmutig und vor allem eher Blütengeister als Feuerriesen. Wenn die Menschen uns aber erbosen, wachsen wir zu Riesen heran. Im Alltag arbeiten wir an den Pflanzen, helfen ihnen beim Erblühen und bei der Erzeugung von Blütenstaub. Doch seit einigen Jahren hat sich unser Leben drastisch verändert. Immer öfter werden wir gezwungen, uns in Feuerriesen zu verwandeln. Dann begeben sich viele von uns ins Menschenreich, und nur wenige bleiben hier im Feuerlandgarten. Der Pogolch verführt die Menschen zu schrecklichen Dingen und bringt sie durch allerlei Ablenkungen dazu, unsere Arbeit zu missachten. Er verkauft ihnen so ein blaues Zeug, das sie auf die Pflanzen knallen. Dann wachsen sie wunderbar, sehen schön und gesund aus, ernähren die Menschen auch gut, aber verlieren etwas, was die Sterblichen offenbar nicht sehen können. Den Nahrungspflanzen kommt dadurch ihre Fähigkeit abhanden, die Menschen mit neuen Ideen und Initiativkraft zu fördern. Vor allem die jungen werden schlapp und anfällig für die üblen Ideen des Pogolchs. Sie verlieren ihre Fähigkeit, unser und euer Wirken zu erkennen. Das genau ist es, was der Pogolch erreichen will. So können wir Feuerriesen nichts anderes tun, als die Menschen mit Waldbränden, Dürre und Hitze in Bedrängnis zu bringen. Was sollen wir denn noch tun, um sie wachzurütteln?«

Humanus Kreuzhard von Rosenhügel frug: »Hast du denn noch nicht mit dem gesprochen, der über euch steht, den ihr euren Chef nennt und der unter den Menschen wandelt?«

»Natürlich«, antwortete der Riese, »seine Weisung ist: ›Wartet ab ...‹ Seltsamerweise achtet er jedoch darauf, dass wir es mit unserem Feuerspiel in der Menschenwelt nicht zu toll treiben.«

Bis spät in die Nacht saßen sie beisammen. Und wer es glaubt oder nicht: Zwerge und Riesen verstanden sich ausnehmend gut, im Ernst wie im Spaß. Kein Schwert wurde gezückt und niemand aus Unachtsamkeit verbrannt. Es dämmerte schon, als die letzten Gefährten zur Ruhe kamen. Nur Kreuzhard legte sich nicht nieder. Auf einem Stuhl sitzend übernahm er die letzte Wache.

KAPITEL 18

Der Feenwald

Humanus Kreuzhard von Rosenhügel schritt vor dem Zeltlager der Kennin auf und ab. Mit seinem selbstgebauten Taschenfernrohr suchte er in gewissen Zeitabständen den Horizont nach ungebetenen Gästen ab. Nichts. Doch halt! War da nicht etwas? Kreuzhard führte noch einmal das Teleskop an sein Auge. In der Ferne konnte er drei Wanderer erkennen. Der auffälligste war großgewachsen, trug einen langen weißen Mantel, ein mächtiger Schlapphut bedeckte sein langes Haupthaar, und in der Rechten hielt er einen gebogenen Wanderstab. Die anderen beiden schienen Kinder zu sein, ein Mädchen und ein Junge. So genau ließ sich das aber nicht erkennen. Kreuzhard setzte das Fernrohr ab und blickte mit zugekniffenen Augen prüfend in Richtung der näherkommenden Gestalten.

Direkt vor ihm im Tal lag ein riesiger Felsbrocken, ein von Gletschern zerfurchter Block, umsäumt von Jahrtausende alten Sequoia-Bäumen, die vor ihm, gewaltig und imposant, bis zu 80 Meter in die Höhe ragten.

Der Weg, den die Wanderer nahmen, schlängelte sich links durch die Gärten der Riesen auf Feuerland zu, dorthin also, wo sich zur Zeit das Kenninlager befand. Rechts verlief er in Richtung Norden. Im Osten breiteten sich endlose Salzebenen aus, während sich im Westen das riesige Gebirgsmassiv des Ossys-Rocks, des Knochensteins, ausweitete, in dem auch die Schädelsteinhöhlen lagen. Kreuzhard vermutete, dass die drei Wanderer genau dort herkamen. Immer wieder wurde die Sicht auf sie von Bäumen versperrt. Ein gutes Stück weiter im Tal ragten bis zu 100 Meter hohe naturgeformte Monumente in die Höhe, Türme und Zinnen aus von Wind und Steinstaub abgeschliffenem Sandstein. Den Boden jener Ebene bildete karger Wüstengrund, auf dem nur halb vertrockneter Rutenginster und der kugelig verzweigte Sameva-Strauch wuchs, mit seinen runden, struppig behaarten Blättern. Ab und an stieß man auf einige meterhohe Saxaulsträucher mit weißen Ästen. Außer ein paar Klapperschlangen und dem sandfarbenen Wüstenwaran, einer räuberischen Echse, gab es kaum etwas, das einer genaueren Beschreibung wert gewesen wäre. Vielleicht könnte man noch die zahlreichen Springmäuse erwähnen, die sich in abgelegenen Wüsteneien fast immer finden.

Kreuzhard hielt es zu diesem Zeitpunkt noch nicht für angebracht, die anderen über seine Beobachtungen zu informieren. Aber er zauderte. Vielleicht sollte er mit Buri sprechen. Doch da hatte Kreuzhard mit einem Mal die drei Gestalten aus den Augen verloren. So sehr er auch suchte, er konnte sie nicht wiederfinden. Er wischte über das Objektiv seines Fernrohrs und setzte es erneut an – vergebens. Hastig lief er zu Buri Bautermanns Zelt, weckte ihn und schilderte ihm das Gesehene.

»Ich weiß nicht, was du hast«, entgegnete der alte Kennin verschlafen, »alle drei sind Menschen. Und Menschen können uns bekanntlich nicht sehen. Was regst du dich also auf?«

»Mag sein, dass du recht hast«, gab Kreuzhard zu, »aber eine innere Stimme sagt mir, dass der mit dem Schlapphut uns doch sehen kann.«

»Und mir sagt eine innere Stimme, dass du unrecht hast.«

Kreuzhard zuckte mit den Schultern, schüttelte skeptisch den Kopf und gab nach. Es hatte keinen Zweck, Buri zu widersprechen.

Er ging wieder auf seinen Posten. Inzwischen konnte er aus der Ferne Stimmen hören, erst undeutlich, dann klarer und verständlicher.

»Es hat keinen Zweck, dass ihr so klagt. Ich weiß, dass ihr gerne wieder nach Hause wollt. Aber, meine liebe Leslie Marie, ihr wollt doch euren kleinen Freunden helfen, oder?«, frug der hochgewachsene Mann.

»Wie weit ist es denn noch zu ihnen?«, wollte der Junge wissen.

»Das kann ich nicht sagen«, kam die Antwort, »wir wissen ja nicht, wo sie sind. Sie haben gesagt, sie wollten ins Reich des Pogolchs. Ich bin sicher, dass wir einen Vorsprung vor ihnen haben, da sie mit hoher Wahrscheinlichkeit unseren Schleichweg nicht kennen. Deshalb müssen wir jetzt auf ihren Weg zurück, ihnen entgegen«.

»Ich freue mich so auf Filibus!«, rief das Mädchen.

»Wenn du nicht gekommen wärst, Geffrim, der Vater hätte uns bestimmt nicht ziehen lassen. Wie gut, dass du mit ihm gesprochen hast«, warf Fynn ein.

»Potz Wichtelblitz!«, stieß Kreuzhard, der die Wanderer plötzlich erkannte, hervor. »Da soll mich doch ...! Geffrim, der Zauberer! Ich wusste doch, dass das keine gewöhnlichen Menschen sind. Und da sind ja auch die Kinder!«, rief der Kennin aufgeregt. Er drehte sich um und wollte sofort Buri Bautermann benachrichtigen. Aber der kam ihm schon entgegen gelaufen. Neugierig, wer die drei wohl sein mögen, war er Kreuzhard gefolgt.

»Es hat immer etwas zu bedeuten, wenn Geffrim irgendwo auftaucht«, sagte Buri nachdenklich, als er neben Kreuzhard angekommen war. Er humpelte etwas, denn er war vor lauter Aufregung über eine hervorstehende Eichenwurzel gestolpert und hatte sich dabei schmerzhaft seinen rechten dicken Zeh gestoßen. Dabei hatte er so geflucht, wie man selten einen Zwerg hatte fluchen hören. Auch Zwerge müssen zuweilen aufpassen, wo sie hintreten, damit ihnen kein Missgeschick widerfährt. Schon von weitem hatte Geffrim Buri und Kreuzhard erkannt. Er, Leslie Marie und Fynn waren die einzigen Menschen, die Zwerge sehen konnten. Bei ihm lag es daran, dass er so lange unter ihnen gelebt hatte. Bei den Kindern handelte es sich um Naturbegabungen.

»Seht, Kinder!«, rief er. »Da sind sie! Wir haben die Kennin gefunden!« Er wies mit seinem langen Wanderstecken auf das Lager. Augenblicklich waren sie umringt von einer großen Schar Wichte. Es sah schon ein wenig komisch aus: der hagere, groß gewachsene Zauberer unter lauter Winzlingen.

»Filibus, Filibus, wo bist du?«, rief Leslie Marie.

»Leslie, Leslie Marie!« Filibus Platin kam ganz außer Atem angerannt und fiel seiner Freundin um den Hals. Er drängte darauf, die Kinder und den Zauberer möglichst vielen vorzustellen. Es kam zu einem großen Händeschütteln, Herzen und Drücken. Viel Aufruhr gab es da, denn die meisten Kennin hatten noch nie in ihrem Leben direkt etwas mit Menschen zu tun gehabt, geschweige denn einem die Hand geschüttelt.

Als sich alle beruhigt hatten und die Begrüßung vorbei war, räusperte sich Geffrim, um sich Gehör zu verschaffen. Er wollte eine Ansprache halten.

»Ehrenwerte Freunde!«, begann er. »Ich bin heute mit Leslie Marie und Fynn aus folgendem Grund zu euch gekommen: Die Kunde eurer Flucht vor den Menschen geht inzwischen durch alle Täler und Höhen des Koselgebirges. Der Pogolch und manch Gesindel wissen davon. Aber auch andere, die euch wohlgesonnen sind, haben davon erfahren. Da ich ein Wanderer zwischen den Welten bin und alle Gegenden bereist habe, war mir sofort klar, dass ihr niemals ohne Hilfe das Reich des Pogolchs erreichen könnt. Meiner Meinung nach wäret ihr besser bei den Menschen geblieben und hättet nach einem anderen Kenninhügel Ausschau gehalten, anstatt euch zum Weggang zu entscheiden. Vielleicht müsst ihr wirklich erst nach Truksvalin ziehen, um das zu erkennen.

Wie auch immer, jetzt bin ich hier und möchte euch bei eurem Unternehmen hilfreich zur Seite stehen. Es dauert nicht mehr lange, und ihr werdet den Wald der Feenkönigin Fayryllis erreichen. Sie ist eine Menschenfreundin, mag aber keine Zwerge leiden. Das wird für euch ein Problem. Es gibt nämlich nur einen unwegsamen Gebirgspfad zu den Schädelsteinhöhlen. Und der führt mitten durch ihren Wald. Habt gut acht! Da sie Kinder besonders gut leiden kann, habe ich Leslies und Fynns Eltern gefragt, ob sie ihnen

gestatten, euch ein kurzes Stück auf eurem Wege zu begleiten. So hat mich die Mutter der beiden hier, eine überaus
liebenswerte, kluge und verständige Frau, die auch Kenntnis
von der Welt der Zwerge hat, bis zum Zauberwald im Apfel-
Rosengarten begleitet. Dort vertraute sie mir ihre Kinder an
und gab mir zu deren Schutz noch zwei goldene Äpfel, die
den Namen eines Edelsteins tragen, mit. Gerieten sie einmal
in Not, so schützten sie die Macht der Äpfel und die Liebe ihrer Eltern. Dann verabschiedeten wir uns und begaben
uns auf den Weg zu euch.«

So hießen die Kennin denn die drei Menschen willkommen. Nach einem ausgiebigen Mahl rüstete man zum Aufbruch, Leslie Marie und Fynn stets an der Seite Filibus
Platins.

Nicht weit entfernt lag der mächtige Feenwald. Uralte
Buchen und Eichen, manchmal aber auch Linden und kirch-
turmhohe Sequoias bestanden das weit ausladende Areal.
Die schier endlos anhaltende Finsternis unter den dicht beieinander stehenden Baumgiganten beeindruckte alle und
ließ manchen vor Furcht erschauern. Vielleicht war dies der
Grund, dass viele Geschöpfe des Koselgebirges und seiner
angrenzenden Gebiete den Feenwald mieden, mochten das
schattige Grün und der Duft nach feuchtem, halb vermo-
dertem Holz noch so locken. Andererseits gab es nirgendwo sonst so kräftige Bäume, und alles wuchs im Überfluss.
Doch das dichte, struppige, teils getrocknete Farnkraut im
Verein mit den von Stürmen gebrochenen Bäumen ließen
den dunklen Forst abseits des einzigen, einsamen Weges un-
durchdringlich erscheinen.

In den nahe gelegenen Siedlungen gab es viele Pilzsamm-
ler, Köhler und arme Bergbauern. Von denen wagte sich
ebenfalls niemand, den kühlenden Schatten unter den erha-
benen Eichen aufzusuchen oder die schwarzblauen Beeren
der Wacholdersträucher am Waldrand zu pflücken, die doch
bei den Schnapsbrennern des Umlandes so sehr beliebt waren. Wer sich gelegentlich, entgegen allen Warnungen, in den
Feenwald traute, und Neugierige hatte es schon immer gegeben, musste damit rechnen, seltsamen Lichterscheinungen
zu begegnen.

Die Feen waren menschlichen Besuchern grundsätzlich wohlgesonnen, aber diese fürchteten sich vor dem Wald, aus dem so viele nicht zurückgekehrt waren.

Man glaubte, darin auf allerlei gefährliche Wildtiere zu treffen, wie den Braunbären oder den Ozelot. Trotz allem, die Umgebung mutete manchem unheimlich, geradezu mystisch an, denn die Geräusche des Waldes klangen oft so geheimnisvoll, als kämen sie aus einer fremden Welt. Manches Mal drangen fröhliche Klänge an das Ohr, die an Fideln, Gamben und Schalmeien erinnerten, aber auch Wehklagen oder erbarmungswürdiges Seufzen.

Das alles vermochte gestandene Zwerge nicht zu schrecken. Auch Geffrim, der Zauberer, störte sich nicht daran. Nur Leslie Marie und Fynn zitterten ängstlich und pressten ihre feuchten Hände fest in die ihres Freundes und Beschützers. Fynn riss sich von einem Hartriegelstrauch einen kräftigen Zweig ab, um sich gegebenenfalls damit zu verteidigen, gegen wen auch immer.

Der Zug der Kennin begab sich in den finsteren Schatten des Feenwaldes. Die Bogels, die frisch ausgeruht vor sich hin trabten, hatten Freude an der Bewegung. Aus dem Schatz der Gorgonen stammende Diamanten und Edelsteine schmückten ihr Zaumzeug sonder Zahl. In der Kolonne der Reittiere liefen auch Esel, die vor allem das Reisegepäck und den Hausrat zu tragen hatten.

Dann folgte eine Gruppe Frauen und Alter mit Kindern und Enkeln. Während die Frauen zu Fuß liefen, oftmals mit Säcken voller Lebensmittel auf den Schultern, durften die Kinder auf den Rücken der Ponys und Esel sitzen. Die etwas älteren Kinder hatten die schweren Bollerwagen mit den funkelnden Reichtümern des Gorgonenhortes zu ziehen. Vereinzelt hielten sie wie die älteren Gefährten Doppeläxte und Schwerter in den Händen. Die Äxte dienten den Knaben als willkommene Wanderstecken.

Einige Frauen beklagten sich über die zunehmende Kühle, denn der dichte Wald verweigerte den wärmenden Sonnenstrahlen das Durchkommen. So wickelten die Mütter ihre Kleinen in Schafwolldecken, warfen sich selber dicke, kälteabweisende Umhänge und schützende Felle um.

Wiegand, der gerade die Kolonne anführte, trug wie stets seine schwarze lederne Arbeitskluft: eine rußverschmierte Schürze, lederne Handschuhe mit langen Manschetten bis an die Unterarme und einen breiten, zerschlissenen, anthrazitfarbenen Lederhut mit überhängender Krempe. In seinem Gürtel steckte traditionsgemäß ein schwerer eiserner Schmiedehammer, den er ständig bei sich trug.

Kleine Maultiere am Ende des Zuges zogen Lastkarren mit den Alten und Gebrechlichen. Die Krieger im besten Alter wechselten zwischen den jeweiligen Gruppen.

Leise säuselte der Wind hoch oben in den Baumwipfeln. Von unten her vernahm man das Seufzen und Ächzen der sich in der Brise leicht biegenden Stämme. Da es im Wald dunkel war, vernahmen die Kennin und ihre Gefährten auch tagsüber gelegentlich den gespenstisch schnarrenden Ruf der Schleiereule. Die Geräusche des Waldes ertönten in einer solchen Vielfältigkeit, dass sie sich nicht immer voneinander unterscheiden ließen. Und manchmal klang es so, als flüsterten sich die Bäume gegenseitig etwas zu. »Ihr Zwerge, gebt acht!« Feengeflüster! »Wer reitet da durch unseren Wald?«, hauchte eine Stimme. »Widerwärtiges Zwergengesindel!«, zischte eine andere. Und dazu rauschte der Wind leise in den Baumkronen. Die Kennin duckten sich und schauten besorgt nach oben, entdeckten aber nichts. Nach einer Weile hob wieder eine Stimme an: »Schert euch raus!«, pfiff es durch die Luft. »Zwergenpack!«, knackte es im Geäst. »Noch ist Zeit! Es ist noch nicht zu spät. Drum flieht, flieht, flieht!«, wisperte es von oben herab. Doch die Kleinen gingen unbeirrt ihres Weges.

Da gab der Wald plötzlich einen schmalen Spalt frei, in dem sich ein einsames Sonnenbündel verfing. Genau darin stand ein geisterhaft angeleuchtetes altes, runzliges und gekrümmtes Kräuterweiblein. Wild funkelten seine Augen den Wichten entgegen. Wiegand hob den Arm zum Zeichen, dass der Zug stoppen sollte.

»Was ist los? Warum geht es nicht weiter?«, rief Antiquitus ärgerlich vom Ende des Zuges.

»Pssst! Seid still,« sagte einer der Krieger, »vorne gibt's Probleme. Ich glaube, wir haben unangenehmen Besuch.«

»Wie bitte? Unbequemes Tuch?«

»Ach, Antiquitus, wenn du doch bloß nicht so schwerhörig wärst. Ich sagte: Wir haben unangenehmen Besuch.«

»Aha!«, raunte der Alte und zeigte damit, dass er endlich verstanden hatte.

Inzwischen hallten zahlreiche Befehle durch den Wald. »Geffrim soll sofort zur Zugspitze kommen und beide Kinder mitbringen!«, rief Laurin Lazuli, der hinter Wiegand her marschierte. Das Kräuterweib stand immer noch regungslos an seinem Platz. Doch hob es jetzt drohend seinen Gehstock und richtete ihn gegen die Kennin. Dann schrie es mit sich überschlagender Stimme: »Weh euch, ihr schmutzigen Zwerge! Niemand hat erlaubt, dass ihr den Feenwald betretet! Haltet an und kehrt sofort um!«

»Wir müssen aber durch diesen Wald!«, antwortete Wiegand entschlossen. »Ja, wir wollen zu den Schädelsteinhöhlen!«, ergänzten Burlebuz und Firlefaz, die zufällig in der Nähe standen.

»Schweigt!«, schrie das Kräuterweib. »Eure Probleme interessieren nicht! Also schert euch weg! Macht, dass ihr fortkommt!«

Diesmal meldete sich Geffrim zu Wort: »Ich bin Geffrim, Mensch und Zauberer, euch wohlbekannt. Und ich wünsche, dass das hier sofort aufhört!« Sogleich erlosch der Lichtstrahl, und das Kräuterweiblein war verschwunden. »Na bitte«, rief Filibus Platin, »die wären wir los!« – »Von wegen ›Na bitte‹. Jetzt geht der Ärger erst richtig los«, erkannte Geffrim, »wartet nur ab!«

In der Tat, der Ärger ließ nicht lange auf sich warten. Kaum, dass die Zwerge die nächste Biegung hinter sich gelassen hatten, endete plötzlich der Waldweg vor einer mächtigen Eiche – einfach so. Humanus Kreuzhard von Rosenhügel schüttelte den Kopf und lachte: »Das gibt's doch nicht! Jetzt sind wir hier, Gott weiß wie lange, gewandert und der Weg endet vor einer Eiche!« Noch einmal schüttelte er den Kopf. Zu weit war der Tross bereits in den Wald vorgedrungen, um noch an Rückkehr denken zu können. »Jetzt ist guter Rat teuer«, stellte Buri sachlich fest, »wie soll es weitergehen?« – »Keine Ahnung«, antwortete Wiegand. Laurin zuckte mit den Schultern. »Ich schlage vor, wir laufen einfach geradeaus«, warf Thorgrimm entschlossen ein, »irgendwo werden wir schon ankommen.« – »Diesen Weg hier einfach so enden zu lassen! Eine solche Gemeinheit haben sich doch gewiss die Feen einfallen lassen?«, meldete sich Filibus Platin. Leslie und Fynn begannen zu schluchzen: »Kommen wir jetzt nie mehr nach Hause?«, frugen sie ängstlich. »Unsinn! Selbstverständlich!«, rief Geffrim. »Wir werden schon einen Ausweg finden.«

Er ließ sich auf dem Boden nieder und begann nachzudenken. Es blieb ihm allerdings kaum Zeit dazu. Denn unweit auf einem Erdhügel stand unversehens ein weißer Hirsch mit seltsam roten Augen.

»Wir müssen ihn fangen. Nur so haben wir eine Chance, hier heraus zu kommen«, rief Geffrim. »Wie kommst du darauf?«, frug Balduin ganz erstaunt. »Weil wir im Feenland sind. Und dort hat das Erscheinen eines weißen Hirsches eine bestimmte Bedeutung.«

»Und welche?«, erkundigte sich Thorgrimm neugierig.

»Das kann ich nicht sagen«, erwiderte der Zauberer, »ich weiß nur eines: Wir müssen ihn jagen. Nein: Ich muss ihn jagen, weil ich ein Mensch bin.«

»Na dann, nur zu! Hier hast du unser schnellstes und kräftigstes Pony. Viel Erfolg!« Thorgrimm gab ihm die Zügel. Geffrim schwang sich in den Sattel und gab dem Tier die Sporen.

Der Hirsch, der alles aus der Ferne beobachtet hatte, drehte sich blitzschnell um und sprang davon. Pony und Hirsch jagten durch den Wald. Immer wenn Geffrim dachte, nah genug dran zu sein, sprengte der Hirsch wieder voran und entkam seinem Häscher. So ging es Stunde um Stunde, Tag um Tag, Nacht um Nacht. Manchmal kamen sie den Schädelsteinhöhlen so nah, dass Geffrim am liebsten angehalten hätte, um einmal einen Blick hinein zu werfen. Doch dann wäre er Gefahr gelaufen, den Hirsch aus den Augen zu verlieren. So preschte er ihm unaufhörlich hinterher.

Am dritten Tag bemerkte er, dass der weiße Hirsch lahmte. Die Kräfte schienen ihn zu verlassen. Da besann sich der Zauberer der goldenen Äpfel aus dem Apfel-Rosengarten.

Er wusste, dass sie über magische Kräfte verfügten, denn der Obstgärtner arbeitete mit Elfen, Pflanzengeistern, Sylphen und Undinen zusammen. Entschlossen griff Geffrim in die Seitentasche seines Mantels und warf dem Hirsch die schönen Äpfel vor die Hufe. Ein Funkeln leuchtete dem Hirsch aus den Früchten in die Augen, er blieb wie angewurzelt stehen. Entsetzt blickte das Tier seinem Jäger entgegen, unfähig, sich zu bewegen. Geffrim nutzte die Gunst des Augenblicks und wollte ihm die Schlinge eines Seils über den Kopf werfen. Da fegte ein Windstoß dem Zauberer den Hut vom Kopf. Mit schnellem Griff konnte Geffrim ihn gerade noch rechtzeitig packen. Doch die Gelegenheit war vertan und der Hirsch verschwunden. An seiner Stelle stand vor ihm eine wunderschöne, engelhafte Frauengestalt, in sanftes Licht getaucht.

»Wer bist du?«, frug der Zauberer erstaunt.

»Ich bin Fayryllis, die Königin der Feen dieses Waldes. Es ist dir gelungen, was bis zum heutigen Tage niemandem gelang: mich zu fangen! Dadurch sind dir jetzt drei Wünsche frei. Nenne sie und ich werde sie erfüllen.«

Geffrim sah der Fee deutlich die Demütigung an, sich einem anderen Wesen unterordnen zu müssen. Doch warf sie stolz den Kopf in den Nacken. Dabei wirbelten ihre weißblonden Haare wie feine Fäden aus Schnee über ihren langen, seidenschimmernden, lichtgrünen Umhang. Geffrim wischte sich über die Augen. Diese Anmut, diese Schönheit! Er fasste sich und sprach: »Einen meiner Wünsche möchte ich dir sogleich nennen: Führe die Kennin sicher durch die Schädelsteinhöhlen ins Reich des Pogolchs!«

»Dein Wunsch soll erfüllt werden. Erwarte indes nicht meine Freundschaft; denn ein Dwarl tötete vor langer Zeit meinen Vater. Seitdem sind uns Feen aus dem Wald die Zwerge verhasst.«

Die Feenkönigin begleitete den Zauberer zurück. Schon aus der Ferne gewahrte sie Leslie und Fynn. »Es gibt Menschenkinder unter den Zwergen?«, frug sie überrascht.

»Sie werden uns helfen, das Volk der Kleinen sicher durch das Reich des Pogolchs zu führen. So höre auch gleich meinen zweiten Wunsch: Schütze sie dabei vor der Macht und dem

Zugriff des Unholds! Und mein dritter Wunsch: Wenn sie mit den Zwergen erfolgreich das Pogolchland durchwandert haben, bringe die Kinder gesund zu ihren Eltern zurück!«

Zum ersten Male huschte ein mildes Lächeln über das Gesicht der Fee. Sie liebte Kinder und sprach daher: »Zwei Wünsche, die ich gern erfülle! Den Kindern wird nichts zustoßen, was immer auch geschehen mag.«

Immer noch umgab die Zwergenschar eine undurchdringliche Finsternis, eine Finsternis, die selbst die Fee Fayryllis nicht aufheben konnte. Viele der Wichte trugen daher Fackeln. Der Zug glich einem flackernden Reigen übergroßer Glühwürmchen, die sich ihren Weg durch den Wald bahnten. Allen voran schritten der Zauberer Geffrim, die zwei Kinder und die schöne Fee, gefolgt von den Kennin und ihren Anführern. Fayryllis kannte den Weg und führte die Weggefährten sicher in Richtung der Schädelsteinhöhlen. Sie begegneten unterwegs allerlei Feen und Elfenvolk aus dem Wald. Sie standen an den Wegrändern, grüßten und winkten freundlich. Manche verbargen allerdings ihre Abneigung nicht. Sie spiegelte sich deutlich in ihren Gesichtern. Aber wer die Feenkönigin unter den Zwergen erspähte, änderte schnell seinen Sinn und wünschte den Vorbeiziehenden Glück.

Die Wanderung verlief ohne besondere Zwischenfälle, auch wenn sie immer noch die Finsternis des Waldes umgab. Am dritten Tag waren viele Fackeln heruntergebrannt. Der Vorrat an Lichtern neigte sich dem Ende zu. Kreuzhard mahnte, sparsam mit ihnen umzugehen. Fayryllis bot ihre Hilfe an: Sie brachte ihren Körper mit Hilfe des Feenlichts zum Leuchten. Es war zwar nicht ganz so hell wie die Fackeln, aber es reichte zum Erhellen des Weges. »Ein Feenlicht allein ist nicht genug«, bemerkte Thorgrimm, »wir brauchen mehr! Fayryllis, kannst du nicht noch mehr Feen holen, die uns leuchten helfen? Am hinteren Teil des Zuges kann kein Zwergenauge mehr etwas sehen.«

»Das lässt sich ändern«, antwortete die Feenkönigin. Sie klatschte zweimal in die Hände, und von überall her schwebten Feen heran. Jeder Abschnitt des Waldes, durch den die Kennin zogen, war nun hell erleuchtet. Sie wirbelten in lustigen Pirouetten um die Winzlinge herum und sangen mit ihren glockenhellen Stimmen schönste Weisen längst vergangener Zeit. Dazu wurden sie von Feen begleitet, die in lieblichster Art Flöte spielten.

So kam die Gemeinschaft gut voran. Als die Kennin frischen Wind in ihren langen Bärten spürten, näherten sie sich bereits dem Waldrand. Mehr und mehr drang Helligkeit durch die ineinander verwobenen Baumwipfel. Erst spät bemerkten Leslie und Fynn, dass immer mehr Feen den Zug verließen, je heller es von außen wurde. Sie hatten nicht mehr genug Zeit, Abschied zu nehmen. Alle freuten sich, wieder im Freien zu stehen, die trockene Luft einzuatmen und den Blick in die Ferne schweifen lassen zu können. Auf dem Boden vor ihnen verteilten sich zwischen grobem Geröll die vielfältigsten Arten von Wacholderbeersträuchern und Heidekraut. Alles wuchs wegen des dürren, harten steinigen Untergrundes sehr niedrig. Der Weg endete abrupt nach wenigen hundert Metern und fiel fast senkrecht ab. Eine schwindelerregend tiefe Schlucht tat sich vor den Wanderern auf, schier unüberwindlich. Himmel und Landschaft vereinigten sich zu einem beeindruckenden Naturschauspiel. Während die Sonne ihre Strahlen wie ein riesiger Fächer hinter den vor ihr schwebenden Haufenwolken emporsandte, leuchtete das ganze Firmament in den herrlichsten Rottönen.

KAPITEL 19

Der Alte vom Schädelstein

Nun standen die Kennin mit ihren Freunden ratlos vor dem gähnenden Abgrund. Auf der anderen Seite der Schlucht sahen sie in der Ferne, in Bergeshöhen, die Schädelsteinhöhlen liegen. Wie hatte Geffrim es bloß geschafft, den weißen Hirsch mit seinem Pony bis zu den Höhlen zu verfolgen? Schließlich gab es weit und breit keine Brücke über dem Abgrund. Der Zauberer war einfach mit großem Anlauf auf seinem Reittier über den Schlund gesprungen.

Es stellte sich schnell heraus, dass dies keine Lösung für die umfangreiche Gemeinschaft war. Buri schickte zwei Kundschafter los, einen Weg hinunter in die Schlucht und hinauf durch die Klamm zu finden. Fayryllis gab den Spähern eine ortskundige Fee zur Seite.

In der Zwischenzeit zerlegten die Zimmerleute die Transportwagen, um sie den steilen Felspfad hinunterzutragen. Dieses Mal gelang ihnen das viel schneller als am Connorcechth-Gletscher. Die Späher zeigten nach ihrer Rückkehr den anderen einen gut zu bewältigenden Steig, so dass alle besser voran kamen als vermutet.

Auf der anderen Seite der Schlucht angekommen, erreichte der Strom der Kennin nach einigen Tagesmärschen durch gut begehbares Gebirgsland endlich die Schädelsteinhöhlen. Lediglich das nasskalte, regnerische Wetter, das sich am zweiten Tag eingestellt hatte, bereitete den Kindern und Alten Missmut und Trübsal. Wie gut, dass es den Feen stets gelang, die Menge durch ihre lustigen Chorgesänge und Geigen- und Flötenklänge aufzuheitern.

Nun taten sich die Eingänge der Schädelsteinhöhlen überwältigend vor der innehaltenden Wichtelschar auf.

Die Öffnungen des Kalksteinmassivs, geformt wie zwei meterhohe Augenhöhlen, befanden sich auf der Vorderseite eines gigantischen Steinblocks, der die Form eines menschlichen Totenschädels hatte. Dort begannen die beiden Gänge, die tief ins Innere des Berges führten.

Buri Bautermann ließ den Großen Rat einberufen. Laut erscholl das tiefe »Boooh« des Zwergenhorns als Signal, dass der Rat tagte. Die Sieben hatten diesmal Gäste zu ihrer Versammlung eingeladen: Geffrim und die beiden Kinder, die Feenkönigin Fayryllis, Growan Mac Greger, die rote Ratte, die ja auch an dem Exodus teilnahm, und Mortella, das Mauswiesel.

»Hat jemand der hier Anwesenden eine Vorstellung dessen, was uns in den Schädelsteinhöhlen erwartet?«, begann Buri die Sitzung. Für einen kurzen Moment herrschte erwartungsvolle Stille. Da schaltete sich Growan Mac Greger ein und knurrte: »Keiner weiß, was uns in den Höhlen erwartet. Falls es aber etwas Böses ist, das dort haust, so wird es bei einer Ratte keinen Verdacht schöpfen. Darum möchte ich mich als Kundschafter andienen, in die Höhlen zu klettern und mögliche Gefahren zu erspähen.«

»Ich glaube, das wird nicht nötig sein!«, mischte sich Fayryllis ein. Alle Augen richteten sich auf sie.

»Nun?«, frug Buri.

»Ich habe das Gefühl, dass dort keine Gefahr lauert«, sagte Fayryllis.

»Wie kommst du darauf?«, frug Lapis Excellis interessiert.

»Die Schädelsteinhöhlen waren von jeher eine Orakelstätte. Das Aussehen des Schädelsteinberges ändert sich ständig. Was wir heute von außen sehen, ist nicht mehr als eine bröckelige dünne Maske, die immer noch das Aussehen eines menschlichen Totenschädels hat.

Diese Form kam zustande, da die Höhlen viele Jahrhunderte als Orakel der Guul und der Trolle dienten. Man nannte es das Orakel des grünen Schattens. Das Felsmassiv gestaltete sich auf geheimnisvolle Weise immer nach dem Charakter derjenigen, die in ihm lebten. Jahrhundertelang galt es als Zentrum aller dunklen Mächte im Koselgebirge und der Welt im Ganzen. So blieb es lange bis zu dem Tag, als der, der unter den Menschen wandelt, mit seinen Helfern zum Schädelstein kam. Er brachte so viel Licht und Liebe in das Orakel, dass Phytreira, der dunkle Hüter des Ortes, es nicht mehr ertragen konnte und floh. Er und viele seiner Diener, Guul und Trolle, verbündeten sich mit dem Pogolch und gründeten ein neues Schwarzes Orakel, das berüchtigte »Magustater«. Es befindet sich in der Nähe des Ortes Duevelus. Die Weissagungsstätte besteht aus einer rußfarbenen Festung und steht auf einer unerreichbaren, schroffen Klippe. Noch nie ist sie von Feen, Zwergen oder Menschen betreten worden. Das Magustater hat zudem eine seltsame Eigenschaft. Es ist mit dem Zauber des Ortswechsels verbunden: Das heißt, es kann nur durch Zufall gefunden werden. Plötzlich kann es überraschend irgendwo auftauchen und auch ebenso schnell wieder verschwinden.«

»Du hast uns immer noch nicht verraten, was uns in den Schädelsteinhöhlen erwartet, liebe Fayryllis«, sagte Wiegand, der Schmied, erwartungsvoll und räusperte sich.

»Die Schädelsteinhöhlen ziehen sich mitten durch den Berg und öffnen sich auf der anderen Seite. Von dort ist es nicht mehr weit zum Reich des Pogolchs. Wer oder was in den heutigen Tagen in den Höhlen lebt, weiß ich nicht.«

»Und du, Geffrim, Weisester unter den Menschen, kannst du uns sagen, was uns in den Höhlen erwartet?«, frug Kreuzhard den Zauberer.

»Ach, ich muß euch leider enttäuschen. Als ich vor langen Jahren den Lindwurm Diavolo Ahrisorad tötete und durch sein Blut die Weisheit der Welt vermittelt bekam, erfuhr ich seltsamerweise nur, dass man heute die Schädelsteinhöhlen gefahrlos besuchen kann, nicht aber, was sich darin verbirgt.«

»Nun, dann wissen wir zumindest eines«, sprach Kreuzhard, »wir haben eine gute Chance, unbeschadet das Reich des Pogolchs zu erreichen.«

»Wohlan denn, so sei es. Blast zum Aufbruch!«, rief Buri. Das Horn der Zwerge erscholl und hallte bis in weite Ferne.

Weit draußen, fernab der Dörfer am Ende des Feenwaldes, schnellten in einer tiefen, dreckigen Erdgrube zwei große, schwefelig muffelnde gelbe Ohren nach vorn, in die Richtung, aus der das Horn der Kennin leise zu hören war. Aus dem brackigen Wasser blitzte ein schlitzförmiges, rotes Augenpaar hervor. Um es herum stank es nach Faulem, und abgelassenes schwarzes Öl schwamm an der Oberfläche. Es war Fratz, der Schwefeldämon. Er wusste von der Flucht der Zwerge. Der Nöck aus dem Teich, dem einsamen Waldsee hinter Raffgie Rig's Wirtshaus zum Koselstrang, hatte es ihm zugetragen. Sofort unterrichtete der Schwefeldämon den Pogolch über das, was er gehört hatte.

Jetzt saß Fratz in der Erdgrube und mit ihm unzählige, ihm ergebene Torftrolle. Er hatte die Anweisung bekommen, hinter den Schädelsteinhöhlen auf die Guul zu treffen, um die Kennin aus einem Hinterhalt an der Grenze des Pogolchlandes zu überfallen. Von dem Moment an, als er das Horn der Kennin vernommen hatte, wusste er, was zu tun war. Sein hämisch schadenfrohes Grinsen verwandelte sich kurz darauf in grässliches furchterregendes Gelächter, über das einige Kaninchen, die friedlich auf einer Lichtung ganz in der Nähe an Löwenzahnblättern mümmelten, erschraken. Laut und gruselig echote es aus dem finsteren Wald zurück.

Der Treck der Kennin hatte inzwischen den Eingang der Schädelsteinhöhlen durchschritten. Fayryllis, die beide Kinder sicher an ihrer rechten und linken Hand hielt, lief hinter Kreuzhard, Geffrim und Buri einher. Ihnen folgte der Rest des Zuges. Am Eingang deutete nichts darauf hin, dass sich diese Höhle von anderen ihrer Art unterschied. Es folgten hintereinander viele mehr oder weniger große Räume, mal langgezogen, mal niedrig und schmal, mal hallenartig groß. Als sie aber den achten Raum betraten, sahen sie am hinteren Ende ein kleines Lagerfeuer brennen. Davor saß, im Lotussitz meditierend, ein alter Mann, der unschwer als Einsiedler zu erkennen war. Er war mit einem schlichten weißen Umhang aus grobem Sackleinen bekleidet, auf dessen Rücken ein kleines schwarzes Kreuz prangte, das mit einer umso größeren roten Rose umwunden war. Dreizehn Schilde hingen an den Wänden. Im Rund darunter stand ein schwerer Eichentisch mit dreizehn Stühlen. Ein weiteres Kreuz sahen sie am Ausgang über der zweiten Tür strahlen, auch dieses von Rosen eng umrankt.

Der Alte, der den Eintretenden den Rücken zugewandt hatte, drehte sich langsam um und sprach: »Die ihr den Weg nun hergefunden habt, seid gegrüßt. Wie ihr seht, sind die zwölf Brüder fort, auf innigster Mission im Namen dessen, der der Größte ist im Himmel und auf Erden. Bedenket wohl«, sprach der Alte geheimnisvoll, »nur der Mensch darf sich mit Rosen gürten. Wie schön, dass ihr zu dritt hier erschienen seid, so kann ich euch drei Rankerosen geben.«

»Zu dritt? Sind wir niemand? Warum redet der so komisch? Was wollen wir denn mit dem Grünzeug?«, zischte Thorgrimm leise zu Kreuzhard hinüber. »Wirst du wohl still sein!«, fauchte der ärgerlich zurück.

Der Alte trat auf Geffrim zu und bat ihn um einen der goldenen Äpfel. »Möge er sich mit der Kraft edler Rosen verbünden«, murmelte der Einsiedler mehr zu sich als zu den Ankömmlingen. Er legte den Apfel auf den Altar und wand mit ernster Miene einen Rosenkranz feierlich um ihn herum. »Hier mag er liegen und den Bund besiegeln, dessen Kraft euch auf dem Weg begleiten soll. So bitt' ich euch, legt nun die Gürtel an. Auch wenn ihre Dornen euch Schmerzen bereiten. Der Dunkle und seine üblen Mannen werden dieses Zeichen wohl erkennen. Ihr werdet sehen, des Großen Liebe wird sie fast verbrennen. Doch unterschätzt nicht die Gefahr. Es werden allein euch nicht beschützen nur Zeichen und Symbole, die ungelebt und tot in euren Taschen wohnen. Lebt sie also, und lebt wohl. Ihr Wesen, Zwerge und noch mehr, achtet, hoffet auf des Menschen neu entdeckten Sinn. Fördert ihn, und lehret sie euch glauben. So gehet denn auch ihr in eurer Bestimmung auf.«

»Kreuzhard«, flüsterte Fynn, der neben dem Kennin stand, »ich verstehe das alles nicht.«

»Menschenkind, das ist ein Orakel hier«, wisperte dieser, »manch ein Sinn, den man nicht sofort ergründet weiß, offenbart sich später und oft zur rechten Stunde.«

Fynn dachte über diese Antwort nach, überlegte, ob er Kreuzhard noch einmal etwas dazu fragen sollte, entschloss sich aber, es nicht zu tun.

Schnell gurteten die drei Menschen die Rosenranken und dankten Gott, dass sie nicht so stachlig waren wie zunächst vermutet. Thorgrimm grummelte: »Welch seltsamer Blödsinn. Schwachsinniger Geheimniskram.«

»Schweig still, Narr!«, fuhr Kreuzhard ihn an. »Wir befinden uns hier an einem heiligen Ort, einem Platz der ewigen Prophezeiung. Merk dir, bei Orakeln geht es immer geheimnisvoll zu. Wenn man alles sofort verstehen würde, wäre es gewiss kein Orakel mehr! Man muss die Dinge gelegentlich auch einmal geschehen lassen, ohne sofort eine Antwort bei der Hand zu haben.« Thorgrimm zuckte nur mit den Schultern.

Keiner hatte bemerkt, dass der Alte plötzlich verschwunden war. In der Mitte des Raumes stand kein Tisch mehr, an den Wänden hingen keine Schilde mehr, und auch die Stühle hatten sich in Luft aufgelöst. »Es ist alles weg!«, rief Leslie, die es zuerst bemerkte. »Wo ist der alte Mann geblieben?«, frug Fynn.

»Kreuzhard, Geffrim! Was geht hier vor?«, erkundigte sich in ruhigem Ton Buri Bautermann.

Geffrim, der sich während der letzten Minuten sehr im Hintergrund gehalten hatte, trat vor, schaute in die Runde, räusperte sich und sprach: »Also gut, ich will versuchen, es euch zu erklären, so gut ich kann. Ihr habt die dreizehn Stühle und die dreizehn Schilde gesehen?« – »Ja!«, riefen die Kinder. »Auf zwölfen sitzen normalerweise Ritter. Ein Stuhl ist immer leer. Er ist für den reserviert, der unter den Menschen wandelt und noch nie darauf gesessen hat. Diese Ritter, seine Gefährten, von denen ich hier spreche, nennen sich die Ritter von Apfel, Rose und Kreuz. Noch nie hat ein Sterblicher sie zu Gesicht bekommen. Sie geben sich nie zu erkennen. Und das ist leider schon alles, was ich weiß.«

Geffrim zuckte die Achseln. Sein Blick verriet, dass er selbst gern mehr über all das Erlebte gewusst hätte.

Wenn auch unzufrieden mit dieser unvollkommenen Erklärung, schlängelte sich das Zwergenvolk nun weiter durch das umfangreiche Höhlensystem hindurch, getrieben von ihrem unbeirrbaren Sinn für den rechten Weg. Dwarl sind es gewohnt, in Bergen, Hügeln und Höhlen zu leben, und haben daher ein Gespür für die richtige Richtung unter Tage. Es kommt kaum vor, dass sie sich unter der Erde verlaufen. Nach mehreren Stunden erreichten sie den Ausgang der Schädelsteinhöhlen. Nur allmählich gewöhnten sie sich wieder an das Tageslicht.

Vor ihnen lag eine weite Hügellandschaft. Die teils bewaldeten Anhöhen und Senken verliefen sanft auslaufend und wechselten sich mit vereinzelten breiten, saftigen Wiesen ab. Die Begrenzungen der Flurstücke bildeten Holunderbüsche und Hartriegel, die in losem Verbund mit struppigen Rosenhecken wuchsen. Hoch oben auf einem spierigen Schlehdorn, ganz in der Nähe, saß singend eine Goldammer, die ihr unverkennbares »Ziepen« allen Winden des strahlenden Himmels mitteilte. Dazu wippte grazil ihr zimtbrauner Bürzel auf und ab. Unweit davon entfernt hüpfte eine Wacholderdrossel am Unterholz einer Ligusterhecke entlang und pickte im Vorbeiziehen nach Würmern und Schnecken. Die Downs vermittelten ein solch friedliches Bild, dass sich nur schwerlich dahinter das gefährliche Reich des Pogolchs vermuten ließ. Da es keine erkennbaren Wege gab, orientierten sich die Kennin am Stand der Nachmittagssonne, die freundlich zwischen den bauschigen Kumuluswolken hervorlugte.

Stets nach Norden drängte es die große Schar. Mortella, das Mauswiesel, genoss die neue Umgebung sichtlich. Zwei vorwitzige Feldmäuschen, die leichtsinnig zwischen den Schlüsselblumen hindurchhuschten, bereicherten schon wenige Augenblicke später die Speisekarte des flinken Jägers. Mortella hatte einen neuen Lebensraum für sich entdeckt.

Als der Tag sich neigte, bat das Mauswiesel Buri Bautermann, den Treck verlassen zu dürfen, was der gut verstand und selbstverständlich erlaubte.

Am Abend erreichten die Zwerge einen verwilderten Fichtenhain, dessen Rand ganz von dichtem Brombeerbewuchs verdeckt war. Mittendrin fand sich eine Lichtung, die ganz einsam eine mächtige Eiche beherrschte. Hier beschloss der Rat, das Nachtlager aufzuschlagen.

Die kleinen Wichte unter der Leitung von Biz und Buz machten sich auf den Weg, trockenes Reisig für ein Lagerfeuer zu sammeln. Im Handumdrehen loderte die Flamme auf. Sie warfen dünnes Geäst darauf, um dem Feuer Nahrung zu geben. Dazu trugen auch die vier dicken Buchenzweige bei, die die Kleinen unter Aufbietung all ihrer Kräfte auf den Haufen stemmten.

Keiner aus dem Kenninvolk, auch nicht aus der Reihe ihrer Freunde, ahnte, dass sie seit einiger Zeit beobachtet wurden.

Die Nacht hatte sich derweil wie ein dunkles Tuch über den Fichtenhain und dessen Umland gelegt. Die Lagerfeuer der Zwerge flackerten gut sichtbar durch die Nadelbäume. Unruhig zuckten die Flammen dem schwarzen Nachthimmel entgegen. In der Glut knackte es vom Harz des Holzes, und leuchtende Funken tanzten wild umher. Fratz, der Schwefeldämon, kroch vorsichtig auf das Feuer zu. Ihm voran wehte eine Wolke, die so furchtbar nach faulen Eiern stank, dass einem ganz übel davon werden konnte.

Von allen Seiten ringsum hüpften, hasteten und stolperten kleine und große Trolle heran. Einige von ihnen hielten ihre Köpfe unter den Armen und schnitten dabei garstige Grimassen. Andere liefen mit drei oder sechs Köpfen herum, die sich laufend stritten oder durcheinander plapperten.

Auch gab es viele, die wie Affen auf Händen und Füßen liefen und ihre kurzen Trollschwerter um den Hals trugen, damit sie nicht auf dem Boden schleiften. Die meisten Trolle besaßen nicht die Intelligenz und die Gewandtheit, mit dem Schwert umzugehen. Darum trugen sie schwere Knüppel in ihren dicken, unförmigen Händen oder schleppten große Findlinge mit sich, um sie gegen ihre Feinde zu schleudern. Fratz fluchte wie ein Bierkutscher, da es ihm nicht gelang, das kleine Heer der Trolle zu organisieren. Es ärgerte ihn nicht nur, dass sie so unsäglich dumm waren, sondern noch viel mehr, dass sie sich so undiszipliniert verhielten. Etliche unter ihnen waren so mit sich selbst und mit ihren ewigen Streitereien beschäftigt, dass es äußerst schwierig war, sie für andere Gegner zu interessieren.

Der wilde Haufen näherte sich dem Lager. Fratz fauchte, sie sollten doch leiser sein. Aber die Trolle scherten sich nicht darum. So verwunderte es keinen, dass die Kennin bereits früh auf den nahenden Gegner aufmerksam wurden. Buri, der zu dieser Zeit Wache schob, hörte es von überall her rascheln, tuscheln, poltern und schimpfen. Er sprang von seinem Schemel auf und lief hinüber zu Laurin Lazuli, der sich neben einem Feuer auf den Boden gelegt hatte. Er rüttelte den Schlafenden an der Schulter und rief: »Hey, Laurin! Wach auf! Irgendetwas bewegt sich da draußen in den Büschen. Ich höre Stimmen aus allen Richtungen. Wir müssen die anderen wecken.«

Da kam auch schon Balduin angelaufen. Eine unbestimmte Ahnung hatte ihn nicht einschlafen lassen, und dann hatte er Stimmen gehört: »Wir müssen unbedingt die anderen wecken!«, rief er ihnen entgegen. »Ich habe das Gefühl, da braut sich etwas zusammen. Wir müssen alle mit Waffen in Alarmbereitschaft versetzen!«

Im Nu war das ganze Volk auf den Beinen. Die Kutscher trieben ihre Ponys an und stellten die Fahrzeuge zu einer kreisförmigen Wagenburg zusammen. Alle verschanzten sich, im Gras liegend, hinter Bäumen oder unter den Karren. Gespannt starrten sie in das Dunkel der Nacht.

Wütend darüber, dass die Trolle durch ihre Unachtsamkeit das Überraschungsmoment verspielt hatten, blieb Fratz nichts anderes übrig, als schnell anzugreifen. Er stürmte mit einem Satz aus dem Unterholz hervor, richtete sich auf, so dass alle ihn sehen konnten, stieß eine eklige Duftwolke aus und brüllte aus Leibeskräften: »Attackeeeee!!!« Dazu schwenkte er wild seine Faust in der Luft herum. Wie von Sinnen preschten die Trolle auf die Kennin zu. Einige liefen allerdings nur mit, ohne begriffen zu haben, worum es überhaupt ging, und prügelten aufeinander ein. Das kam den Zwergen sehr recht. Sie nutzten den Tumult und griffen die unbeherrscht, mit riesigen, unbändigen Kräften um sich schlagenden Trolle an. Ihre Strategie war klug, und was sie taten, geschah blitzschnell. Nur ihre zahlenmäßige Unterlegenheit brachte sie zuweilen in arge Bedrängnis.

Der Schwefeldämon hatte es auf den Gorgonenschatz abgesehen. Denn sollten seine Trolle im Kampf unterliegen und ihn nicht in ihre Klauen bekommen, dann würde ihn der Pogolch grausam dafür bestrafen. Fratz und Geffrim lieferten sich einen erbitterten Kampf. Die zwei hechteten wie kämpfende Katzen hintereinander her und bekämpften sich mit Zauberkräften. Hin und her ging es. Mal sah es so aus, als würde der eine die Oberhand gewinnen, mal der andere. Nun ließ Fratz eine gelbe Schwefelwolke auf Geffrim zutreiben. Der schickte sie postwendend zurück, so dass Fratz ganz davon eingehüllt war. Schnell rief Geffrim in scharfem Ton einen knappen Zauberspruch in die Wolke, und sie verwandelte sich in einen grauen schwefligen Pyritstein, worin der Dämon fest eingefasst war. Fratz musste sich geschlagen geben. »Ich gebe dich erst wieder frei, wenn du dich mit deiner Horde zurückziehst!«, rief der Zauberer streng. Verärgert und kleinlaut gab der Dämon auf und versicherte, alles zu tun, was Geffrim ihm auftragen würde. »Auf! Heb dich hinfort, und vergiss deine Strolche nicht!«

Zur gleichen Zeit tobte allerdings andernorts noch der wilde Kampf. Einer Gruppe von Trollen war es gelungen, Thorgrimm von Granitgestein von seinen Mitstreitern zu trennen und zu überwältigen. Fratz, der wegen seines Versprechens freigekommen war, ließ hinterhältig den Grimmigen noch schnell in Ketten legen und schickte ihn mit einer Eskorte voraus ins Land des Pogolchs. Dann erst folgte er mit dem Rest der Trolle.

Im Zwergenvolk hatte noch niemand das Fehlen des raubeinigen Recken bemerkt. Man sammelte sich, kühlte Beulen und verband Wunden. Alle waren glücklich, dass der Überfall so gut ausgegangen war. Später erscholl das Horn zur Einberufung des Rates. Bei dieser Gelegenheit erst fiel auf, dass Thorgrimm verschwunden war. Zwar hatte man ihn noch im erbitterten Kampf mit den Trollen erlebt – doch wo war er geblieben? Es gab nur eine Möglichkeit: Er musste in Gefangenschaft geraten sein.

»Was ist zu tun?«, frug Laurin Lazuli ziemlich ratlos in die Runde. Die Antwort war betretenes Schweigen.

»Wir müssen ihn befreien, was denn sonst?«, rief Filibus Platin schließlich aufgebracht. »Du Witzbold! Wie willst du das denn machen?« Wiegand lachte, obwohl ihm überhaupt nicht nach Lachen zumute war. »Fratz hat ihn bestimmt verschleppt und zum Pogolch gebracht, dafür verwette ich meine Zipfelmütze«, murmelte Buri Bautermann nachdenklich. »Ja, ich habe dieselbe Befürchtung«, pflichtete Kreuzhard von Rosenhügel besorgt bei, »und ich denke, dass wir im Moment nichts für ihn tun können. Wenn wir im Reich des Pogolchs sind, sollten wir einen Befreiungstrupp nach ihm schicken.« – »Vielleicht hast du recht«, sagte Buri bedächtig.

Also einigte man sich darauf, erst einmal abzuwarten, und später, zur rechten Zeit, einen Spezialtrupp loszuschicken, um Thorgrimm zu befreien.

Sie benötigten noch den Rest dieses und auch den nächsten Tag, um das letzte Stück des Hügellandes zu durchwandern. Es dämmerte bereits, als sie endlich an der Grenze zum Pogolchreich anlangten. Ein letztes Mal würden sie ein Lagerfeuer entfachen können, ohne sich zu verraten.

KAPITEL 20

Der Phytreira

Vor ihnen lag das unbekannte weite Land des Pogolchs, umgeben von Sümpfen. Nur von den Schädelsteinhöhlen her konnte man das Reich über eine riesige Landschaftsbrücke betreten, die vor langen Zeiten ein unbekannter Künstler in den Farben des Regenbogens angestrichen hatte. Doch der Putz bröckelte inzwischen von den Steinen, und die Farben waren längst verblasst. Da das Brückenbaumaterial aus den Basaltsteinen der angrenzenden Felsformationen bestand, wirkte sie nicht nur beeindruckend mächtig, sondern auch überaus stabil. Sie überspannte das berüchtigte Tal der Hexen.

Am Fuß des mittleren Pfeilers befand sich eine kleine Hüttensiedlung, die die Hexenschaft von Smudge bewohnte. Auf der anderen Seite des Tales mündete die Brücke in einen Pfad, der sich im Hinterland zu den Rabenklippen emporschlängelte. Hier konnte der mutige Wanderer dem Phytreira mit seinem Gehilfen, dem Moosmännlein, begegnen.

Spätestens als der Zug der Kennin die Brücke überquerte, wussten alle dunklen Gestalten im Reich des Pogolchs von ihrer Ankunft. Sogleich wurde Growan Mac Greger ausgeschickt, um nach Thorgrimm von Granitgestein zu suchen. Balduin, der Hexer, zauberte ihm ein schwarzes Rattenfell auf den Leib, damit er nicht Gefahr lief, erkannt zu werden. Mac Greger nutzte seine ungemein feine Nase, den Geruch des Schwefeldämons und seiner Spießgesellen einschließlich ihres Gefangenen aufzunehmen. Die Spur führte tief ins Hinterland des Hexentales. An einer Wegkreuzung entschied sich Mac Greger für die Strecke, die steil nach oben führte. Ein dreistufiger mächtiger Wasserfall schäumte die Klippen hinab und stürzte sich rauschend mit ohrenbetäubendem Tosen kopfüber in die Tiefe. Mac Greger zog noch immer der unverkennbare Geruch nach Schwefel, Trollen und dem Zwerg in die Nase. Ganz ohne Zweifel, sie mussten hier vorübergezogen sein. Immer weiter nahm der Weg seinen Serpentinenkurs hinauf. Manchmal war der Pfad, dem Growan folgte, so schmal, dass er sich wunderte, wie Thorgrimm und der üble Dämon es geschafft hatten, auf dem schmalen Grat nicht den Abgrund hinabzustürzen. Für eine Ratte stellte solch ein Aufgang allerdings keinerlei Schwierigkeit dar. Sie huschte wie ein Schatten auf dem losen Geröll vorwärts, als kenne sie kein Hindernis. Immer wieder begleiteten Bächlein die Route. Mehrmals erlebte Mac Greger, wie verschiedene imposante Baumwurzeln von der Seite heranwachsend den Pfad spalteten. Eine Zeitlang begleitete den einsamen Wanderer ein Schwarm wilder, frecher Krähen, die aufgeregt umeinander herflogen und miteinander stritten. Mac Greger beachtete sie nicht. Eilig verfolgte er sein Ziel. Growan wusste, dass es nicht mehr lange dauern konnte, bis er die Entführer und ihr Opfer einholen würde. Der Abend dämmerte bereits, als der schmale Trampelpfad in eine feuchte, düstere Klamm mündete. Tief unten brauste ein peitschendes Wildwasser. Diesen Pfad hatten unbekannte Hände in den Fels gemeißelt. Es müssen allerdings kleine Hände gewesen sein, denn ein Mensch wäre zu groß für ihn gewesen. Nur einen Augenblick dachte der Rotpelz darüber nach, ob die, die er verfolgte, wohl eine Rast einlegen würden. Er hätte sich gerne eine Pause gegönnt. Dann aber lief er doch unentwegt weiter, weil er vermutete, dass auch die Verfolgten sich keine Unterbrechung gegönnt hatten. Endlich, am Abend des zweiten Tages, entdeckte er in der Ferne ein Licht. Es leuchtete schwach auf halber Höhe des gegenüberliegenden Gebirgszuges.

Der Berg auf der anderen Seite des Tales unterschied sich sehr von der übrigen Gebirgskette. Es handelte sich um einen verlassenen, von Gestrüpp überwucherten Weinberg, der mit gemauerten Terrassen an den Steilhängen angelegt war. Growan Mac Greger wunderte sich, dass in dieser Gegend überhaupt jemals Weinbau betrieben worden war. Es lag nahe, dass der Pogolch in den Hängen sein Unwesen getrieben und sein Revier abgesteckt hatte und die Sonne hier nicht mehr scheinen mochte. So breitete sich überall Kälte aus. Vermutlich hatte auch Angst unter den Winzern geherrscht, und einer nach dem anderen war in ferne Länder übergesiedelt.

Growan huschte ins Tal hinunter und pirschte sich vorsichtig an das Feuer heran. Er sah, wie Thorgrimm mit dem Schwefeldämon nahe der Flamme saß und sich angeregt unterhielt. Ungeachtet dessen hüpften und sprangen die grünen Trolle um die Glut herum. »Und dann war da dieser komische Alte«, hörte er Thorgrimm sagen, »der faselte etwas über Rosen und hantierte mit 'nem goldenen Apfel von Geffrim rum. Dazu redete er völlig wirres Zeug. Wirklich alles ein riesengroßer Quatsch, sag ich dir.«

»Du hast recht«, meinte Fratz, der Schweflige, »das waren noch tolle Zeiten, als der Phytreira im Schädelstein regierte. Aber leider wurde dieser Fürst des dunkelsten Orakels aller Zeiten von dem vertrieben, der unter den Menschen wandelt. Und der hat dann diesen komischen alten Vogel mit seinen Rosen und den goldenen Äpfeln an seine Stelle gesetzt. Bääh! Wie ekelhaft gut und widerlich freundlich der Greis ist. Wenn ich nur daran denke, wird mir ganz übel. Pfui! Zu Phytreiras Zeiten waren es nur die wunderbar Bösen und Widerlichen, die den Schädelstein aufsuchten. Die Hexen besorgten sich dort Rezepturen für die herrlichsten giftigen Zaubertränke. Böse Menschen holten sich Rat, um anderen nach Kräften zu schaden. Auch der Pogolch ging bei ihm ein und aus.«

Schweigend saßen Zwerg und Dämon eine Zeitlang am Feuer beisammen. Plötzlich schluckte der Schwefeldämon und grinste über das ganze Gesicht. Aus seinem schiefen Maul flötete er den Kennin freundlich an: »Hör mal«, sagte er, »warum kommst du eigentlich nicht zu uns. Ich sehe, wir verstehen uns doch ganz prima! Du bist doch auch so'n Rabauke wie wir. Sind deine Zwergenkumpel nicht viel zu brav für dich? Wenn ich nur höre, wie du diesen Humanus Kreuzhard von Rosenhügel zitierst, igitt! Was für'n ehrbarer Schleimer!«

»Hör auf! Willst du mich überreden, meine Freunde zu verraten?«, entrüstete sich der Einäugige.

»Könnt' schon sein! Könnt' schon sein! Ha, ha!«, frotzelte Fratz. »Ach, nein! Wo denkst du hin? Zum Teufel, glaubst du wirklich, ich würde dich dazu rumkriegen wollen, deine Freunde zu hintergehen? Oder ...? Oder, warum eigentlich nicht? Na, jetzt bin ich schon selbst ganz durcheinander. Oh, verzeih mir! Oh, verzeih mir!«, tat Fratz unschuldig und kroch auf allen Vieren wie eine Eidechse um Thorgrimm herum. »Weißt du was, Zwerg? Ich mache dir einen Vorschlag. Arbeite für uns, spioniere deine Kumpane für uns aus, erzähle uns, was sie vorhaben. Du kannst nicht bei ihnen bleiben und gleichzeitig etwas für die tun, die dich als einzig wahre Freunde wirklich verstehen. Glaub mir, der Pogolch, die Trolle und ich, wir sind immer für dich da! Jaaaa! Ha, ha! Denk drüber nach. Du brauchst dich ja nicht sofort zu entscheiden. Schlaf jetzt! Schlaf jetzt! Ich frag dich morgen noch einmal.«

»Du kannst meine Antwort jetzt schon haben: Ich komme zu euch. Aber wieviel ich verrate, entscheide ich selbst.«

»Oh, gewiss, gewiss, sei nur du selbst. Entscheide selbst, wie's dir beliebt! Wir sind auch mit kleinen Gaben zufrieden.«

Kichernd machte sich der Schwefeldämon davon und ließ Thorgrimm einfach sitzen.

Jetzt erst fiel Mac Greger auf, dass Thorgrimm nicht mehr gefesselt war. ›Eigenartig‹, dachte die Ratte, ›wenn er nicht mehr gebunden ist, ist er auch kein Gefangener mehr. Das Gespräch mit diesem nach Schwefel und faulen Eiern stinkenden Fiesling zeigte doch deutlich, dass er ein Verräter ist. Was ich gesehen und gehört habe, reicht mir. Den brauchen wir nicht zu befreien! Bloß ab, zurück zu den Zwergen!‹, pfiff die Ratte versehentlich etwas zu laut durch die Zähne.

»Was war das für ein Geräusch?«, rief da einer der grünen Trolle. »Ich habe es auch gehört«, brummte der dicke, der neben ihm stand. »Es kam von da vorne!«, rief ein anderer und zeigte mit seinen langen, behaarten Fingern in die

Richtung von Mac Gregers Versteck. Die Ratte erfasste die Situation sofort und rannte hastewaskannste in ein dichtes Brombeergestrüpp, gleich hinter dem Feldahorn, vor dem sie eben noch gesessen hatte. Einer der Trolle, einer mit zwei Köpfen, rümpfte die Nase: »Es riecht nach Ratte!« – »Nein«, entgegnete der andere Kopf desselben Trolls, »es riecht nach Mäusen. Ich bin sicher, hier ist irgendwo ein Mäusenest.« – »Und ich sage, es war eine Ratte!«, empörte sich der erste Kopf über den Widerspruch. Schnell entbrannte ein wüster Streit des grün bemoosten Trolles mit sich selbst.

Fratz, der das Treiben verfolgt hatte, schüttelte nun seinen Kopf und winkte ab. Eine Ratte, was ist schon eine Ratte! Ihn interessierte lediglich, ob der Vorfall eine Gefahr bedeutete oder nicht. Er belächelte die dummen Trolle, die sich über eine lächerliche einfache Ratte stritten.

Derweil saß Mac Greger mit seinem gefärbten Schwarzpelz angespannt und aufmerksam in seinem sicheren Versteck. Kein Troll würde sich von einer dornigen Brombeerhecke den Rücken zerkratzen lassen. Sollte er den Trollhaufen sowie den sogenannten Gefangenen noch länger beobachten oder nicht? Schließlich entschied er, sich auf den Rückweg zu machen und den Kennin Bericht zu erstatten.

Die offen zur Schau gestellte Sympathie Thorgrimms dem Schwefeldämon gegenüber sprach Bände. Mac Greger wartete einen günstigen Augenblick ab und verließ dann unbemerkt sein Versteck. In Windeseile sprang er über eine umgefallene, mit modrigen Pilzen übersäte Birke, die quer über dem Weg lag, und machte sich aus dem Staube. Erst in ausreichender Entfernung ließ er es langsamer angehen, stärkte sich mit einigen Insekten, suchte nach Waldbeeren und legte zum ersten Male eine längere Rast ein. Am darauffolgenden Morgen begab er sich auf kürzestem Wege zur Brücke, an der die Kennin auf ihn warteten. Sofort versammelte sich der Rat der Sieben, und Mac Greger stattete seinen Bericht ab. Der Report löste Überraschung, Entsetzen, schließlich Wut aus. Kreuzhard kratzte sich am Kinn, überlegte und zog die Stirn in Falten: »Wir müssen ihn lassen. Auch wenn er sich mit dem Pogolch verbündet hat, kann er uns keinen Schaden zufügen. Thorgrimm ist etwa in meinem Alter. Seine Mutter war eine Dunkelalbin. Das sind unsere Verwandten aus dem Schwarzholzwald, wo die Sonne nie den Boden erreicht. Sie sind in ihrer Art alle etwas wilder, vielleicht auch etwas kämpferischer als wir. Aber es steckt auch der Stachel des Bösen in ihnen. Um fünf Ecken ist Thorgrimm mit der Oberhexe von Smudge, Munkelmara Vorunkel, verwandt. Es kann durchaus sein, dass sie mit einem bösen Zauber versucht, ihn auf die Seite des Pogolchs zu locken. Um es kurz zu machen, ich würde ihn lassen, aber ihn auch herzlich willkommen heißen, wenn er wieder zu uns stoßen möchte. Dann aber müssen wir wachsam sein. Noch etwas ist wichtig: Er darf selbstverständlich nicht in den Rat der Sieben zurück.«

»Natürlich nicht. Wer soll ihn ersetzen?«, frug Buri Bautermann.

»Ich schlage Antiquitus, den Ältesten unter uns vor. Er hat es aus Bescheidenheit stets abgelehnt, in den Rat einzutreten. Die neuen Umstände werden ihn gewiss umstimmen«, brachte Lapis Excellis ein, »und ich möchte noch Fayryllis als ständigen Gast zu all unseren Versammlungen einladen.«

»Sie ist doch jetzt schon immer dabei«, brummte Wiegand.

»Na, dann sind wir uns ja einig«, schloss Kreuzhard diesen Teil der Zusammenkunft, »es gibt noch etwas zu besprechen: Vor uns liegt die Rabenklippe. Dort haust der Phytreira, der verstoßene Orakelfürst der Schädelstein-höhlen mit dem Moosmännlein, seinem Gefangenen. Der Phytreira hat es an die Kette gelegt, damit es ihm nicht wegläuft. Es macht ihm Spaß, es zu quälen. Er lässt an ihm seine Wut darüber aus, dass jetzt ein anderer im Schädelstein regiert. Im Übrigen hat es ihm zu dienen und seine Bosheit zu unterstützen. Der Phytreira ist heute Wächter über den Eingang zum Reich des Pogolchs. Dieser hat ihn auf die Rabenklippe gesetzt, damit er von dort aus seinen Schädelstein beobachten kann. Wie er dort lebt, vermag ich nicht zu sagen. Nur eines weiß ich gewiss: Er ist sehr gefährlich. Beraten wir, wie wir an ihm vorbeischleichen können.«

»Wie sieht er denn aus?«, frug Filibus Platin.

»Man nennt ihn ›den geflügelten Wolf‹«, antwortete Geffrim, »jeden Abend sitzt er auf seinem Lieblingsfelsen und heult den Mond an.«

»Es hilft nichts, wir müssen an ihm vorbei. Schließlich können wir uns auch nicht um das Reich des Pogolchs herummogeln, wenn wir nach Truksvalin gelangen wollen!«, erinnerte Balduin die anderen.

Der Rat ernannte nun Balduin für diesen Teil der Reise zum Zugführer.

Die Kennin setzten sich in Bewegung, allerdings nur einige Meilen, bis sie den Fuß der Rabenklippen erreicht hatten.

»Es ist besser, wenn einige von uns vorausziehen und die Klippen vom Höllenhund befreien.« Balduin verkündete eine Entscheidung, die alle überraschte: »Ich möchte, dass Leslie Marie und der gesamte Rat die Sache übernehmen. Der Phytreira ist schlau und mächtig. Nur ein Mensch kann ihn von der Macht trennen, die alle Wesen bindet«, sprach Balduin geheimnisvoll.

»Warum denn ausgerechnet ich?«, frug Leslie Marie entsetzt. »Das können andere bestimmt viel besser. Nimm doch Geffrim mit. Der ist Zauberer und kann gegen so einen Unhold bestimmt viel mehr ausrichten.«

»Du wirst es schon schaffen!«, lächelte Geffrim wissend. Er hielt Balduins Entschluss für richtig.

»Geffrim, du wirst hier bei den anderen wachen, bis wir zurück sind«, ordnete der Kenninführer an. Der Zauberer nickte schweigend und verschwand in der Schar der Wichte.

»Fayryllis, du kannst selbst entscheiden, wo du bleiben willst, da dir beide Kinder anvertraut sind.«

»Ich bleibe hier, aber ich bin zur Stelle, wenn Leslie mich braucht. Hier, Leslie, hast du meinen Ring. Zieh ihn über. Wenn du an ihm drehst, bin ich sofort zur Stelle. Und nun lauf schon zu den anderen!«

Leslie Marie und die Sieben versammelten sich und begannen den Aufstieg auf die Rabenklippen. Alle hatten Rucksäcke geschultert, die eine Bergsteigerausrüstung beinhalteten, denn die Strecke, die vor ihnen lag, galt als äußerst schwierig: schwer begehbar, durchzogen von Steilwänden, die nur von erfahrenen Bergsteigern gemeistert werden konnten. Die Kennin, wie alle Zwerge bekannt als die kleinen Leute der Berge, verstanden sich bestens darauf, schwierige Aufstiege zu meistern. Leslie Marie lernte sehr schnell, sich in die Seilschaft einzupassen. Richtig mühen musste sich hingegen ein ganz anderer. Der alte Antiquitus, der jetzt auch zum Zwergenrat gehörte, kam ordentlich ins Schnaufen. »Bssss! Bssss!«, machte es immer am hinteren Seilende. Doch nahmen die anderen alle liebevoll Rücksicht auf ihn und warteten, bis auch er den Anstieg geschafft hatte.

Je höher sie stiegen, desto karger wurde die Vegetation. Anfangs begegneten ihnen in großer Zahl Felsennelken, die man eigentlich eher selten zu sehen bekam, da sie vielerorts bereits ausgestorben waren. Blaue Enzianwiesen säumten den Weg. Auch die Herbstzeitlose bereicherte die Almenflora. Die Freunde stiegen weiter, und die Laubbäume wurden immer seltener. Am Ende blieb nur noch niedriges Nadelgesträpp, Silberdisteln in vertrocknetem Gras, und auf karstigen Felsvorsprüngen sahen sie ab und zu sogar ein Edelweiß. Auf einem Steinplateau, das sie alle aufnehmen konnte, hielten sie ein und erfreuten sich am herrlichen Landschaftspanorama, das sich vor ihnen aufgetan hatte. Weit draußen, oberhalb der abgelegenen Breiten des ewigen Schnees schraubte sich ein Steinadlerpärchen kreisend der Sonne entgegen. Alle in der Seilschaft sogen den kalten, erfrischenden Wind tief in ihre Lungen. Sie schauten auf das noch vor ihnen liegende Reststück und sahen, wie schroff und kantig die Blöcke der Rabenklippen ihnen im Wege standen. Fetzen von Nebelschleiern zogen gemächlich an ihnen vorüber.

In dieser Bergwelt, in der es nur Murmeltiere, ein paar Gemsen und weiter droben allenfalls noch Schneehasen und Adler gab, hier sollte, der Erzählung nach, der Phytreira hausen, mit seinem Gefangenen, dem Moosmännlein. Der scharfe Eiswind pfiff den Kennin nun schneidend um die Ohren. Es war ihnen so kalt, dass sie ihre Mützen fast bis zum Hals herunterzogen. »Er muss in einer Höhle wohnen«, vermutete Wiegand. »Unser Kommen wird er längst bemerkt haben«, meinte Buri. »Ich friere so!«, klagte Leslie Marie. »Meine Finger sind ganz steifgefroren!« – »Hier«, bot Antiquitus an, »hier hast du meine Fausthandschuhe. Sie sind aus feinster Zwergenwolle gestrickt. Es gibt nichts, das mehr wärmt. Nimm sie! Mir macht die Kälte nicht mehr viel. Ich bin so alt, dass ich schon bei normaler Temperatur meine Finger kaum noch spüre.« – »Wie alt bist du denn?«, frug das Mädchen. »Ach, weißt du, an meinem fünftausend-elfhundertzwölfzigsten Geburtstag habe ich aufgehört zu zählen!«, lachte der Alte freundlich.

»Kommt, weiter!«, drängte Laurin Lazuli. In diesem Augenblick fing es zu schneien an. Das Gestöber verdichtete sich derart schnell, dass die wilden Flocken den Gefährten bald nur so um die kalten roten Nasen wirbelten. Gottlob hatten sie reichlich Felle mitgenommen, die sie rasch überwarfen. Antiquitus band sich ein paar Lappen um die Hände, sie sollten ihm doch nicht abfrieren. Der Wind nahm an Stärke zu und wuchs sich zu einem wilden Sturm aus. »Dort vorne unter dem Felsvorsprung können wir Schutz finden, bis alles vorbei ist!«, schrie Kreuzhard gegen das Sturmgeheul an. Im Gänsemarsch stemmten sie sich hintereinander gegen die stärker werdenden Böen an. Einer nach dem anderen erreichte die breite Spalte unter dem Felsen. Als Leslie zu ihren Freunden hinüberschaute, begann sie lauthals zu lachen. Die Kennin sahen wie die Weihnachtsmänner aus: schlohweiße Bärte aus Eis und Schnee, die roten Mützen mit schneebedecktem Rand, bereifte Schals und mit Puderzucker gesprenkelte Mäntel. »Ihr solltet euch mal sehen!«, prustete sie los. Die Zwerge fanden das gar nicht lustig.

»Fast schon gemütlich hier!« Lapis Excellis, der mit Antiquitus als letzter eintraf, hustete. »Ich schlage vor, wir wärmen uns an einem Feuer und warten, bis es draußen etwas erträglicher geworden ist«, sagte Buri. »Und wie willst du das bewerkstelligen, so ohne Holz?«, frug Leslie Marie zweifelnd. Die Zwerge standen in einem Halbkreis um das Kind herum und lachten. »Was lacht ihr so dämlich?«, schimpfte das Mädchen. Antiquitus strich ihr über den Kopf: »Man merkt, du bist ein Mensch. Du kannst nicht wissen, dass ein Kennin sich mit der Kälte der Berge auskennt und daher immer die Taschen voll Wichtelkitt hat. Das ist eine ölhaltige Knetmasse, die besser, heißer und länger brennt, als ihr Menschen es euch vorstellen könnt.« Er warf einen dunkelbraunen Pfriem auf die Erde, berührte ihn mit der Hand, und sofort ging er in Flammen auf. So bescherte er der Gesellschaft ein angenehm wärmendes Feuer.

Draußen goss es nun unablässig. Nie hatten die Gefährten ein solch schlimmes Gewitter erlebt. Öfter hagelte es sogar Körner, so groß wie Taubeneier. Alles, was sich draußen aufhielt, musste damit rechnen, erschlagen zu werden. Blitz auf Blitz jagte über den Himmel. Donner auf Donner grollte in immer kürzeren Abständen. Die Zwerge nutzen die taghelle Erleuchtung ihres Unterstandes, um ihn zu erkunden. Buri bemerkte gerade in dem Augenblick, als ein Blitz wieder einmal alles erleuchtete, dass sie sich im Eingangsbereich einer Höhle befanden. Sogleich breitete sich Unruhe aus.

»Eine Höhle!«, nahm Leslie sachlich zur Kenntnis. »Seht! Dort ist ein Loch!«, gab Laurin Lazuli seine Entdeckung bekannt. Tatsächlich erhellte der letzte Blitz eine längliche, ovale Öffnung in etwa drei Metern Entfernung. Wenn das Gewitter nicht gewesen wäre und sie unter normalen Umständen ihr Nachtlager hier aufgeschlagen hätten, niemanden wäre die Öffnung aufgefallen. »Leuchte mal hinein!«, forderte Kreuzhard Balduin auf. Der Hexer hielt seine Handfläche über das Loch im Steinboden, von der ein blauweißes Licht ausging und das ganze Höhleninnere erleuchtete. Zerklüftete Wände, wo immer der Blick hinfiel. Gänge, durch Treppenstufen verbunden. Der Höhlenschacht verlief in unergründliche Tiefen, ein Boden war nicht auszumachen. Ein steter Wind zog mit frostiger Kälte von unten hoch. Alles wirkte unheimlich, ja bedrohlich. Die Kennin zogen ihre Schwerter. Balduin nahm Leslie Marie zur Seite: »Wir müssen den Phytreira finden und ihn außer Gefecht setzen.« – »Und wie sollen wir das anstellen?« Leslie war beunruhigt. Sie und ihre Freunde krochen nun durch den Eingang und stiegen hintereinander die Treppen hinab.

Dazu ergriffen sie einige der Pechfackeln, die an den Wänden angelehnt standen, und entzündeten sie. Leslie Marie folgte unmittelbar auf Balduin. Als sie etwa sieben Stockwerke hinabgestiegen waren, drehte sich dieser nach ihr um und drückte ihr einen kleinen Spiegel in die Hand: »Der

Phytreira wird sich vor uns verstecken wollen. Vor uns Zwergen kann er das. Dieser Spiegel aber in eines Menschen Hand kann ihn enttarnen. Mein Onkel hat ihn mir vererbt. Trage den Spiegel vor dir her, sieh beim Gehen von Zeit zu Zeit hinein, blicke über deine Schulter nach hinten und erschrick nicht, wenn dir plötzlich ein böses Wolfsgesicht entgegenstarrt! Sobald du ihn gesehen hast, kann er uns nicht mehr gefährlich werden. Bis wir ihn gesehen haben, können wir ihn nur an dem Geräusch seines Flügelschlages erkennen.«

Kaum hatte Balduin dies ausgesprochen, erfasste ein kalter Windstoß die Zwerge. Er ergriff sie mit solcher Wucht, dass Wiegand stolperte, über die Brüstung fiel und in der Tiefe des dunklen Schachtes verschwand. Entsetzte Gesichter blickten dorthin, wo er gerade noch gestanden hatte. Gleichzeitig mit dem Wind rauschte ein wildes, sich entfernendes Flattern an ihnen vorbei. Da hörten sie zu ihrem Erstaunen aus dem Dunkel unterhalb der Stufen die wütende Stimme des Schmieds: »Was starrt ihr alle so blöd auf die Treppe? Vielleicht könnte einer von euch mal so freundlich sein, mir heraufzuhelfen!«

Buri, der eine Fackel trug, eilte rasch herbei und leuchtete in den Schacht. Wiegand hing mit den Beinen in der Luft und hielt sich mit den Händen an einem Felsvorsprung fest. Buri und Kreuzhard packten nun kräftig zu und zogen ihn herauf. »Puh! Das war aber knapp«, seufzte Buri erleichtert. »Der Phytreira war's, der ihn hinabstieß«, rief Lapis Excellis. »Zum Glück ist nichts Schlimmeres passiert. Los, wir müssen weiter!«, drängte Buri und klopfte ungeduldig mit seinem Gehstock auf den steinigen Boden.

Der Abstieg dauerte noch mehrere Stunden. Es folgten weitere Angriffe, die die Gefährten abwehren konnten. Am Boden des Schachtes angelangt, fanden sich die Freunde in einer seltsamen Welt wieder. Überall standen technische Apparate und eigenartige Maschinen, Computer, Bildschirme, auf denen Filme, Shows oder Nachrichten flimmerten. In den Gängen zwischen den Apparaten fegte ein eisiger Wind. Die Feuchtigkeit im nebligen Dämmerlicht schien auf die Geräte keinen Einfluss zu haben. Was aber noch viel merkwürdiger, ja beklemmend war: Alle fühlten sich mit einem Mal einsam.

Vielleicht lag es an der gespenstischen Leere, die hier herrschte. Schließlich waren nirgendwo Lebewesen zu sehen.

Leslie blickte in ihren Spiegel und zuckte zusammen. Sie sah ein Zerrbild ihrer selbst, aufgedunsen mit roter Säufernase und stechendem gierigem Blick. Schon im nächsten Augenblick war es wieder verschwunden. War es nur Einbildung? Der Nebel verdichtete sich. Kaum einer sah mehr seinen Nachbarn. Alle hatten nur noch das Gefühl, allein und verlassen zu sein. Da klarte es plötzlich auf, und sie standen vor einem Doppelflügeltor aus Basaltgestein. Es wurde durch einen dünnen, durchsichtigen Seidenschleier verhüllt. In das Gestein war ein Relief eingemeißelt. Am oberen Rand des Tores befand sich eine Inschrift:

Du hochentwickeltes Tier
Dein Sinn strebe nach Sinnlosigkeit
Frage nie nach Höherem
Stelle dich auf die dunkle Seite
Von Sonne und Feuer
Erkenne nicht wer du bist

»Jetzt wird's spannend«, lautete Kreuzhards Kommentar, nachdem er den Spruch gelesen hatte. »Wie kommen wir durch das Tor?«, frug Wiegand. Kreuzhard dachte angestrengt nach. Schließlich lächelte er wissend und verkündete: »Ich weiß, wie wir's machen müssen. Nur ein Mensch kann es öffnen. Leslie, komm doch bitte mal her zu mir!« Er nahm das Mädchen an die Hand und führte es vor das Portal. Das Kind betrachtete die beiden Türflügel. Sie waren kunstvoll behauen. Es gab darauf allerlei menschliche Gestalten zu sehen. Ihre Gesichter verrieten Erregung und Erstaunen, und nicht wenige blickten entsetzt, obwohl doch lauter schöne Dinge auf sie zuflogen. Ob sie wohl Angst hatten, von den Gaben der Unterhaltungselektronik erschlagen zu werden? Auch eine Theaterbühne mit grandiosen Lichteffekten war zu sehen: ein Feuerwerk mit Leuchtraketen über vielen Menschen, die zum Himmel schauten. Sie sahen auch einer Rakete nach, die zu den Sternen flog, und doch verriet ihr Blick, dass sie dort oben nicht das erblickten, was sie erwartet hatten. Leslie kam es vor, als suchten manche vergebens einen anderen Himmel. Sie betrachtete das Bild, und es schien ihr nicht stimmig: ›Die Menschen schauen überhaupt nicht glücklich aus. Vielleicht bin ja nur ich es, die das Gefühl hat, dass darauf keine glücklichen Menschen abgebildet sind, obwohl doch alles um sie her so toll erscheint‹, dachte sie unsicher. »Humanus?«, frug sie schließlich. »Ich glaube, die Menschen auf diesem Relief sind traurig.« Das Kind erinnerte sich an seinen Rosengürtel, den es vom Alten des Schädelsteins geschenkt bekommen hatte, zog eine der Blumen daraus hervor und legte sie in eine Nische des Portals, nachdem sie den Seidenschleier behutsam beiseite geschoben hatte: »Jetzt sieht es schon besser aus. Die armen Menschen! Wenn sie nicht aus Stein wären, würde ich sie fragen, wie ich helfen kann.«

Kaum hatte sie das gesagt, rollte ein furchtbarer Donner durch den Schacht. Der Vorhang riss von oben bis unten in zwei Teile und das Doppelflügeltor zerfiel vor ihren Augen zu Staub. Die Menschen auf dem Bild aber verwandelten sich in Fleisch und Blut, Leben erfrischte sie, und dankbar über ihre Erlösung aus dem Zauber liefen sie auf Leslie zu und fielen ihr um den Hals. Dann wandten sie sich um, verließen den Raum, und viele riefen, sie wollten keine Zeit verlieren und zurück zu ihren Familien gelangen.

Als die letzten Erlösten verschwunden waren, hatten sich auch die Staubwolken gelichtet. Erst jetzt ergab sich der freie Blick in den hinteren Teil des Raumes: einen lang gestreckten Saal, an dessen Ende ein Thron stand. Auf diesem saß, für die Gefährten noch immer unsichtbar, eine furchteinflößende Gestalt, halb Mensch, mit lederartigen Flügeln und einem Wolfskopf.

»Der Phytreira«, flüsterte Lapis Excellis Laurin ins Ohr, der wohl ahnte, dass jemand auf dem Thron saß. Zu seinen dicht behaarten Füßen kauerte zusammengesunken, an einen Pflock gekettet, mit unglücklichem Blick unterwürfig nach oben schauend, das Moosmännlein. Auf seinem runden Kopf saß eine kleine grüne Kappe. Die kleinen Augen lagen dicht beieinander, direkt über seiner dünnen langen Nase. Seine zierliche Gestalt war von Kopf bis Fuß in eine feine, nasse, grüne Moosschicht gehüllt.

»Ihr wagt es, meine Pforte zu zerstören?«, knurrte böse der Wolfskopf. »Verschwindet von hier! Ich habe euch nicht eingeladen! Doch vorher habt ihr noch den angerichteten Schaden zu bezahlen. Er beläuft sich genau auf dreihundert Golddukaten, zwanzig Rappen und zweieinviertel Cent, zahlbar sofort und ohne Skonto!«

»Über die Bezahlung werden wir gleich reden. Doch zunächst lass uns durch. Gib den Weg frei! Du weißt selbst, dass wir nur durch deine Behausung in das Land des Pogolchs gelangen können«, antwortete Kreuzhard.

»Niemals! Schert euch dahin zurück, von wo ihr gekommen seid!«, donnerte der Phytreira. Wütend fletschte er die Zähne.

Leslie Marie hatte einen jener Einfälle, wie sie oft nur Kinder haben: Sie sprang auf den Thron zu, auf dem der Phytreira sitzen musste, hielt unmittelbar vor ihm inne, drehte sich um, hob den Spiegel, blickte hinein und schaute so über ihre Schulter hinweg der Wolfsgestalt mitten ins Gesicht. Der Unhold hatte sich im selben Moment auf die Zwerge stürzen wollen, doch sein Spiegelbild erschreckte ihn so sehr, dass er vor sich selbst fliehen wollte, dabei stürzte und mit seinem Schädel auf einen Pfeiler schlug. Schnell verkroch er sich winselnd hinter dem Moosmännlein und stammelte voller Angst und voller Entsetzen: »Nein, nein, zeig mir das nicht, zeig es mir nicht! Dann erkenne ich mich selbst und dürfte niemals mehr der Phytreira sein. Drum, ich bitte dich, halte ein!«

»Einhalten? Warum sollte ich einhalten? Weiche! Weiche!«, triumphierte Leslie Marie.

Jetzt erst sah auch sie das Ungetüm in voller Gestalt im Spiegel. Immer noch verängstigt schaute das unheimliche Wesen das Mädchen an. Das Moosmännlein an seiner Seite rief indes erfreut und hoffnungsvoll: »Oh, hilf mir! Hilf mir doch! Es soll euer Schaden nicht sein!« Da knurrte der Phytreira scharf und sah angewidert mit bösen Augen, voller Abscheu und Hass zu dem kleinen grünen Kerl hinüber. Der zuckte erschrocken zusammen und jammerte: »Oh, bitte, ehrwürdiger Phytreira, tut mir nichts! Es ist mir versehentlich rausgerutscht!«

Nun hatte Leslie Marie genug. Entschlossen, mit dem Spiegel in der Hand, schritt sie auf den Orakelfürsten zu, der Leslie voller Angst auswich. Seine drohenden Augen richteten sich vom Moosmännlein weg, hin zu dem Mädchen: »Wehe dir! Ich sehe Schlimmes auf dich zukommen. Sieh her!«

Er hielt mit einem Mal ein geöffnetes Notebook in seinen Händen: »Hier, mit diesem Instrument kann jeder in seine eigene Zukunft sehen. Oder nimm das hier ...«, er holte einen Gegenstand, klein wie ein Feuerzeug, aus seiner Tasche, »diese Version kannst du überall hin mitnehmen. Überaus praktisch! Nur was nützlich ist, ist wirklich gut. Da! Ich schenke es dir, damit du mich in Ruhe lässt. Ihr Menschen seid doch immer hinter Schnäppchen her. Geschenkt ist fast zu billig! Ach, übrigens, das Gerät ist ungemein praktisch, man kann damit in die Zukunft schauen. Du kannst zum Beispiel einmal nach Tharkblith kommen, dann kannst du dir damit die Lottozahlen vom nächsten Tag holen, und schon bist du Millionärin.

Praktisch, nicht? Hier! Nimm's! Und lass mich gehen!«

Für einige Augenblicke dachte Leslie nach. War das, was der Phytreira vorschlug, im Grunde nicht ganz vernünftig? Nach kurzem Zögern fand sie dann die richtigen Worte:

»Ich will meine Zukunft nicht wissen, denn was geschehen kann, muss nicht unbedingt geschehen! Und darüber hinaus ›ist der Mensch in seinem dumpfen Drange‹, wie der Dichter spricht, ›sich seines rechten Weges wohl bewusst.‹ Ein jeder ist seines Glückes Schmied, heißt es bei uns Menschen. Ich möchte dir, der du einmal weise warst, diese Rose schenken. Sie stammt aus dem Orakel, dem du weichen musstest. Möge sie dir Vorbild sein für eine neue, bessere Weisheit!«

Der Phytreira zuckte zusammen und blickte missgelaunt auf die rote Blüte. Er spuckte auf sie und fauchte: »Bleib mir weg von meinem Leib mit diesem Kraut. Stachlig ist's, verletzend gar und verheißt als Sinnbild Dinge, die es nimmer halten kann.«

Das Wolfswesen rümpfte die Nase, grinste verächtlich und fuhr fort: »Es riecht zu sehr nach dem, der mich vertrieb. Nun geht! Ihr seid schon viel zu lange hier. So viel Licht von euch bekommt mir nicht. Ihr wisst, ich bin des Bösen Höllensohn. Die Dunkelheit ist meine Muse, die Prophetie, die Macht, mit der ich alle fürchten lehre. Von dir, von niemand sonst noch, lass' ich mir sie nehmen. Doch deine Worte, ich spür's am Leibe, nehmen mir die Kraft. Darum bestehe ich darauf: Verschwindet jetzt!«

»Wir verschwinden jetzt!«, wiederholte Leslie Marie mit kräftiger Stimme. »Das Moosmännlein nehmen wir aber mit!« Sie befreite den kleinen Kerl und nahm ihn bei der Hand, ohne dass der Phytreira eingegriffen hätte. Das kleine Wesen schwieg stille. Unendlich dankbar, mit feuchten Augen, blickte es zu Leslie Marie auf. Da drehte sich Leslie noch einmal um und schaute dem Phytreira freundlich, ihm Zuversicht spenden wollend, in die Augen.

Als das Mädchen und die Kennin längst verschwunden waren, kratzte sich das Orakelwesen nachdenklich am Hinterkopf und dachte laut: »Warum hat sie mich nur so freundlich angeschaut?« Da bemächtigte sich seiner ein Gefühl, das es noch nie kennengelernt hatte: In seinem Herzen wurde ihm ganz warm.

KAPITEL 21

Duevelus und die Hexenschaft von Smudge

Das Dorf Duevelus lag auf einer Anhöhe, am Rande einer Giftkräuterwiese, nicht weit von der großen Schlucht entfernt. Wer sich dorthin verirrte, befand sich bereits mitten im Reich des Pogolchs. Duevelus bildete das Zentrum der wilden Hexenschaft von Smudge. So lautete der Name einer Hüttensiedlung, deren Ursprung, Jahrtausende zurückliegend, an der Stelle vermutet wurde, wo heute das Dorf Duevelus lag. Die Mitglieder der Hexenschaft, auch Hexenring genannt, hatten sich bedingungslos dem Willen der Oberhexe, Munkelmara Vorunkel, zu unterwerfen. Ihr Haus stand in der Dorfmitte. Sie hatte es persönlich dort hingehext.

Da sie den Posten der Leithexe innehatte, musste es natürlich größer und prächtiger sein als die anderen Hexenhäuser rundum. Zur Bewachung hielt sie sich einen verfressenen, gefährlichen und räudigen, mannshohen Köter. Sie fütterte ihn mit den guten Taten der Menschen, die sie regelmäßig in einer großen Kiste aus der Menschenstadt Tharkblith kommen ließ. Das Tier hatte ein krankes, stinkendes, mit Zecken und Flöhen besetztes Fell und hörte auf den Namen Nihillibrax. Morgens bekam der Hund stets eine Dose voll Anstand mit kleinen Stücken von Selbstlosigkeit und Mitgefühl zu fressen. Darauf stürzte er sich, zerriss und zerfetzte alles. Ohne viel zu kauen, schlang er das Futter gierig hinunter. In den letzten Monaten bekam er aber nur einmal wöchentlich etwas davon, denn die Zutaten Anstand, Selbstlosigkeit und Mitgefühl waren in Tharkblith knapp geworden. Munkelmara Vorunkel hatte diesbezüglich schon beim Pogolch anfragen lassen, ob er nicht allmählich nach einer neuen Produktionsstätte für ihr Hundefutter Ausschau halten könne. Es war mittlerweile schon mehrfach vorgekommen, dass man ihr unaufgefordert Ersatz geschickt hatte. Neulich hatte sie einen Karton bekommen mit der Aufschrift:

Inhalt: Nur das Beste, aber billig und viel, garantiert auf Kosten armer Bauern hergestellt, unter reichlicher Verwendung von Gleichgültigkeit. 2 Jahre haltbar!

Höchst verärgert hatte sie sich über diese unverlangte Sendung mit dem Ersatzprodukt beschwert. Sie hatte das Paket postwendend zurück an den Absender geschickt und sogleich ein Protestschreiben hinterdrein gesandt.

Das Leben in der Hexenschaft von Smudge verlief ohne große Abwechslungen. Tagsüber arbeiteten die Hexen in ihren staubigen strohbedeckten Fachwerkhäusern. Sie saßen an ihren Spinnrädern und spannen Wolle aus Dummheit, Gier, Neid und Gemeinheit. Die Ergebnisse ihrer Arbeit wurden später nach Tharkblith verschickt. Nachts verließen sie ihre Häuser. Manche von ihnen zogen in die umliegenden Wälder. Dort brachten sie, wenn es der Zufall ergab, einsame Wanderer von ihrem Weg ab. Andere schauten unter den Bäumen nach Spinnen und giftigen Pilzen für ihre Zaubertränke. Gelegentlich suchten sie zum selben Zweck auch die Giftkräuterwiese auf.

Da die Hexen nahe beieinander wohnten, braute nicht jede ihren eigenen Trank. Sie trafen sich bei Vollmond an der alten, halb vertrockneten Eibe in der Mitte des Dorfes. Dort stand auf einem prasselnden Feuer ein riesiger gemeinschaftlicher Hexenkessel. Die ganze Nacht tanzten sie um ihn herum und murmelten Sprüche wie diesen:

Sind wir sechs?
Dann ist's die Zahl der Hex
Ich sprech den Spruch
Ich geb was rein
Ich auch

Wer rührt um?
Ich, nur ich weiß, wie rum
Ich halt an
Ich lösch' die Flamm'

Weh dir! Dunkel ist's im Hexenhort
Wandrer, meide diesen Ort!

Dieser letzte Satz bezog sich allerdings nur auf Personen, die diese Gegend ohnehin nicht aufsuchen würden. Üble Gestalten jedweder Art hingegen hieß man in der Hexenschaft von Smudge jederzeit willkommen. Mörder, Räuber und Wegelagerer gingen hier ein und aus. Besonders gerne wurde die Muhme Kunkel von Punkrumpel aufgesucht, die seit einigen Jahren zusammen mit der Hexe Knurz einen Spirituosengroßhandel betrieb. Dort gab es auch jede Menge Drogen aus Kräutern, die die beiden in den umliegenden Feldhainen und Wiesen sammelten und selber zu Pillen und Pudern verarbeiteten. Zu ihren besten Kunden gehörten Wirte verrufener Spelunken und schmutziger Kneipen, wie zum Beispiel Raffgie Rig mit seinem Wirtshaus zum Koselstrang. Während sich Knurz die meiste Zeit auf Kräutersuche befand, stand die Muhme Kunkel von Punkrumpel hinter dem Tresen und bediente. Das war gut so, denn sie hatte eine Eigenschaft, die alle an ihr schätzten: Kein Gast verließ ihr Geschäft, ohne noch ein paar Tipps zu Betrug und Diebstahl mit auf den Heimweg zu bekommen.

Die anderen Hexen der Siedlung wohnten in einfachen Fachwerkhütten, hielten sich entweder eine schwarze Katze oder einen Raben, zahlreiche Spinnen, Ratten und Mäuse und ein paar Ziegen zur Eigenversorgung. Sie lebten vom Auftragshexen. Die Buchhaltung für alle Geschäfte des Dorfes übernahm die Hexe Computine Uterpunkel. Sie leitete das Büro der Hexenschaft von Smudge.

Es dämmerte bereits, als sich eine kleine Gruppe Wanderer der Hexenschaft näherte: Fratz, der Schwefeldämon, mit seinen grünen Trollen, gefolgt von Thorgrimm von Granitgestein. Neugierig streckten die Hexen ihre Köpfe aus den Fenstern, während sie die Dorfstraße herauf zu Munkelmara Vorunkels Haus stapften. »Hallo, Großtante!«, begrüßte der

Kennin sie schon von weitem. Munkelmara Vorunkel hass-te solcherlei Vertraulichkeiten. Außerdem hatte sie Wichte noch nie ausstehen können. Und mit ihrer Verwandtschaft hatte sie erst recht nichts am Hut. Sie schämte sich, mit solch einem verwandt zu sein, und es brachte sie geradezu in Rage, dass nun alle davon wussten. Besänftigend wirkte allerdings auf sie die Tatsache, dass der Trupp von Fratz angeführt wur-de. Er war eines der hinterhältigsten und gemeinsten Wesen, das sie kannte. Das imponierte ihr mächtig. Deshalb moch-te sie ihn außerordentlich gut leiden. Außerdem roch er so herrlich nach faulen Eiern. Sie liebte diesen Gestank so sehr wie Menschen das Parfüm. Und die Trolle? Die waren ein-fach nur dumm, nicht unsympathisch, aber einer Hexe nicht würdig.

Munkelmara Vorunkel hatte auf dem schweren, schwarz gebeizten Eichensessel in ihrem Wohnzimmer Platz genom-men, als Fratz mit Thorgrimm und zwei Trollen den Raum betrat. Sie zeigte aufgesetzte Langeweile und strickte mit zwei hölzernen Nadeln an einem Putzlappen aus Ärger und Eifersucht:

»Na, mein Junge? Haste genug von deinem Zwergen-pack?«

Munkelmara gehörte nicht zu den Hexen mit betont gesit-teter Ausdrucksweise. »Ja, recht hast du, ehrwürdige Muh-me. Es geht mir inzwischen ganz schön auf die Nerven, vor allem ihr poetisches Gesülze. Und dann ist da noch ihr tu-gendhaftes Benehmen.« Er spie verächtlich auf den Boden. Munkelmara Vorunkel grinste: »Na, dann bist du bei uns ja richtig. Und jetzt erzähl mir mal, ob ihr den Gorgonenschatz dabei habt. Der Pogolch ist ganz scharf darauf. Schließlich ist es sein Schatz, den ihr ihm geraubt habt.«

»Auch der Pogolch hat ihn sich von anderen zusammenge-stohlen«, gab der grimmige Wicht zu bedenken.

»Papperlapapp!«, fauchte die Hexe. »Er gehört ihm, und deine Freunde müssen ihn zurückgeben.«

»Mach das mit ihnen selbst aus. Mir ist egal, wem der Schatz gehört.«

»Du musst uns helfen, ihn zu beschaffen!«, zischte Munkelmara Vorunkel.

»Du bist zwar meine Tante. Deshalb bin ich dir aber noch längst nicht verpflichtet«, konterte der Einäugige mit der schwarzen Augenklappe.

»Ach, du wirst uns schon helfen«, ignorierte die Oberhexe seine Antwort. Sie klopfte ihm freundschaftlich auf die Schulter: »Komm! Jetzt gibt's erst mal etwas zu schmausen. Ich habe deinetwegen ein herrliches Spinnenbein-Parfait mit eingelegten Schafsaugen angerichtet.«

»Vielen Dank! Aber ich halte zur Zeit Diät«, lehnte Thorgrimm das Angebot höflich ab.

»Dann iss wenigstens etwas von dem Mauerpfefferpudding mit meiner herrlichen Satanspilzsoße!«

»Na gut, dir zuliebe, Tantchen«, antwortete der Zwerg.

Die Oberhexe machte es sich mit einigen Freundinnen, Fratz und den zwei Trollen am hinteren Kopfende eines langen Tisches, der in der Zimmermitte stand, bequem.

»Setz dich und lang zu!«, forderte sie den Wicht auf.

Die Hexen lachten und schmausten miteinander. Kein Wort fiel mehr über das Anliegen des Pogolchs. Erst gegen Mitternacht, als sich die ersten Hexen verabschiedeten, wandte sie sich noch einmal ihrem Gast zu: »Also, was ist? Hilfst du uns jetzt?«

»Ich denke darüber nach.«

»Na, also! Ich wusste doch, dass du deiner Tante einen kleinen Gefallen nicht abschlagen kannst!«, grölte die Alte und klopfte sich kichernd und kreischend auf die Schenkel. »Dafür lassen wir dich auch zu deinen Kumpanen. Morgen früh kannst du gleich wieder den Heimweg antreten. Nicht wahr, Fratz?« Munkelmara Vorunkel stieß den Schwefeldämon mit dem Ellenbogen in die Seite. »Ja, ja! Mein Hexchen, Schätzchen!«, lallte der, sturzbetrunken wie die beiden Trolle. Vor ihnen auf dem Tisch standen zehn leere Schnapsflaschen und vier große Humpen Bier. Munkelmara Vorunkel warf ihnen einen verächtlichen Blick zu. Hexen verabscheuen Alkohol, denn zum Hexen bedurfte es stets eines klaren Kopfes. Besonders Munkelmara übte hier strikte Disziplin.

In der Morgendämmerung machte sich Thorgrimm auf den Weg. Er ahnte nicht, dass Mac Greger sein Gespräch mit Fratz belauscht hatte. Der Kennin hatte sich eine Geschichte zurechtgelegt, wie er vor Sehnsucht nach seinen Freunden niedergedrückt gewesen war, sich aus den Klauen des Dämons befreit hatte und es endlich geschafft hatte, sich zu ihnen durchzuschlagen. Drei Tage wanderte er durch Wälder, Wiesen und einsame Schluchten, bis er endlich das Lager erreichte.

Was Wunder, dass er völlig überrascht war, als er erfuhr, dass seine Absichten durchschaut worden waren. Auch sein Ausscheiden aus dem Rat der Sieben traf ihn unerwartet. Kreuzhard eröffnete ihm, dass er drei Prüfungen zu bestehen habe, um wieder in das Gremium aufgenommen werden zu können. Außerdem stünde er ab sofort unter strenger Beobachtung.

Thorgrimm fügte sich, wenn auch unter Protest. Es würde sich schon eine Gelegenheit für ihn ergeben, den Gorgonenschatz zu rauben.

KAPITEL 22

Der Zauberer Esmeraldus

Ganz langsam näherte sich der Zug der Kennin den Dörfern Teufulum und Schmok. Beide Orte lagen in einem Tal, das von sechs tätigen Vulkanen umgeben war. Der größte und gefährlichste war der Ignisador, was soviel wie feuerspeiender Geist bedeutet. Die Dörfer befanden sich am Fuße des stetig qualmenden Kraters, waren aber durch einen geheimen Zauber vor dem glühenden Lavastrom des immer wieder speienden Vulkans geschützt. Die anderen Schlote konnten nur durch einen schlecht zugänglichen Feldweg, der ins Hinterland führte, erreicht werden. Von ihnen ging keine solche Bedrohung aus. Ihre letzten Ausbrüche reichten lange Zeit zurück. Überall lagen gewaltige Felsbrocken und Steine herum, mit denen sich vor Jahrhunderten verfeindete Trollvölker gegenseitig beworfen hatten. Auf den kargen Wiesen und buschigen Feldrainen grasten Ziegen und Murhtags, die Raubschweine der Trolle, die sich von vertrocknetem Gras und auch von den Gnogs ernährten, den Schleimratten, die es hier überall zuhauf gab. Das Tal ohne fruchtbare Ackerböden, das sich unterhalb von Teufulum und Schmok entlang schlängelte, glich eher einer Sandwüste. In der Umgebung gab es Klapperschlangen, aber auch ihre Feinde, die Mungos. Die Anwesenheit eines Wanderfalkenpärchens, das seine Jungen in einem Nest auf einem steinigen Vorsprung fütterte, verriet den vorbeiziehenden Kennin, dass es in der Gegend noch mehr Vögel geben musste. Denn kleinere Singvögel dienten Falken als Nahrung. Und richtig: Ein karminrot und schwarz-weiß gefleckter Mauerläufer flatterte gleich einem Schmetterling unweit der Raubvögel die Klippen hinauf. Natürlich fehlten nirgendwo die in Pogolchland am weitesten verbreiteten Vogelarten wie Nebelkrähe, Graudohle und Kolkrabe. Die Krähen saßen zu Tausenden in den schmalen Streifen mit frischen Laubgehölzern, weit unterhalb der Berghöhen. Ein dünner Bach plätscherte an diesem Baumband entlang. Nur wenige Wassertiere vermochten darin zu leben. Es schwirrten lediglich aggressive Stechmücken in riesigen Schwärmen über die langgestreckten Pfützen am Uferrand. Daran entlang verlief ein kleiner ansteigender Geröllweg, auf dem unsere Zwerge stapfend voranschnauften. Links und rechts des Pfades stießen die Kennin immer häufiger auf gruselige Fundstücke: abgenagte Knochen von allerlei Tieren, und sogar Menschenknochen befanden sich darunter.

»Was hat das zu bedeuten?«, frug Filibus Platin besorgt.

»Da hat wohl einer großen Hunger gehabt«, antwortete Wiegand, der Schmied.

»Kein Benehmen haben die hier«, stellte Buri Bautermann fest.

»Wer wohl solche Spuren hinterlässt?«, frug Filibus Platin.

»Hört bitte auf! Ich finde das alles furchtbar«, mischte sich Humanus Kreuzhard von Rosenhügel ein.

Der Weg stieg jetzt spürbar an. Die Bäume zu beiden Seiten wurden immer kümmerlicher. Überall sahen die Kennin angesengte und verbrannte Blätter. Was das wohl zu bedeuten hatte, erst die Knochen, dann verbrannte Nadeln und angesengtes Laub?

»Da hinten ist ein Aussichtspunkt!«, rief Buri den anderen zu. Er lief voraus und kletterte auf einen kleinen Hügel. Filibus, Fynn und Geffrim liefen hinterdrein und erreichten nacheinander den Aussichtspunkt. – Vor ihnen tat sich ein atemberaubender Panoramablick in das Tal auf. Links lag das Dorf Teufulum. Rechts, auf der anderen Seite, in dichten Nebel gehüllt, erahnte man die Siedlung Schmok. Die meisten Zwerge wussten nicht, dass Teufulum auch »Nest der Zauberer«

genannt wurde. Diese wohnten in der Mitte des Dorfes in drei hohen Backsteintürmen. Um die Türme herum standen ein paar kleine Kotten, in denen ihre Gehilfen wohnten. Vor den Toren des Dorfes standen drei große Baumhäuser, die sie wohl während des Sommers bewohnten. Um die Ortschaft herum zog sich ein undurchdringlicher, lodernder Flammenring. Blitze schossen ständig aus den Türmen heraus und versengten im Umland alle Blätter und Nadeln.

Die Knochen am Wegesrand stammten von Menschen und Tieren, die von den Zauberern überfallen und gefangen worden waren. Dann wurden sie gemästet und in einem großen Ofen am Rande des Dorfes gebraten. Regelmäßig hielten die Zauberer ein großes Mahl, zu dem oft auch die Hexen von Smudge eingeladen waren, und später warf man die Überreste achtlos in den Wald oder in die Gräben zu beiden Seiten des Weges.

Dass der Dunkle in Schmok hauste, wussten nur wenige Auserwählte, denn über diese seltsame Gestalt hatte sich der Vorhang der Ungewissheit gebreitet: Niemandem war bekannt, wer er war, woher er kam oder was er so trieb. Man vermutete, dass nur der Pogolch es wusste.

»Was weißt du von dem Dunklen?«, frug Buri, der jetzt hinter Geffrim stand, den weisen Zauberer.

»Über ihn weiß ich nicht viel, umso mehr aber über die drei Zauberer von Teufulum: Alle drei haben sich der dunklen Macht verschrieben. Nur einer von ihnen ist wirklich gefährlich. Sein Name lautet Esmeraldus. Er ist besonders böse und gerissen. Die anderen beiden haben, wie man so sagt, einen Schlag in der Krone.

Der zweite heißt Fixofelio und ist ein alter Säufer mit großer, roter Schnapsnase und Tränensäcken unter den Augen. Er läuft ständig mit glasigem Blick durch die Gegend. Seine Alkoholfahne riecht man bereits drei Meilen gegen den Wind, was ihm zum Spitznamen Fuselfauch verhalf. Und weil er nie einen klaren Kopf hat und immer betrunken ist, verzaubert er sich dauernd. Der dritte Zauberer von Teufulum ist ein Großmaul, ein fürchterlicher Angeber, um es mal vorsichtig auszudrücken. Er hält sich für den besten Zauberer der Welt. Auf dem Praxisschild vor seinem Turm steht in großen Lettern geschrieben: Nebulasius, Zauberer und weltbester Experte für Schwarze Magie. Er brüstet sich damit, einmal den Teufel in der Hölle persönlich besucht zu haben. Was er dann aber nicht erzählt, ist, dass er versehentlich den Teufel in eine weiße Ziege verzaubert hat. Das hat den Machtvollen so geärgert, dass er ihn mit einem kräftigen Tritt in den Allerwertesten aus der Hölle hinausbefördert hat. So bleibt als einziger Esmeraldus übrig, der nicht nur ein gerissener, falscher Hund ist, sondern auch als Berater für den Pogolch arbeitet. Er besitzt eine Abschrift des alten Zorobasters, des großen Buches der Zauberkünste, welches, wie ihr wisst, sich im Besitz unseres Freundes Balduin befindet. Ich vermute, Esmeraldus wird mit Sicherheit längst wissen, dass wir hier sind, und im Auftrag des Pogolchs versuchen, euch den Schatz der Gorgonen abzujagen.«

»Das wird ihm nicht gelingen«, meldete sich Balduin, »der Schatz ist mit dem Zwergenbann belegt, einem Schutzzauber, der selbst mit dem alten Zorobaster nicht zu knacken ist.«

»Wie auch immer«, sagte Geffrim, »er wird es dennoch versuchen. Ein guter Zauberer besitzt noch eine Trickkiste, die kein anderer kennt, so geheim ist sie. Ich wäre an deiner Stelle gerade deswegen besonders wachsam.«

An einem Besenginsterbusch, nur einen Steinwurf von den Kennin entfernt, stand ein seltsames schwarzes Raubschwein, ein Murhtag, wie man diese Tiere nannte, und beobachtete interessiert die Szene. Eigenartigerweise hatte es ein Holzbein. Es grunzte leise und nahm mit seiner großen runden Nase Witterung auf. Kurz dahinter näherte sich ein zweites Raubschwein. Es schielte, und die Zunge hing ihm aus dem Maul. Sein Gang war schwankend, ja, torkelnd. Ein Schluckauf quälte das Tier, und dauernd entfleuchte ihm ein lautes »Hicks!« Als es das andere Murhtag mit seinem Maul anprustete, zog dieses angewidert den Kopf zurück. Ein drittes Schwein gesellte sich jetzt dazu. Es hob hochmütig den Kopf und schaute verächtlich auf die beiden anderen herab, so als wolle es sagen: Womit habe ich euch beide bloß verdient? Sie schlichen sich ganz leise und unauffällig von hinten an den Kenninzug heran.

Unvorsichtiger- oder unbedachterweise befand sich gerade zu dem Zeitpunkt am Ende des Zuges der Planwagen mit dem Gorgonenschatz. Als das erste Murhtag nahe genug herangekommen war, verwandelte es sich blitzschnell in den bösen Zauberer Esmeraldus, gehüllt in seinen langen, mit zahlreichen goldenen Sternen bestickten Mantel. Auf dem Kopf trug er einen hohen, spitzen, breitkrempigen Zauberhut. Mit blitzenden Augen funkelte er den wachhabenden Kennin an, der neben dem Schatzwagen herlief. Das aber war glücklicherweise Balduin. Der hob seinen Zauberstab, und ein gleißender Blitz schoss Esmeraldus entgegen.

Allerdings flitzte der haarscharf an ihm vorbei, und so traf der Blitz das betrunkene Raubschwein mitten auf dessen Hinterteil. »Autsch!«, kreischte es laut auf, voller Wut, und ohne nachzudenken, stürzte es sich auf den Wicht. Balduin konnte nicht schnell genug zur Seite springen, und einer der langen Murhtagstoßzähne bohrte sich in seinen linken Arm. In der Zwischenzeit war das dritte Raubschwein zusammen mit Esmeraldus auf den Wagen gesprungen. Beide machten sich sogleich über den Gorgonenschatz her. Unverzüglich ergriff Balduin sein Zwergenschwert und sprang herbei. Auch Esmeraldus hielt plötzlich ein Schwert in der Hand, und es entbrannte ein wilder Kampf. Da konnte auch Nebulasius nicht zurückstehen und nahm Zauberergestalt an. Flink schickte er sich an, mit seinem Stab einen magischen Kreis um die Kämpfenden zu ziehen. Das sollte sie darin bannen, keiner sollte ihn verlassen können. Nur: Irgendetwas musste Nebulasius falsch gemacht haben; dort, wo er den Kreis gezogen hatte, schossen auf einmal Primeln, Butterblumen und Lupinen aus der Erde, doch die beiden Kämpfer hatten den Kreis schon längst verlassen, bevor irgendein Zauber auf sie hätte wirken können.

Da sprang Fynn, der das Treiben schon eine Zeitlang beobachtet hatte, mit einem großen Satz unter die Kämpfenden: »Hört auf!«, rief er. Esmeraldus wandte sich blitzschnell um. Sein Schwert schnellte nach oben, um den unbewaffneten Jungen mit einem einzigen furchtbaren Hieb zu töten – ein Blitzstrahl traf ihn wie aus dem Nichts völlig unerwartet. Er torkelte gelähmt zu Boden. Als er sich ein wenig erholt hatte, blickte er nach oben und sah die schöne Fee Fayryllis vor sich. Sie blickte ihm ernst in die Augen: »Keiner tut meinen Schutzbefohlenen etwas zuleide!« – »Misch dich nicht ein. Das geht dich nichts an!«, schimpfte der Bösewicht.

»Halt deinen Mund und troll dich!«, forderte ihn die Fee unerschrocken auf. »Deine Kumpane nimmst du am besten gleich mit!« Da taumelte Fuselfauch auf die Fee zu: »Ich werde dich in eine große Schnapsflasche verwandeln und persönlich aussaufen!«, lallte er. Fayryllis hob drohend ihren Zauberstab. Doch Fuselfauchs Zauber war schneller, eine Flasche mit Armen, Beinen und einem ziemlich verdutzt dreinschauendem Gesicht in der Mitte stand da. Allerdings hatte der Zauber ihn selbst getroffen. Wild gestikulierend und laut schreiend lief er in Flaschengestalt davon.

»So, jetzt hat der Spuk ein Ende«, meinte die Fee zufrieden.

»Werden die Zauberer nun Ruhe geben?«, frug Fynn.

»Nein, sicher nicht. Was sie zu allererst tun werden, ist, den Pogolch zu benachrichtigen. Sie werden die Köpfe zusammenstecken und einen neuen Angriff planen. Doch vorerst werden sie nicht wiederkommen. Deshalb erlaubt bitte, dass ich mich zurückziehe. Wichtige Aufgaben im Feenwald bedürfen meiner Anwesenheit.« Die Fee trat auf eine alte Eiche zu, öffnete eine geheime Tür im Stamm und verschwand.

An der Spitze des Kenninzuges hatten sich inzwischen einige aus dem Großen Rat zusammengefunden. Sie sprachen über den Angriff der drei Zauberer und davon, dass sich das Zwergenvolk bald der Pogolchburg nähern würde. Sie mussten daran vorbei, es gab keinen anderen Weg. Vor dem dunklen Nachthimmel erhob sie sich finster und schaurig drohend. Der Vollmond gab mit seinem fahlen Leichenlicht der Festung ein gruseliges Gepräge. Schwärme kleiner Fledermäuse flitzten in zackigem Flug um die Türme. Aus weiter Ferne ließ sich das Geschnarre von Schleiereulen vernehmen. Mäuse und Ratten huschten zu Hunderten über den verwaisten Burghof. Auf der Wiese vor der Zugbrücke rekelten sich seltsame Würmer im Tau der Nacht. Dort war es noch fast windstill, doch nur wenig weiter pfiffen um die hohen kahlen Mauern der Burg frostige Winde. Ganz oben, wo sie nicht hingelangten, flackerten Feuer, die zum Teil den Innenhof erhellten. Die Zugbrücke wurde von zwei wolfsköpfigen Drachen bewacht, die niemals schliefen. Sie waren mit dem Phytreira verwandt.

Wehleidig klagende Stimmen, die niemand zuordnen konnte, drangen, von den Moorwiesen herkommend, in das Innere der Burg. Nur ab und zu wurden sie von traurigen, melancholischen Flötenklängen unterbrochen, die von noch weiter her in das Ohr tönten. Nichts als übelstes Gesindel trieb sich in unmittelbarer Nähe der Burgfeste herum. Weiter draußen, hinter den Moorwiesen, lagen breit verstreut Gehöfte und Häuser, in denen die seltsamen Handwerker arbeiteten, die wir bereits an anderer Stelle beschrieben haben. Nur ein matschiger Feldweg führte von dort zur Burg. Wer zu nächtlicher Stunde von den Zinnen der Türme hinabblickte, der konnte im Mondlicht manches Mal vom Horizont her eine einsame, alte, bucklige Frau auf einem mageren Esel auf die Burg zureiten sehen. Es handelte sich um die Hexe Knurz, die als einzige auf der Burg freien, unangemeldeten Ein- und Ausgang hatte. Der schmutzige schwarze Kapuzenumhang hing halb in Fetzen an ihrem mit Runzeln übersäten dürren Körper herab. Laut klapperte das Hufgetrappel des Esels auf dem Kopfsteinpflaster des Burghofes, als die Hexe durch das schwere Fallgittertor in die Burg einritt. Zwei schwarz gekleidete Soldaten nahmen sie in Empfang, halfen ihr vom Esel herunter und begleiteten sie zur Empfangshalle vor dem Thronsaal des Pogolchs. Der Zeremonienmeister, ein rothaariger Dämon, ebenfalls schwarz gewandet, kündigte sie an, und der Pogolch hieß sie eintreten. Der Drache saß in seinem prunkvoll verzierten Thronsaal und hatte einige Persönlichkeiten aus seinem Reich um sich geschart. Zu seiner Linken saß die Hexe Munkelmara Vorunkel, zu seiner Rechten der Zauberer Esmeraldus. Ihm gegenüber saß der Dunkle aus der Ortschaft Schmok. Der Pogolch hatte eigens Eisblöcke und Nebelmaschinen in seinen Saal schleppen lassen, um es seinen Gästen so angenehm wie möglich zu machen. Alle bösen Leute verbergen gerne ihr Wesen hinter einem Nebelschleier.

»Unsere Industrie läuft auf Hochtouren«, begann der Pogolch. »Unsere Artikel, zum Beispiel die Gier nach dem Besten für billig auf Kosten der Bauern und Hersteller, das Desinteresse und die Intoleranz, laufen hervorragend. Wir haben noch nie so viel eingenommen. Auch euch, ehrenwerte Muhme Vorunkel, erlauchteste Knurz, muss ich ein Lob aussprechen: Die von euren Schwestern gesponnene Dummheit, Gleichgültigkeit, Neid und Gemeinheit findet in der Menschenstadt Tharkblith reißende Nachfrage. Doch trotz all dieser guten Nachrichten bringt mich eine Begebenheit zur Weißglut.« Der Pogolch richtete sich auf, und ein furchtbares Wutgeheul entrang sich seinem Rachen: »Oh, diese widerlichen Kennin!«, fauchte er. »Ich kann nicht begreifen, wie ihr Dummköpfe sie habt entkommen lassen. Sie spazieren durch mein Reich, als wäre es für sie eine Kaffeefahrt! Und das mit meinem Schatz! Morgen spätestens werden sie meine Burg erreichen, ohne dass ihnen bisher auch nur ein Haar gekrümmt worden wäre. Oh, ihr Unfähigen! Ich sehe schon, ich muss sie selber aufhalten, weil ihr Tölpel nicht in der Lage seid, ein paar schwächliche Kennin zu besiegen,« tobte der Pogolch.

»Stell dich nicht so an«, flüsterte der Dunkle aus Schmok. Er hustete. Und als er dies tat, sprangen gleichzeitig drei Kröten aus seinem Mund: »Bring sie doch einfach von ihrem rechten Weg ab«, schlug der Dunkle vor.

Auch diesmal sprangen wieder Kröten aus seinem Mund: »Wir haben einen Spion in ihren Reihen, Thorgrimm von Granitgestein heißt er. Ich kann ihn wissen lassen, dass er das ganze Volk in die Sümpfe von Samech-Taw führen soll. Noch nie ist jemand da lebendig wieder herausgekommen.«

»Eine hervorragende Idee!«, beklatschte der Pogolch den Einfall.

»Sie müssen das Gold dort zurücklassen«, fuhr der Dunkle fort. »Es wird im Schlamm versinken, weil es so schwer wie Wackersteine ist. Wir legen den Sumpf später trocken und holen uns den Schatz. Die Kennin selber werden den Sümpfen möglicherweise entkommen, da sie klein und leicht sind. Ich bin sicher, dass sie dennoch den Weg durch die Sümpfe gehen werden, weil auch er zum großen Meer führt, welches vor ihrem neuen Reich liegt. Die Alternative wäre die Straße an deiner Burg vorbei. Und das werden sie sich gründlich überlegen.«

»Sehr gut«, sagte Munkelmara Vorunkel, »ich werde meinem Neffen heimlich unser Anliegen übermitteln.«

»Und ich werde sie in einen Hinterhalt locken, sobald sie die Sümpfe erreicht haben«, ergänzte Esmeraldus.

»Da bin ich aber gespannt, ob du sie diesmal besiegst. Bedenke wohl: Sie haben Verbündete, die dir ebenbürtig sind. Balduin, den Hexer, Fayryllis, die Fee, und den Mächtigsten unter ihren Freunden: den, der unter den Menschen wandelt.«

»Ich danke dir für deine Warnung, ehrwürdigster Pogolch. Gerade, weil es stimmt, was du sagst, rechne ich fest mit deiner Hilfe.«

Der Pogolch schwieg dazu. Er wusste: Mit der Fee Fayryllis würde er leichtes Spiel haben. Auch Balduin, dem Hexer, würde er in den Zauberkünsten überlegen sein. Aber den, der unter den Menschen wandelt, konnte er nicht besiegen. Vor diesem Fürsten der Liebe und Güte würde er, der Böseste der Bösen, sich stets beugen müssen, stets und immerdar. Darum schwieg der Pogolch und nickte nur stumm. Esmeraldus kam jetzt richtig in Fahrt. Er deutete das Kopfnicken des Pogolchs als Zusage und glaubte fest an den Erfolg seines Vorhabens. Mitten in seinem Redefluss schnitt ihm der Dunkle aus Schmok das Wort ab und fauchte:

»Genug geschwätzt! Alles ist gesagt. Lasst uns keine Zeit verlieren, unseren Plan in die Tat umzusetzen.« – »Ja, so machen wir's!«, beschloss der Pogolch die Zusammenkunft.

Die Kennin befanden sich indessen immer noch im Tal des Vulkankraters Ignisador. Seine felsigen Höhen schimmerten im Nebel am Horizont. Aus dem Krater stiegen schwarzgraue Rauchwolken senkrecht zum Himmel. Der Pfad, dem die Kolonne folgte, hatte sich inzwischen zu einer gut ausgebauten Straße entwickelt. Thorgrimm saß, zusammen mit Buri Bautermann, auf dem Kutschbock eines Planwagens. Er hatte in der Nacht zuvor von einem schwarzen Raben die Nachricht mit dem Auftrag des Dunklen empfangen. Jetzt hielt er die Zügel und unterhielt sich mit Buri über den weiteren Verlauf der Reise. »Bald werden wir in die Region der Pogolchburg gelangen«, äußerte sich Buri besorgt. »Stimmt«, meinte Thorgrimm, und sein Auge blinzelte listig. Er tat so, als dächte er nach, legte die Stirn in Falten und verstellte sich, als ob er soeben einen Geistesblitz empfangen hätte: »Hör mal, Buri, warum nehmen wir nicht den Weg durch die Sümpfe von Samech-Taw? Der Pogolch wird es nicht für möglich halten, dass wir diesen Weg wagen.«

Buri hielt den Vorschlag zwar für heikel, aber dennoch nicht ganz abwegig: »Ich werde dem Rat deine Idee vorlegen. Für heute Abend ist ohnehin eine Versammlung angesetzt.«

Als die Sonne unterging und die Wichte wieder einmal ihre Zelte aufschlugen, traf sich der Rat vor dem großen Lagerfeuer. Aus der Glut züngelten lustig hohe Flammen. Die Kennin hatten Tannenreisig zusammengetragen. Etwas anderes gab es in der Gegend nicht. Das Feuer prasselte, was das Zeug hielt. Es knackte zuweilen so laut, dass die Zwerge, die um es herumsaßen und sich unterhielten, manchen Satz wiederholen mussten, weil die Geräusche des Feuers sie übertönten. Es lag eine gute Stimmung über allem. Endlich, zu später Stunde, kam die Rede auf die Sümpfe von Samech-Taw.

»Das ist Thorgrimms Vorschlag«, sagte Buri.

»Der Weg ist gefährlich«, meinte Kreuzhard, »weniger für uns als für den Gorgonenschatz. Unsere Wagen werden im Morast versinken, während wir selber leichten Fußes über die nassen Wiesen hinwegspringen können. Hoffentlich hält der Zauber vor, bis wir den Sumpf überwunden haben.«

»Die andere Möglichkeit wäre, den Pfad unterhalb der Pogolchburg zu wählen. Entscheiden wir uns dazu, wird uns der Pogolch seine gesamte Streitmacht auf den Hals hetzen«, erwiderte Buri.

»Und mit der können wir es nicht aufnehmen«, ergänzte Lapis Excellis.

»Dann müssen wir uns eben etwas einfallen lassen, wie wir den Goldschatz heil und unbeschadet durch die Sümpfe transportiert bekommen«, rief Balduin trotzig.

»Ich schlage vor, den Schatz in viele kleine, leicht transportierbare Teile aufzuteilen. Jedes für sich soll nur so schwer sein, dass sein Träger mit ihm nicht im Sumpf versinkt«, trug

Fynn vor. »Das ist ein exzellenter Vorschlag!«, klatschte Geffrim begeistert in die Hände. Auch die Zwerge begrüßten die Idee. Der Rat beschloss, gleich am nächsten Tag das Vorhaben in die Tat umzusetzen.

Als es längst dunkelte und die Kennin schliefen, machte sich eine zwielichtige Gestalt mit schwarzer Augenklappe auf den Weg zu einer kleinen Baumgruppe ganz in der Nähe. Sie kletterte einen Baum hinauf und wurde bereits von einem Raben erwartet. Die zwei unterhielten sich. Der Vogel bekam eine Anweisung und flog davon. Die eigenartige Gestalt war Thorgrimm. Er kletterte danach wieder den Stamm hinab und begab sich zurück ins Lager.

Das Moor von Samech-Taw war wohl das ekelhafteste und gefährlichste, das man sich nur vorstellen konnte. Wie in vielen Gegenden des dunklen Pogolchreiches wimmelte es hier von giftigen Pflanzen, Schlangen und vor allem von Moortrollen, die im Schlamm und Torf in ihren primitiven Behausungen herumlungerten. Trotz ihrer Ungestalt und ihres bedrohlichen Aussehens waren die Moortrolle eher friedliebende Wesen. Oft verwechselte man sie mit ihren boshaften Verwandten, den Modertrollen, die ebenfalls in den Sümpfen lebten. Die Kennin erinnerten sich noch sehr gut an den Überfall der modrigen Gesellen.

Buri sowie die anderen aus dem Großen Rat hatten inzwischen den Gorgonenschatz aus den Planwagen herausholen lassen und verteilten ihn nun auf zahlreiche Schultern. Oft sanken die Träger bis zu den Hüften im Schlamm ein. Schwärme von Stechmücken fielen über die armen Wichte her. Besonders schwer tat sich Geffrim, der groß, schwer und hochgewachsen war. Ihn mussten seine Begleiter immer wieder aus dem Sumpf herausziehen, da er nicht selten fast bis zur Nasenspitze darin versank. Wie der Dunkle es prophezeit hatte, verloren viele der Träger ihre Gold-, Silber- und Schmucklasten, die auf ewig, wie sie meinten, im Sumpf verbleiben würden. Gelegentlich kam es vor, dass der eine oder andere auch von einer Schlange gebissen wurde. Zumeist handelte es sich aber um Kreuzottern, deren Biss zwar giftig und schmerzhaft war, aber in der Regel nicht zum Tode führte. Für solche Fälle befanden sich unter den Zwergen sogenannte

Mediguren, die Kräuterkundigen, die sich auf Verletzungen aller Art verstanden. Schließlich lebten Kennin normalerweise vom Bergbau. Dort kam es immer mal wieder zu Unfällen mit Verletzungen, die behandelt werden mussten.

Am zweiten Tag ihrer Moorwanderung bauten die Zwerge aus allerlei Astwerk für Geffrim und die Kinder eine Trage. Die Strapazen setzten ihnen mehr zu als den Kleinen. Am fünften Tag kamen Geffrim erste Zweifel, ob die Idee, das Moor zu durchwandern, wirklich so gut gewesen war. Immer wieder brachen Träger unter der Last zusammen und verloren so große Teile ihrer wertvollen Fracht. Kreuzhard kam allmählich der Verdacht, dass der Vorschlag Thorgrimms einer kühlen Berechnung entsprang. Außerdem sorgte es ihn, dass ein Ende des Marsches nicht in Sicht war. Aber ein Zurück gab es nicht mehr, dafür waren sie schon zu lange unterwegs. Er beobachtete mit zunehmender Besorgnis, dass der Marsch durch die Sümpfe viele Kennin sehr ermüdete. Was, wenn sie, derart geschwächt, am anderen Ende des Moores die Pogolcharmee erwarten würde? Geffrim kam zu dem Schluss, dass nur eine List, mit der sie ihren üblen Widersacher täuschen könnten, einen vernichtenden Überfall abwenden könnte. Der Zauberer erinnerte sich an den Kampf der Bäume gegen die Hexe Knurz. Ob sich die Moortrolle beeinflussen ließen, sich mit den Zwergen gegen den Pogolch zu verbünden? Leslie Marie und ihr Bruder Fynn kamen ihm in den Sinn. Die Moortrolle verehrten die Menschen, sie wollten immer so sein wie sie; besonderen Eindruck hatte deren Gottesfurcht in ihrem täglichen Leben hinterlassen. Das blieb so über viele Jahrhunderte, bis Fanstaff, ihr Anführer, eines Tages nach Tharkblith kam: Dort erlebte er, wie sich die Menschen verändert hatten. Er sah, wie sie sich mehr und mehr den Einflüssen des Pogolchs unterwarfen, so dass sie keine freien, unabhängigen Wesen mehr waren, sondern Sklaven ihrer Triebe und Süchte – Gefangene der pogolchischen Verführungen.

Er bemerkte, wie die Sucht nach immer mehr materiellen Gütern von ihnen Besitz ergriffen hatte, wie die Kirchen sich leerten und Demut und Bescheidenheit aus den Herzen der Menschen verschwanden. Da wandelte sich das Bild, das sich die Moortrolle von den Menschen gemacht hatten. Nein, so wollten sie nicht werden, beschloss Fanstaff. Und er begriff, auch wenn es ihm nicht gefiel, dass er sich, um das Überleben seines Trollvolkes zu sichern, mit dem Pogolch verbünden musste. Er schloss mit ihm einen hundertjährigen Pakt: Wenn sich die Menschen in der Zeit nicht ändern würden, würde sich sein Volk ganz und gar dem Pogolch unterwerfen.

Geffrim wusste davon. Auch kannte er Fanstaff. Er unterstützte ihn bei seinen Kriegen gegen dessen Verwandtschaft, die Modertrolle. Würde er Fanstaff um Hilfe für die Zwerge bitten, er war sich sicher, der Moortrollfürst würde seine Bitte nicht abschlagen. Geffrim ließ sich auf seiner Trage zu Leslie und Fynn bringen und besprach mit ihnen sein Vorhaben.

»Ihr müsst die Moortrolle um Hilfe bitten«, bat er die beiden, »sie werden euch die Bitte nicht verwehren. Sie mögen den Pogolch nicht, auch wenn sie mit ihm den Pakt geschlossen haben, sich gegenseitig in Ruhe zu lassen.«

»Mag ja sein ...«, brummte Fynn, »aber wir müssen sie erst mal finden. Ich habe bisher noch keinen Moortroll zu Gesicht bekommen.«

Der Zauberer lachte und tauchte seine Hand ins Sumpfwasser ein. Als er sie wieder herauszog, hielt er einen kleinen Moortroll in seiner Rechten. Der zappelte und schrie, man möge ihn bitte zurück ins Wasser lassen.

»Bring uns zu deinem Anführer!«, forderte ihn Fynn auf.

»Wie heißt du überhaupt?«, frug Leslie, die neben Fynn auf der Trage saß.

»Bobrie, lasst Bobrie los!«, schrie der Kleine wütend. »Bobrie bringt euch auch zu seinem Anführer.«

KAPITEL 23

Die Entscheidungsschlacht

Die **Zwergenkarawane begab sich** auf einen kleinen Schlenker nach Südosten und erreichte nach etwa zwei Stunden ein altes trockengelegtes Torffeld. Beim Torffeld befand sich auch eine verlassene, heruntergekommene Torfstechersiedlung. Überall balgten und hopsten Moortrolle herum. Bobrie führte Geffrim und die Kinder zu einer Wiese, etwas außerhalb der Siedlung. Am Ende der öden Weide, dort, wo man einige Pfützen sah, aber gleichzeitig das Land ein wenig nach oben anstieg, standen ein paar verfallene größere Gebäude. An der rechten Seite eines alten Melkstalles erkannte man einen verlassenen Bauernhof. Es war dem Besitzer wohl zu teuer gewesen, das ganze Anwesen abreißen zu lassen. Der Putz bröckelte von den feuchten, weiß getünchten Wänden. Spinnweben spannten sich über das morsche Dachgebälk. Ein leichter Wind blies durch die Mauerritzen, es war zugig. Hinten, in einer Nische, knabberte ein Mäuslein zufrieden an einem Maiskolben. Draußen hatte sich der Hof mit Gras besetzt, und dichtes Moos bedeckte die halb verfaulten Dauben jener Regentonne, die seitlich an der vorderen Ecke, neben dem Karrenschuppen, stand. Schräg vor dem Tor des alten Melkstalles sah man noch die kärglichen Überreste eines Misthaufens. Zwischen ihm und dem daran angrenzenden Holunderbusch wohnte eine Igelfamilie. Während die Kleinen lustig miteinander balgten, saßen die Eltern gemütlich im Gras und verfolgten das fröhliche Treiben.

Die Hofeinfahrt führte auf einen mit Spitzwegerich und Wiesenkerbel bewachsenen Feldweg. In einiger Entfernung, entlang eben jenem Weg, schlängelte sich am Rande des kleinen Fichtenwäldchens ein plätschernder Bach, umsäumt von Bärlauch, Bachnelkenwurz und Sumpfdotterblumen, zur Moortrollweide. Dass es hier in der Gegend einen Bach gab, war wirklich etwas Besonderes. Dunkel war es, obwohl der Mond schon eine ganze Weile am Himmel stand, man konnte die Bäume und Sträucher nur wie einen Schattenriss erkennen, als die Zwerge mit ihren Freunden und Bobrie, dem kleinen Moortroll, an dem Bachufer entlang liefen, die schmale Holzbrücke überquerten und so an das Fichtenwäldchen gelangten. Eine Schleiereule segelte durch die Luft und flog stracks auf die Waldlichtung zu. Ab jetzt begann der sumpfige Grund unter ihren Füßen zu federn. So ging es fort, bis sie endlich den Hof erreichten. Wieder sahen sie viele Moortrolle, wie sie miteinander spielten, an Tischen zusammensaßen und aufgeregt miteinander diskutierten. An der rechten Seite des Hauptgebäudes führte eine siebenstufige Treppe zur Eingangstür eines Erkers. Ganz oben auf der Schwelle saß ein auffälliger, besonders dicker Troll in gebieterischer Haltung. »Das da oben ist Fanstaff, unser König«, deutete Bobrie auf die Gestalt.

»Euer König? Ich dachte, er sei nur ein Fürst«, sagte Fynn überrascht.

»Nein«, antwortete Bobrie. »Er ist König aller Moortrolle auf der Welt. Allerdings noch nicht lange.«

Der Blick des Trollkönigs erspähte genau in diesem Augenblick die eintreffenden Freunde. Er sprang auf und hopste etwas ungelenk die Treppe hinunter. Auch die anderen bemerkten die Kennin. Daraufhin entstand ein großer Tumult unter den Moortrollen. Alle sprangen durcheinander und drängten neugierig heran. Der Rat mit Geffrim und den Kindern wurde von zwei mit Speeren bewaffneten Wachen in die Mitte genommen und zu Fanstaff geführt.

»Bobrie, wen bringst du uns denn da?«, frug dieser.

»Kennin auf der Flucht«, antwortete der kleine Troll, »und einen Freund, den du lange nicht gesehen hast.« Er zeigte auf Geffrim, den Zauberer.

»Ha!«, rief der Anführer der Trolle überrascht. »Geffrim! Was machst du denn bei diesen Bergmännchen? Und überhaupt, was soll das? Warum sind sie auf der Flucht? Vor wem?«

»Jetzt mal ganz ruhig«, beschwichtigte der Zauberer, »ich erkläre dir alles. Aber eins nach dem andern. Die Kennin verlassen ihre alte Heimat wegen der Menschen, und sie fliehen vor dem Pogolch, der sie ihres Schatzes wegen von den drei Zauberern aus Teufulum verfolgen lässt.«

»Ist dir klar, dass ihr euch hier unter den Verbündeten des Pogolchs befindet?«, frug der Trollkönig mit zögerlicher Stimme, denn er fühlte sich überhaupt nicht mit dem Pogolch verbunden. »Er ist aber nicht unser Freund«, betonte auch Bobrie ergänzend. »Mag sein ... Geffrim ist unser Freund, aber die Kennin?« Fanstaff wirkte sichtlich verunsichert.

»Sie sind gut«, verteidigte der kleine Troll die Wichte, »sieh mal, Fanstaff, sie haben zwei Menschenkinder dabei, die Kontakt zu Zwergen, Elfen und Trollen suchen. Es sind die einzigen Menschen, die ich kennengelernt habe, die unsere Welt nicht verleugnen. Außerdem stört es sie sehr, dass der Pogolch die Menschen verdirbt. Das ist es doch, was dich an den Menschen so gestört hat! Und jetzt sind hier welche, die sich auch daran stören. Du darfst sie nicht im Stich lassen.«

»Für einen jungen Moortroll sprichst du weise Worte, kleiner Kerl«, lächelte der König der Trolle, »ja, du hast recht.« Jetzt sprach er entschlossener: »Für einen Moment lang habe ich geschwankt. Doch nun ist mir deutlich, auf wessen Seite wir uns stellen müssen. Wir werden den Kennin und ihren Menschen helfen. Das bedeutet aber zugleich, dass wir den Pakt mit dem Pogolch aufkündigen. Das wird der Üble nicht dulden. Er wird uns den Krieg erklären. Es wird möglicherweise zu einer Schlacht kommen.

Bobrie, ich möchte, dass du die entfernteren Moortrolle über die neue Lage informierst. Gib den Stämmen von Budir und Branagh Nachricht. Sie sollen ihre Kämpfer zusammenziehen und hinter dem Hügelland von Armanagh zu uns stoßen. Ich bin sicher: Der Pogolch hat längst ein Heer aufstellen lassen, um die Kennin, den Zauberer und die zwei Kinder zwischen dem großen Meer und dem Hügelland zu erwarten und sie dort gefangen zu nehmen. Er wird nicht damit rechnen, dass wir ihnen helfen. Und nun lauf! Die guten Mächte seien mit dir.«

Bobrie packte in aller Eile sein Bündel und machte sich auf den Weg.

Am Morgen des folgenden Tages setzten sich Fanstaff, Geffrim und die Kinder mit dem Großen Rat zusammen, um das weitere Vorgehen zu besprechen. Geffrim schickte Filibus aus, die Fee zu bitten, all ihre Schwestern zu sammeln, um dem vereinten Heer in der bevorstehenden Schlacht beizustehen. Auch sie sollten ins Hügelland von Armanagh kommen. Dem Trollkönig gefiel die neue Situation, denn sie brachte nicht zuletzt ein wenig Abwechslung ins eintönige Moorleben. Er sprach: »Ich möchte einen Spion zu den Modertrollen schicken. Er soll herausfinden, was der Pogolch vorhat. Wenn der eine Armee zusammenzieht, sind die Modertrolle mit Sicherheit dabei.«

»An wen hast du als Meisterspion gedacht?«, erkundigte sich Leslie Marie.

»Ich dachte an Derry-Donegal, Bobries Halbbruder. Er sieht ein wenig wie ein Modertroll aus, weil seine Mutter eine Modertrollin ist. Er ist für den Auftrag genau der Richtige.«

Derry-Donegal, der auf den Rufnamen Derry hörte, wurde in die Versammlung gerufen. Gern nahm er den Auftrag an. Nun galt es, einige Tage zu warten. Erst, wenn Derry und Bobrie mit guten Nachrichten zurückgekommen wären, sollte zum Aufbruch geblasen werden.

Die Moortrolle und Zwerge rüsteten sich derweil zum Kampf. Pfeile und Bögen wurden geschnitzt, Wurfspieße angefertigt und neue Schwerter geschmiedet. Überall in den Hütten hörte man es hämmern, klopfen und schleifen. Allerorten wurden Rüstungen anprobiert und Visiere auf Helme geschraubt.

Am Abend des fünften Tages sahen die Späher Bobrie den Pfad entlang dem Bachufer zur Hofstätte hinlaufen. Kurz darauf wurde eine Versammlung im Hause des Trollkönigs einberufen und Bobrie zum Rapport gebeten.

»Ich habe deine Nachricht überbracht. Überall rüsten sich die Moortrolle für die Schlacht. Die Trollfürsten Muspeldart und Isidor werden zum nächsten Neumond mit ihren Soldaten hinter den Hügeln von Armanagh eintreffen.«

»Gut, gut«, sagte Fanstaff, »mal sehen, welche Kunde uns Derry-Donegal bringt. Falls die Modertrolle sich rüsten oder gar schon aufgebrochen sind ...«

»... keine sehr gute!«, ertönte plötzlich eine helle, krächzende Stimme hinter seinem Rücken.

»Ei der Daus! Derry, hast du mich aber erschreckt!«

Der kleine Troll prustete vor Lachen, weil es so komisch aussah, wie der ehrwürdige Trollkönig plötzlich zusammenzuckte.

»Entschuldigt, mein König, ich wollte Euch nicht so überraschen. Doch hört nur: Die Dörfer der Modertrolle sind wie ausgestorben. Man hat den Eindruck, sie hätten sogar Frauen und Kinder mitgenommen. Nur ein paar alte Weiber und Greise fand ich vor. Da habe ich mich schnell auf den Heimweg gemacht.«

Fanstaff wusste nun, was zu tun war: Er besprach sich kurz mit Buri. Als erstes wurde Thorgrimm unter scharfe Aufsicht gestellt, dann die Frauen, Alten und Kinder der Zwerge in die Hütten der Trolle aufgeteilt. Der Rest sammelte sich mit den Moortrollen zu einem großen Heer. Hinter den Hügeln sollte es noch gewaltiger anwachsen, denn dort stießen die zwei Heere von Muspeldart und Isidor auf die Streitmacht Fanstaffs und der Kennin.

Esmeraldus auf seinem Pferd rieb sich die Hände. Alles hatte sich so entwickelt, wie er es vorausgesehen hatte. Die törichten Knilche hatten sich doch tatsächlich in die Sümpfe von Samech-Taw begeben. Der Zaubermeister dachte daran, wie mühsam dieser Marsch für die Kennin gewesen sein musste. Da kam ihm plötzlich ein glänzender Einfall. Was wäre, wenn er sie hinter den Hügeln von Armanagh mit einer großen Armee erwarten würde? Er könnte ihnen so noch den letzten Rest des Gorgonenschatzes abnehmen. Und ganz nebenbei: Die müden Winzlinge hätten gegen seine ausgewählten Kämpfer keine Chance. Die aber, die das überlebten, gäben bestimmt gute Sklaven ab. Er rief sofort Fuselfauch zu sich: »Sag allen Modertrollen aus den Sümpfen von Samech-Taw Bescheid. Sie sollen sich hinter den Hügeln von Armanagh sammeln und alle ihre Waffen mitbringen.« Nebulasius schickte er zum Pogolch, um noch einen Tross der wilden Guul anzufordern. Und er möge auch gleich Fratz, den Schwefeldämon, mitschicken. Irgendwie schien ihm das zwar übertrieben, denn schließlich erwartete er ja eine Horde unorganisierter, übermüdeter Wichte. ›Dennoch, sicher ist sicher‹, dachte er.

Esmeraldus gab seinem Pferd die Sporen und galoppierte dem beginnenden Sonnenuntergang entgegen. Seitlich lagen die nebligen Berge von Ignisador und hinter ihnen die letzten Ausläufer des Koselgebirges. Würde er die Nacht hindurch reiten, erreichte er das Schlachtfeld hinter den Hügeln von Armanagh noch vor den Modertrollen und Guul im Morgenrot. Der Wind strich durch seinen langen, wehenden Mantel. Der Magier trieb sein Pferd zu größerer Eile an. Es war ausgeruht und freute sich über den ungewohnten Ausritt.

Das grüne Hochland von Armanagh mit seinen hügeligen Erhebungen bot einen großzügigen Blick in die Landschaft und endete in weit auslaufenden, dünn begrasten Dünen vor dem Strand des großen Meeres. Sie boten einen gewissen Sichtschutz vor dem Feind. Vor allem die Wacholderbeersträucher mit ihren quirlig angeordneten Nadeln erfüllten ihren Zweck ganz im Sinne des üblen Feldherrn. Die weit verbreiteten Sanddornbüsche boten mit ihren herrlichen Früchten seinen Leuten sogar noch etwas zu essen. Hier konnte die Armee des Esmeraldus sowie seiner zwei Mitzauberer sich gut verstecken.

Esmeraldus hielt seinen Zeitplan ein. Lediglich der einsetzende Regen peitschte ihm unangenehm scharf ins Gesicht. Er wollte seinen schnellen Ritt aber nicht verlangsamen. Früh am Morgen erreichte er die Dünen von Armanagh. Die Armee der Trolle war allerdings schon eingetroffen und baute das Zeltlager auf. Esmeraldus ritt direkt zur höchsten Düne und traf dort auf Fuselfauch und Nebulasius. Fuselfauch war zum ersten Mal in seinem Leben nicht betrunken, stattdessen, oder gerade deswegen, äußerst schlecht gelaunt. Beide standen vor einem runden Tisch mit einer Landkarte und besprachen die Aufstellung des Trollheeres. Esmeraldus sprang von seinem Pferd und begrüßte seine beiden Kumpane. Nach der Beratung ergriff der oberste der drei sein Fernrohr, zog es auseinander und setzte es ans Auge. Er suchte die Hügel nach den Wichten ab. Doch er sah nur freies Land. Er setzte das Fernrohr ab und wandte sich an seine Truppen: »Wir werden sie zermalmen!«, rief er ihnen zu. Zustimmend schlugen seine Krieger mit ihren Schwertern auf die Schilde, was weit in die Landschaft hinein zu hören war.

Instinktiv fuhr Esmeraldus jäh empor, hob lauschend seinen Kopf, wies die Trolle zur Ruhe an und spähte mit scharfem Adlerblick auf einen Punkt in der Ferne. War es ein Tier, das er dort laufen sah? Oder handelte es sich um eine Fahne, die sich im Wind bewegte? Da gewahrte er tatsächlich noch ein zweites Etwas, das sich bewegte. Und dort: noch ein drittes, ein viertes! »Wichte!«, zischte Nebulasius, der auch in die Richtung spähte. »Moortrolle! Jede Menge Moortrolle!«, ergänzte Fuselfauch. »Und wie viele es sind!«, bemerkte Fratz, der Schwefeldämon, der inzwischen auch hinzugetreten war. Regungslos standen die vier auf der befestigten Düne und hielten den Atem an. Fast schienen sie das Heer hinter sich zu vergessen, so voller Spannung beobachteten sie das Geschehen auf der anderen Seite des Hochlands. Sie beachteten den Regen nicht, der immer noch stetig herniederprasselte. Ohne Unterlass gesellten sich neue Scharen von Trollen zu den Kennin. Erstaunt beobachteten die Zauberer und der Dämon das vor ihnen ablaufende Schauspiel. Mit einer solch großen Gegnerschaft hatten sie nicht gerechnet. Dennoch, ihre eigene Streitmacht war zahlenmäßig überlegen. Die vier malten sich gute Siegeschancen aus. »Ergreift die Waffen!«, schrie Esmeraldus seinen Trollen zu. »Die Bogenschützen nach vorn! Die Lanzenträger auf die Pferde! Die Speerschleuderer in die Mitte!« Sodann befahl er den Angriff.

Die Streitmacht der Kennin hatte inzwischen das Tal erreicht und sah die Modertrolle von den Dünen her auf sich zustürmen. An der Heerspitze standen Geffrim, Buri Bautermann und Humanus Kreuzhard von Rosenhügel.

Alle Anführer waren von Wiegand, dem Schmied, mit den besten Waffen ausgestattet worden. Nur das Schwert Geffrims stammte nicht aus der Schmiede des Zwerges. Wie alle berühmten Klingen hatte sie einen Namen.

»Sardonyx« lautete dieser, benannt nach dem gleich-
namigen Edelstein. Geffrim bekam sie vor vielen Jahren von
der Nymphe Nisue geschenkt, die einen See in Cornwall bewohnte. Es hieß, die Waffe besitze magische Kräfte.

Wer sie führte, galt als unbesiegbar. Nur selten trug der gute
Magier das Schwert an seinem Gürtel. Eigentlich war es ihm
lästig. Er verwahrte es an einer wohlbehüteten Stelle: Dort,
am Rande des Zauberwaldes, im Apfel-Rosengarten, hing es
wohlbehütet in einem Baum. Geffrim hatte es auf dem Weg
ins Reich des Pogolchs mitgenommen und unauffällig im
Reisegepäck verstaut. Nun aber hielt er es entschlossen in
seiner starken Hand.

Beide Heere prallten aufeinander. Wild droschen Modertrolle und Kennin aufeinander los. Hell metallisch klangen
die sich kreuzenden Klingen. Wütende Schlachtrufe gellten
durch das Getümmel. Die Anführer zu beiden Seiten feuer-
ten stimmgewaltig ihre Kämpfer an.

Erst als der Abend dämmerte, zog man sich in die Zeltlager
zurück. Noch war nichts entschieden. Verwundete wurden
verbunden, Tote begraben. Viele Gefallene gab es im Lager
der Kennin zu betrauern, aber auch bei den Modertrollen.

Als sich langsam die Morgennebel lichteten und die Sonne mehr und mehr durchsetzte, stieß Wiegand kräftig in sein
Horn. Alle rüsteten sich für den zweiten Tag der Schlacht.
Thorgrimm hatte die Seiten gewechselt. Es war ihm gelungen, sich aus seinem Gewahrsam zu befreien. Er kämpfte jetzt
auf Seiten der Modertrolle gegen seine ehemaligen Kameraden und Freunde.

»Da zeigt sich sein wahres Wesen«, kommentierte Buri
enttäuscht. Noch einmal blies Wiegand in sein Horn, durch-
dringend und den Ton lange anhaltend.

Stürmisches Kriegsgeschrei durchdrang die Luft. In wildem Ritt prallten die beiden Heere erneut aufeinander.
Überall blitzten Klingen, sausten Schwerthiebe auf Helme
und Schilde hernieder. Da stöhnten Zwerge und Trolle gleichermaßen schmerzerfüllt, getroffen von erbarmungslosen
Schlägen und Stichen. Reiter und Rosse sanken verwundet
oder sterbend in den aufgewühlten Grund. Geffrim, der mitten im wüsten Schlachtengetümmel den funkelnden Stahl

des Sardonyx unerbittlich niedersausend führte, stand plötzlich Thorgrimm von Granitgestein gegenüber: »Verräter!«, herrschte er ihn an. Der schwarz gepanzerte, einäugige alte Zwerg aber schwieg und starrte den Zauberer nur mit hassdurchglühtem Auge an. Dann stürzte er auf Geffrim los. Dieser konnte in letzter Sekunde den schweren Schlag abwehren. »Ha!«, schrie wutschnaubend der Recke mit der Augenklappe und schüttelte grimmig seinen schwarzen Bart.

»Musstest du dich unbedingt in unsere Angelegenheiten mischen? Du Narr! Scher dich zurück zu deinen weltfremden Dichtern und Rosenschnüfflern. Doch zuvor empfange diesen Gruß von meiner Klinge.« Ein furchtbarer Schlag spaltete Geffrims Brustpanzer und fügte ihm eine böse Wunde oberhalb des Herzens zu.

Geffrim erbebte vor Schmerz. Sollte dies das Ende sein? Er sammelte all seine Kräfte und drängte den dunklen Zwerg zurück. Doch da stolperte er zu seinem Unglück und schlug der Länge nach auf den Boden. Den Todesstoß erwartend, reckte er Sardonyx dem Zwerg mit letzter Kraft entgegen. Darauf war der Grimmige nicht gefasst, denn er hatte schon mit beiden Händen sein Schwert erhoben und sich wider den Zauberer geworfen. So stürzte er mit voller Wucht in das ihm entgegengehaltene Schwert. Mit ungläubigem Staunen in den Augen sank Thorgrimm von Granitgestein tödlich getroffen zu Boden.

Geffrim sprang auf und brachte sich schweratmend außerhalb des Kampfes in Sicherheit.

Er setzte sich ermattet auf einen Stein und beobachtete schmerzerfüllt eine kurze Weile das wogende Kampfgeschehen. Das Blatt neigte sich bedrohlich zu Ungunsten der Zwerge und Moortrolle. Immer neue Horden von gegnerischen Modertrollen, und jetzt auch Guul, preschten heran. Die Kennin rückten mehr und mehr zusammen. Die Guul hatten ihnen den Rückzug abgeschnitten. Als schon alles ganz hoffnungslos aussah, ging plötzlich ein erschrockenes Raunen durch die Reihen der Angreifer. Endlich eilten die Feen unter der Führung von Fayryllis den Wichten zu Hilfe. Sie kämpften nicht mit Schwert, Bogen und Speer, sondern zauberten den Gegnern die Waffen aus dem Händen, ließen sie stolpern oder mit plötzlichen Fuß- und Handfesseln straucheln. Jetzt wendete sich der Kampf.

Da erhob sich ein furchteinflößendes Brausen durch die Luft, ein lautes Flattern und Fauchen. »Herr im Himmel, der Pogolch!«, rief Kreuzhard. Dieser stürzte sich, wie es Geschöpfe der Feigheit gerne tun, auf den Schwächsten des Zwergenrates, Antiquitus. Bevor dieser sich überhaupt der Gefahr bewusst wurde, schmetterte ihn der Drache durch einen Schlag seines Schwanzes wuchtig zu Boden. Antiquitus regte sich nicht mehr. Da preschten Kreuzhard, Balduin und Lapis Excellis heran.

Das Untier wandte sich blitzschnell um und blies den dreien eine lange blau-weiße Feuersäule entgegen. Nur mit einem weiten Hechtsprung entgingen die drei dem sicheren Tod. Da trat Geffrim hinter dem Erdwall hervor und warf sein Schwert weit von sich. Scheinbar völlig schutzlos schritt er mutig dem Drachen entgegen. Ihm zur Seite die beiden Kinder, Fynn und Leslie. Den Zwergen stockte der Atem. »Was soll denn das?«, stieß Buri Bautermann hervor. Auch Kreuzhard hatte sich seiner Waffe entledigt und trat hinzu, hielt sich aber im Hintergrund.

Der Pogolch blickte spöttisch auf die ihm Entgegentretenden. Was waren das für Verrückte, die es wagten, sich ihm ohne Waffen zu nähern? Ein Feuerblitz aus seinem Maul, und alle würden zu Staub und Asche verbrennen. »Was seid ihr leichtsinnig, dem Stärksten ohne wehrhaften Schutz zu begegnen«, sprach er sie mit höhnischem Grinsen an.

»Wir sind nicht ohne Schutz«, sprach Geffrim.

»So? Wer schützt euch denn?«, frotzelte das Ungetüm mit hämischem Lachen.

»Jemand in uns selbst ...«, erwiderte Geffrim leise.

»Mir ist die Macht über andere wichtiger!«, lachte der Üble. »Ich nehme den Menschen zwar die Freiheit der eigenen Entscheidung. Aber die Süchte, mit denen ich sie von meinen Produkten abhängig mache, bescheren ihnen doch größtes Glück. Warum kämpft ihr gegen mich? Ich bin doch ein großer Gönner der Menschen. Ich mache sie zufrieden.« Und er dachte im Stillen: ›All die schönen Dinge, die ich nach Tharkblith schicke! Die Gier nach Billigem schont doch den Geldbeutel, auch wenn ein paar kleine Händler dabei draufgehen. Was macht das schon? Es sind doch alle arm, oder? Gleichgültigkeit und Selbstzufriedenheit schonen das eigene Gewissen!‹

Was könnte er nicht alles aufzählen. Sein Blick fiel auf die drei Menschlein vor sich. Nein, diese konnten ihm nicht gefährlich werden. Er schaute auf sie herab. Aber ihr Anblick verunsicherte ihn. ›Warum?‹, frug er sich. Weder Geffrim, noch Fynn, noch Leslie schauten ihn voll Hass an. Da fühlte der Pogolch plötzlich einen tiefen Schmerz in seinem Inneren.

Fynn frug: »Hallo, Pogolch! Können wir nicht Freunde werden? Du musst doch nicht immer so böse sein, oder? Dann braucht ihr euch auch nicht mehr zu prügeln. Und ich kann ja meine Freunde fragen, ob sie dir nicht freiwillig etwas von ihrem Schatz abgeben. Wenn jemand unbedingt Geld braucht, warum sollte er nicht etwas bekommen? Und vielleicht können wir ein paar Dinge verändern, die du nach Tharkblith schickst.«

Der Drache wich entsetzt ein Stück zurück: War dieses Kind wahnsinnig geworden? Ihn so etwas zu fragen! Ihn, den Pogolch, den Schrecklichsten unter den Schrecklichen! Und dieser Knirps, dieses kleine Menschen-Jüngelchen, dieses Nichts gegen ihn, den furchtbaren Drachen, den Schlimmsten der Welt; dieser Schwächling bietet ihm seine Freundschaft an? Nicht zu fassen! Er schüttelte sein riesiges Haupt.

»So groß, wie du dich aufbläst, bist du doch gar nicht«, sagte Leslie Marie. Das Mädchen zupfte eine Rose aus ihrem Gürtel und hielt sie dem Pogolch hin: »Hier, die gab mir der Alte vom Schädelstein. Ich schenk' sie dir. Sieh mal, die Rosen an meinem Gürtel. Die Blüten sind immer noch so frisch wie an jenem Tag, an dem ich sie bekam. Und ein paar Äpfel aus dem Obstgarten meiner Eltern hab' ich auch noch für dich.«

»Von mir bekommst du auch eine, meine Rankerose, die mir der Alte gab. Und einen Apfel, meinen schönsten, möchte ich dir noch dazugeben«, ergänzte Fynn.

Dem Pogolch wurde immer mulmiger zumute. Jetzt bekam er noch Geschenke. Warum diese Freundlichkeit? Er war doch ein böser Drache. Hatten sie das vergessen? »Ich will jetzt auf der Stelle weiterkämpfen!«, schrie er. Aber der Wutschrei verkam zu einem bittenden Jaulen. Das machte den Pogolch richtig wütend. Er ärgerte sich über sich selbst. Warum hatte er sich nur auf diese blödsinnige Unterhaltung eingelassen? »Los, lasst uns kämpfen!«, murrte er nochmals, aber schon leiser.

Er hatte jetzt wirklich genug von all dem Geschwätz. Ihn schauderte. Erst konnte er sich das Gefühl nicht erklären. Er bekam sogar so etwas wie einen Schweißausbruch, obwohl Drachen bekanntermaßen nicht schwitzen können. Er blickte sich um. Ein seltsames Licht schien von den drei Menschen vor ihm auszugehen. Es war das Licht dessen, der unter den Menschen wandelt. Jetzt verstand er ihren Mut. Er spürte, dass jeder, der dieses Licht sah, jeglichen kriegerischen Konflikt beenden musste. Und das galt auch für ihn. Auch er hatte sich dem zu beugen. Noch verstand er nicht ... Da vernahm sein Ohr etwas aus weiter Ferne, er hörte eine friedvolle Stimme leise rufen: »Verwandelt das Böse durch eure Liebe in Gutes!« Er allein hörte diese Stimme.

Esmeraldus und seine Spießgesellen konnten es nicht fassen. Der Pogolch hatte zum Rückzug blasen lassen. »Er hat den Verstand verloren!«, attestierte ihm fassungslos der schwarze Magier.

»Och, nicht schlimm, habe ich auch öfter!«, grinste belustigt Fuselfauch, der schon wieder betrunken war.

»Halt den Mund, du törichte, besoffene Schnapsdrossel!«

Nebulasius stand schweigend an eine Eiche gelehnt und hatte den Streitenden zugehört. Nun bemerkte er, wie sich der Pogolch, so schnell er konnte, aus dem Staube machte. Den Heerscharen von Guul und Modertrollen, die an ihnen vorbeizogen, war es offensichtlich ganz egal, ob sie die Schlacht gewonnen hatten oder nicht. Sie hatten ihren Blutrausch ausleben können. Das war ihnen das Wichtigste.

›Wie dumm sie sind‹, dachte der dritte Zauberer.

Für sie zählte nur Sattsein, Vergnügen und das Ausleben ihrer Wildheit. Aber war es nicht genau das, was auch er stets für den Sinn des Lebens gehalten hatte?

KAPITEL 24

Der Wald von Morrigan

In Windeseile verbreitete sich im Koselgebirge, in Tharkblith und in Pogolchland die Kunde der fatalen Niederlage der dunklen Truppen. Der Pogolch hatte sich an einen unbekannten Ort zurückgezogen. Man wusste auch nicht, ob mit der Niederlage hinter den Hügeln von Armanagh seine Machtstellung in Tharkblith dem Ende entgegenging. Noch schien alles so zu sein, wie es immer gewesen war. Doch es sah so aus, als ob die Rauchwolken über dem Vulkan Ignisador ein wenig heller am Himmel stünden. In der Hexenschaft von Smudge sah man für längere Zeit kein Feuer mehr unter dem großen Kessel. Die Hexen hielten sich überwiegend in ihren Häusern auf und ließen sich draußen nicht blicken. Esmeraldus, Fuselfauch und Nebulasius hatten ihre Zaubertürme verlassen. Einige Geschöpfe sahen, wie sie ihre Maultiere sattelten und sich auf den Weg zu den Klippen des Phytreiras machten. Dort verlor sich ihre Spur irgendwo im Gebirge.

Da die Reise der Kennin allmählich dem Ende entgegenging und Tiere in Truksvalin, dem Reich der Dwarl, keinen Zugang hatten, verabschiedete sich eines Tages Growan Rotpelz Mac Greger von seinen Freunden. Nach Irland zog es die treue Ratte, um dort letzte Verwandte seines Stammes zu finden, von denen er gerüchteweise gehört hatte. Auch Fayryllis wurde von ihrer Aufgabe, die Kinder zu beschützen, entbunden, da Geffrim mit Leslie und Fynn bald den Heimweg antreten würde. In Pogolchland rechnete man vorerst nicht mehr mit Gefahren.

»Ihr werdet uns fehlen!«, sagte Humanus Kreuzhard von Rosenhügel. »Ihr uns auch!«, riefen Fynn und Leslie wie aus einem Munde. Leslie drückte sich sogar ein Tränchen aus dem Auge. »Wie geht es Antiquitus?«, frug sie. »Er ist noch nicht über den Berg. Der Drache hat ihn sehr schwer verletzt. Florinzius mit der grünen Joppe und der olivfarbenen Zipfelmütze, der sich von uns allen am besten mit Heilkräutern auskennt, kämpft noch um sein Leben. Antiquitus ist sehr alt. Das macht die Sache schwierig. Dennoch, sei getrost, Florinzius ist der beste Medizinzwerg zwischen Morgen- und Abendland. Er wird ihn schon wieder hinbekommen«, erklärte Kreuzhard. Sein hoffnungsvolles Mienenspiel beruhigte das Mädchen.

Dann schlossen die Kennin Geffrim in die Arme. Besonders die Frauen und Kinder scharten sich um den Zauberer. Man konnte ihm gar nicht genug danken für all das, was er auf sich genommen hatte. Er hätte sogar sein Leben für die kleinen Leute gegeben.

Als die Sonne bereits im Zenit stand, kam die Stunde des Aufbruchs. Geffrim hatte Sardonyx, das berühmte Schwert, umgegürtet. Man konnte ja nicht wissen, wer so alles seinen Weg kreuzen würde. Denn ganz frei von Gefahren würde der Rückweg nicht sein. Räuberisches Gesindel und Wegelagerer konnten ihnen in diesen Zeiten überall begegnen. Die Kennin gaben den dreien ein Maultier mit, das ihnen auf den einsamen Gebirgspfaden gewiss von Nutzen sein würde. Außerdem gab es manches zu tragen. Filibus Platin hatte seiner Freundin Leslie und ihrem Bruder einen selbstgeschmiedeten Edelsteinleuchter geschenkt: »Wenn ihr eure Hände an seinem Griff reibt, könnt ihr Kontakt mit mir aufnehmen. Droht euch Gefahr – meine Hilfe ist euch sicher.« Zum Schluss ließ Filibus Platin auch schöne Grüße an die Gans Agathe bestellen. Noch lange standen viele der Wichte auf den Dünen und blickten den Freunden nach.

Buri stand neben Kreuzhard und blickte in die Ferne: »Ist das nun das Ende aller unserer Abenteuer?«

»Leider nicht ganz ...«, antwortete der vom Rosenhügel düster.

»Was willst du damit sagen?«

Kreuzhard holte die große Landkarte aus der Tasche, legte sie auf die Erde und rollte sie aus. Dann zeigte er auf die Stelle, an der sie sich gerade befanden: Am großen Meer lag ein tiefreichendes Watt, herrliche Strände mit sich weit ins Landesinnere erstreckenden Dünen. Wanderte man an diesen entlang nach Norden, so gelangte man zum Wald von Morrigan, einem Landstrich, von dem es hieß, er sei von den Freunden des Bösen besiedelt.

»Sieh her, das hier ist unser derzeitiger Standort. Und dort ist Truksvalin, unsere neue Heimat.« Buri schaute auf die Karte und meinte: »Es liegt zwischen uns und unserem Ziel nur noch der Wald von Morrigan.« – »Gewiß, aber genau da liegt das Problem. In dem Wald haust ein böses altes Weib, die Fee von Morrigan. Sie ist ihr eigener böser Geist, das heißt, sie ist dem Pogolch weder hörig noch verpflichtet. Sie hasst das Böse wie das Gute. Freunde oder Verbündete sind ihr einerlei. Und wie du siehst, ihr Wald erstreckt sich bis zur Grenze von Truksvalin. Die Alte lebt in ewiger Feindschaft mit Ferroderich, unserem guten König. Jetzt kannst du dir ausmalen, was es bedeutet, mit unserem Volk durch ihren Wald zu ziehen.«

Buri ließ den Kopf hängen: »Das sind ja schöne Aussichten. Wie sollen wir nur durch dieses Gebiet in unser Land gelangen?«

»Sei nicht verzagt, mein Freund«, sprach Kreuzhard mit einem seltsamen Lächeln, »seitdem die böse Alte in dem Wald wohnt, ist es bisher keinem Dwarl gelungen, ihn zu durchqueren. Wilde Tiere fallen jeden an, der durch ihn zum Albenreich hinüber will. Es ist finster dort, und es gibt keine Wege, Dornen zerreißen jeden Mantel und jeden Fuß.

Der Wald ist still, kein Vogelruf erschallt darin. Geisterland. Seine Teiche sind schwarz und tot. Bäche rinnen nur unterirdisch. Nach Grabeserde riecht die Luft und füllet Nas' und Mund. Links und rechts: Höllenmoore voll Gewürm und Schlamm. Wurm und Kröte begegnen sich im Kampf. In der Hölle ist es heiß. Feuer gibt's und keinen Frieden weit und breit. Gar manches wäre noch zu erzählen. Nur so viel: Die Böse, gleich der Spinne in der Mitte sitzt, ist der schwarzen

Künste umfassend mächtig. Sie ist deren Königin. Niemand sie hat je bezwungen.«

»Erklär' mir den Plan, den du dir zurecht gelegt hast«, drängte Buri Bautermann.

»Paß auf; gut, dass du darauf bestehst«, fuhr Kreuzhard fort, »die böse Fee von Morrigan können wir nur durch eine List besiegen. Ich habe schon mit Geffrim darüber gesprochen, bevor er uns verließ. Er gab mir einen Stab aus dem Holze eines Apfelbaumes, der im Apfel-Rosengarten der Kinder steht. Der Baum trägt eine neue Apfelsorte mit dem eigenartigen Namen Delcoros. Leslie Maries und Fynns Eltern pflanzten diese Sorte als Erste an, und so besitzt das Holz, bis ein zweiter Obstbauer tausend Bäume dieser Sorte pflanzt, eine besondere magische Eigenschaft. Der Stab führt seinen Träger stets zu dem Ziel, das er sich gesetzt hat. Kunstvoll hatte Geffrim ihn von eigener Hand gefertigt, war er doch vor Jahr und Tag ein Zimmermann, ein Schreiner durch und durch. Betreten wir jetzt den Wald von Morrigan, wird uns allerdings auch der Delcorosstab nicht helfen. Denn das böse Weib besitzt mitten in seinem Wald einen verwunschenen Garten: Dort leben in einem großen Käfig tausend verzauberte, wie Hunde abgerichtete Kennin, die im Laufe der Jahrhunderte sich dorthin verirrt hatten. Immer schon gab es einzelne, die aus der Welt der Menschen den Weg nach Truksvalin gesucht haben, nichts ahnend vom Geheimnis der Fee von Morrigan.

Diese Kennin hat sie zu wilden Kriegern, die ihr völlig hörig sind, umerzogen. Sie sind so mächtig und so stark, dass sie jeden Wicht besiegen können.«

Buri blickte deprimiert zu Boden: »Dann ist also unsere Reise hier beendet«. – »Nein!«, sprach Kreuzhard zunächst kraftvoll, darauf aber mit sehr sanftem Ton weiter: »Lieber Buri, wir haben das Glück, mit Menschen auf gute Weise im Austausch zu stehen. Wir Kennin können unseren Weg nur weiterverfolgen, wenn sie uns mit Rat und Tat zur Seite stehen. Sie haben nie unsere Existenz verleugnet, mehr noch: Sie haben unsere Freundschaft gesucht! Ich habe auf unserer Reise manches Gespräch mit Geffrim und den Kindern geführt. Sie haben mir viel von ihrem Leben und ihren

Bräuchen erzählt. Eines Abends, als wir alle um das Lagerfeuer herumsaßen, haben wir uns über die Geschichte der dreizehn heiligen Nächte unterhalten. Die dreizehn Nächte sind in der Zeit zwischen dem Ende des alten und dem Anfang des neuen Jahres.«

»Mir brauchst du nichts darüber zu sagen. Jedes Geschöpf zwischen Koselgebirge und Truksvalin kennt die zahlreichen Legenden, die sich um diese Nächte ranken«, unterbrach Buri Kreuzhards Redefluss.

»Gewiss, gewiss, du hast recht!«, entgegnete der weise Zwerg. »Doch weißt du auch, welche Bedeutung diese Nächte für den Wald von Morrigan haben?«

»Nein, das ist mir leider nicht bekannt«, gestand Buri ein.

»Gut, dann höre, was ich von Geffrim erfahren habe:

Die Nächte hatten in früheren Zeiten eine magische Bedeutung. Für eine kurze Zeit öffnete sich in diesen Nächten die Welt der Gnome, Geister und Bewohner des Koselgebirges auch für die Menschen. Den Rest des Jahres begegneten sich die beiden Welten nur selten. Aber immerhin, man wusste voneinander.

Als es das böse Weib vor vielen Jahren in den Wald von Morrigan verschlug, betrachtete es im Laufe der Zeit alles Leben darin als sein Eigentum. Schnell bekam es auch heraus, dass ein jeder, der in das Land der Zwerge wollte, ihren Wald durchqueren musste. So kam es zur Gefangennahme und Versklavung unzähliger Wichte. Und es scherte sich nicht um Festtage, auch nicht um die heilige Zeit. Eines Tages, zur Zeit des Jahreswechsels, betrat ein kleines spielendes Kind den Wald der Alten. Die böse Fee trat ihm hasserfüllt entgegen. Sie wollte es mit einem üblen Spruch verzaubern. Zu spät erkannte sie in ihm den, der unter den Menschen wandelt. Sie spuckte ihn an und schrie. Allein, es half ihr nichts. Der Zauber zeigte keine Wirkung. Wieder und wieder versuchte sie es, jedoch vergebens. Da hob das Kind, ein Junge, die Hand und nahm ihr alle Macht über Menschen und Geschöpfe während der Zeit der Wintersonnenwende und dem Anfang des neuen Jahres. Die Alte tobte vor Wut und wollte sich auf den Knaben stürzen. Er war jedoch verschwunden.

An seiner Stelle stand ein zweites zeterndes Weib, ein Ebenbild des ersten.

Da erkannte die Böse sich selbst und wich entsetzt zurück.

Seit dieser Zeit gelingt es in Abständen immer wieder einigen wenigen, während der dreizehn Nächte den Wald von Morrigan zu durchqueren. Die Fee ist in dieser Zeit allenfalls zu kleinen Streichen fähig, aber im Grunde ist sie machtlos. Auch versucht sie, die Wanderer mit allerlei Schabernack in die Irre zu lenken.«

»Donnerwetter!«, rief Buri. »Welch spannende Geschichte. Aber was will sie uns im Moment sagen? Es sind noch vier Nächte bis zur ersten Nacht der dreizehn.«

»Wir bauen hier vor dem Wald unsere Zelte auf und warten«, sagte der vom Rosenhügel.

Buri versammelte daraufhin den Rat und ordnete an, wozu Kreuzhard geraten hatte.

Da erreichte am nächsten Tag, aus dem Land des Pogolchs kommend, ein aufgeregter Wanderer das Zeltlager der Kennin. Es war Fanstaff, der Moortrollkönig. Er atmete schwer vom anstrengenden Lauf: »Ihr müsst aufbrechen!«, rief er. »Der Pogolch schart eine neue Armee um sich. Sie wird bald hier sein. Er hat mein Dorf ebenso wie mein Heim überfallen und niedergebrannt. Die meisten von uns liegen sterbend in ihrem Blut. Allein ein paar Getreue und ich konnten uns mit Not vor seiner Grausamkeit retten. Sein jetziges Heer ist noch größer als das zur Zeit der Schlacht hinter den Hügeln von Armanagh. Lauft und rettet euer Leben!«, klagte er laut.

Eine dichte Traube von Kennin bildete sich um den Moortroll, vorneweg der Große Rat. Alle vernahmen seine Worte mit Sorge.

»Wir brauchen jetzt schnell eine helfende List«, sagte Lapis Excellis.

»Ich hab' eine!«, rief jemand aus dem Hintergrund.

Alle drehten sich nach Wiegand um. Die Kennin schienen sichtlich überrascht. Man war es nicht gewohnt, dass er Vorschläge in den Rat einbrachte. Das Reden widersprach seiner ruhigen Art. Er strich sich über seinen wallenden Bart und nahm darauf eine kräftige Prise Schnupftabak, sog sie geräuschvoll ein und sagte: »Die dreizehn Nächte beginnen erst in wenigen Tagen. Seht euch um, die Landschaft ist weiß vom Schnee der letzten Wochen. Auch wenn wir ungeschoren durch den Wald von Morrigan gelangen, werden sie uns finden und vernichten, bevor wir das rettende Truksvalin erreichen. Ferroderich, der Albenkönig, ist mächtiger als die Pogolcharmee. Darum« – er wandte sich Balduin zu – »schlage ich vor: Du zauberst uns unsichtbar und den Schergen des Pogolchs ein Trugbild unseres Trecks. Lass dieses Bild am Tag vor der Sonnenwende im Wald von Morrigan verschwinden. Sie sollen es sehen. Wenn sie schon so nah sind, wie du sagst, Fanstaff, dann werden sie noch vor dem rettenden Zeitpunkt in den Wald stürmen, weil sie uns darin vermuten. Die böse Fee aber wird ihnen den Garaus machen, und wir haben gewonnen. Aus dem Wald von Morrigan ist noch nie jemand zurückgekehrt.«

»Grandios! Bravo!«, riefen alle und klopften dem Schmied anerkennend auf die Schulter.

»Was sagst du dazu?«, frug Laurin den Hexer Balduin.

»Was ich dazu sage? Nichts leichter als das!«, grinste der. »Aber falls der Pogolch selbst bei seinem Heer ist, wird er den Betrug bemerken. Ich sage euch: Er hat einen sechsten Sinn für so etwas.«

»Und Esmeraldus? Wird er es gewahr werden?«, frug Filibus Platin, der gerade hinzugetreten war.

»Esmeraldus ist nur ein mittelmäßiger Zauberer und dazu noch ziemlich dämlich!«, lachte Balduin. »Nein, nein, es wird schon klappen«, fügte er, sich die Hände reibend, hinzu.

Gesagt, getan. Balduin verschwand für zwei Stunden in seinem Zelt, um sich eindringlich in den alten Zoroaster zu vertiefen. Als die Mittagssonne die schneebedeckten Wiesen streifte, trat er aus dem Zelt heraus und bat einige Kennin, ihm einen großen Kessel zu bringen.

Dann wies er andere an, zwischen den Büschen und Hainen nach bestimmten Kräutern und Feldfrüchten zu suchen, die er für sein Gebräu benötigte. Eine weitere Stunde später züngelte ein großes flaches Feuer unter dem Kessel mit dem geheimnisvollen Trank.

»So, fertig!«, rief er schließlich. »Alle mal herkommen! Auch die Frauen und Kinder. Und bringt Becher und Trinkhörner mit!«

Die Kennin stellten sich in einer Reihe auf. Buri langte mit einer großen Kelle in den Topf und schenkte jedem ein Becherchen voll ein.

Als die letzten an die Reihe kamen, brachten einige, darunter Florinzius, der Kräuterkundige, eine Trage herbei. Darauf lag jemand in eine dicke Schafwolldecke gehüllt. Da hellte sich plötzlich Buris fragender Blick auf und er rief: »Antiquitus!«

Zögerlich streckte der Greis seinen schlohweißen Kopf aus der Decke hervor und grinste Buri freundlich an.

»Antiquitus! Hast du es wirklich überstanden?«, frug Buri.

Heiser und mit leiser Stimme antwortete der Alte: »Du kannst dir doch denken, ein alter Stein vergeht nicht leicht … und außerdem half mir der beste Arzt der ganzen Zwergenwelt.« Er nickte dankbar Florinzius zu, der bescheiden im Hintergrund stand.

»Kannst du trinken?«, frug Buri.

»Klar doch!« Antiquitus lächelte und nahm gleich einen kräftigen Schluck.

»Was geschieht jetzt?«, drängte Filibus Platin den Hexer.

»Wart's nur ab. In wenigen Minuten sieht uns keiner mehr«, antwortete Balduin mit blitzenden Augen voller Erwartung. Zu neugierig war er auf das Ergebnis seiner Braukunst. »Gegenseitig können wir uns aber sehen.« Nach einer Weile fügte er hinzu:«So, jetzt sind wir verschwunden.«

Niemand wusste, woran er das festmachte. Er griff in seine Hosentasche und kramte ein Fernrohr hervor, setzte es an und suchte die Landschaft nach Modertrollen ab. Da sah er hinter einer Tannenschonung auf dem Weg die ersten Trolle heranmarschieren. Auch Guul waren darunter. Er reichte Kreuzhard das Fernrohr hinüber, der sofort hindurchspähte: »Sieh an, bekannte Gesichter: Ragnaduhl, der Guulfürst und der Dunkle vorneweg. Bei solch einer beachtlichen Besetzung wird der Pogolch mit Sicherheit nicht dabei sein. Er überlässt die Drecksarbeit lieber seinen Spießgesellen«, frotzelte der Kennin amüsiert.

»Ha, da sind sie schon!«, jauchzte Laurin Lazuli, der als Dritter durch das Fernrohr lugte. Er rieb sich die kalten Hände. Balduin kletterte auf eine hohe Steinplatte, die auf einer kleinen Erhebung zwischen zwei abgebrochenen Birken lag, um besser sehen zu können. Er stellte sich aufrecht hin, wandte sich der herannahenden Troll- und Guularmee zu und breitete seine Arme aus:

Bisam Busel abradau,
Kadra Badra Bärenklau ...

Der Rest des Zauberspruchs murmelte er so leise, dass keiner ihn verstand. Eine Vorsichtsmaßnahme, sonst hätte ja jeder nach Belieben Trugbilder in die Welt zaubern können. Doch was geschah nun weiter? Alle Kennin blickten gespannt auf das Modertrollheer und auf den nahegelegenen Wald. Nebelschwaden bildeten sich am Waldrand. Balduin murmelte immer noch seinen Spruch. Erst schemenhaft, dann deutlicher zeigten sich im Nebel Gestalten. Wichte, immer mehr Wichte wurden sichtbar. Scheinbar aufgeregt und panisch vor Angst liefen sie aufgescheucht durcheinander. Mit breitem Grinsen und selbstzufrieden blickte Balduin auf sein Werk. Rufe erschallten aus der aufgeregten Menge. Befehle zum Rückzug durchschnitten die Luft. Sichtbar von Angst erfüllt, flüchtete die vermeintliche Zwergenschar in den Wald. »Seht! Da sind sie! Schnell hinterher! Sie wollen flüchten! Ihr wisst, was der Pogolch befohlen hat. Lasst niemanden am Leben! Tötet sie!«, ertönte es wild aus allen Richtungen. Wie erwartet, verschwand auch die Armee des Pogolchs im dunklen Wald der bösen Fee von Morrigan. Es war der Tag vor den Sonnenwendfeiern.

Hoch zu Ross zeigte sich mit einem Mal Esmeraldus. Er hatte Lunte gerochen und schrie mit sich überschlagender Stimme: »Halt! Stehenbleiben! Nicht in den Wald! Ihr rennt in euer Verderben!« Doch niemand hörte ihn. Plötzlich vernahm man entsetzliche Hilferufe aus dem Wald, Kampfgetöse ... und dann Stille. Da hinein erschallte das ohrenbetäubende, grässliche Lachen eines hämischen Weibes

... und schließlich wieder Stille. Blankes Entsetzen erfasste den Zauberer auf seinem Pferd. Jetzt senkte, wie auf ein geheimes Zeichen, Balduin seine Arme. Die Zwerge wurden in ihrer Gestalt wieder sichtbar.

Völlig überrumpelt sah Esmeraldus einer bis an die Zähne bewaffneten Kriegerschar in die Augen. Er war jetzt ganz allein! Wie der Blitz wandte er sich um und gab dem Hengst die Sporen. In vollem Galopp preschte er zurück ins Hügelland von Armanagh. Hinter ihm das schallende Gelächter der Kennin.

Alle konnten nun geruhsam auf die Zeit der Jahreswende warten, die wenigen Tage, in denen sich die böse Fee von Morrigan gezwungenermaßen still verhalten musste. An einem eisigen Wintermorgen brachen sie auf. Die Zelte lagen fest verschnürt auf den Pferdekarren. Ein jeder trug sein Bündel an einem Stock über dem Rücken. Das Wetter wurde unbeständig. Ein Schneesturm fegte über die Ebene. Manchmal riss die Wolkendecke auf. Einige Sonnenstrahlen fanden ihren Weg auf die schneebedeckten Baumwipfel, zuweilen auch auf die darunter liegenden Sträucher.

Einige Späher hatten etwas weiter entfernt vom derzeitigen Aufenthaltsort Wolfsspuren im Schnee gefunden. Allerdings, so deuteten sie, mussten sich die Wölfe schon vor einer Woche dort aufgehalten haben.

Die Kennin hatten sich in dicke Mäntel gehüllt. Die Mütter schickten die Kinder in die Wagen, weil es draußen zu windig und zu kalt war. Die Männer liefen neben den Eseln und Ponys her und redeten beruhigend auf die Tiere ein. An der Spitze des Zuges stapfte Kreuzhard durch den Schnee. Vor ihnen schwebte der Apfelstab aus dem Garten der Kinder und wies den Kennin einen schmalen Pfad durch das Dunkel des Waldes von Morrigan. Niemandem blieb verborgen, dass sie beobachtet wurden. Merkwürdig bucklige Gestalten hefteten sich an die Fersen der Zwerge und folgten diesen in einiger Entfernung. Sorgenvoll blickten sich die Kennin um. Die Männer hielten Schwerter und Speere in den Händen, jederzeit zur Verteidigung bereit. Sie trauten dem Braten nicht.

Plötzlich kam ein Trupp herangeritten, angeführt von einer Lichtgestalt auf einem Schimmel. Ihr Blick traf den

Kreuzhards. Der fühlte, dass dieses erhabene Lichtwesen nicht auf Seiten des bösen Weibes von Morrigan stand. Wer immer auch es war, würde wohl ein ewiges Geheimnis bleiben. Für Kreuzhard war das keineswegs schlimm, denn Zwerge lebten stets damit, Dingen zu begegneten, die sie sich nicht erklären konnten.

Ein Rudel Wölfe folgte den Kennin. Deutlich wies ihnen der Delcorosstab noch immer die Richtung. Unermüdlich durchstreiften die Wichte das Dickicht und die eng beieinander stehenden Bäume des Waldes. Am Neujahrsmorgen erreichten sie endlich die Grenze. Morrigan lag hinter ihnen. Vor ihren Augen tat sich eine liebliche Hügellandschaft auf. »Dort oben liegt Truksvalin, das Reich des Albenkönigs, unsere neue Heimat!«, verkündete Kreuzhard fröhlich. Sie hatten Recht behalten: Das böse Weib, die Fee von Morrigan, saß machtlos in ihrem Wald. Den Kennin war kein Leid geschehen.

KAPITEL 25

Truksvalin

Das Ziel der langen Reise lag nun greifbar nah. Die Familien sammelten sich am Rande des Abhangs und blickten auf die sich vor ihnen ausbreitende Gebirgslandschaft. Unberührte Natur rings umher, wohin das Auge schaute. Hinter zwei schroffen Felsformationen lag ein riesiger Karfunkelstein. Er beleuchtete gleich der Sonne das gesamte Albenreich in den schönsten Gelb- und Rottönen. Es hieß, die Krone des Albenkönigs Ferroderich trüge zwölf verschiedene Arten dieses Steines und das Mineral habe die Eigenschaft, Unheil abzuwenden, woraus sich die ungeheure Macht und Stärke des Königs erklären ließ – einer Macht, der sogar der Pogolch nicht gewachsen war. Die Königshöhle mit dem Palast des Herrschers befand sich in einem Berg mit Namen Rubigraba, den man nach den Steinen Rubin, Granat und Balagius benannt hatte.

So strahlte der Himmel wie ein Gemälde, als wolle er die Kennin mit einem großen Festakt willkommen heißen. Die Luft schien den Wichten so kühl, so rein, wie sie seit langem keine mehr in sich aufgesogen hatten. Ein paar Zwergenkinder liefen um ihre Mütter herum, zupften an ihren Röcken und Schürzen und zeigten auf die vor ihnen liegenden Berge. Wohl bekanntes Pochen und Schlagen drang aus dem Inneren der massigen Gesteinshöhlen. »Horcht, Bergleute bei der Arbeit«, sagte ein Vater. Eine Mutter saß inmitten einer Kinderschar und erzählte von den Zwergen in den Bergen und von den rauchverhangenen Gebirgszügen, wo die Kenninfrauen Brot buken. Sie berichtete weiter vom einstigen König Laurin, seinem berühmten Garten, in dessen Mitte eine alte, von den schönsten Blumen umgebene Linde stand. Die Kleinen erfuhren auch von den Rosen des Königs, die mit goldenen Borten und schönsten Edelsteinen behangen waren.

Gestärkt durch eine warme Mahlzeit, begab sich das kleine Volk des Kenninhügels aus dem Vorland des Koselgebirges auf das letzte Wegstück ins verheißene Land seiner Vorväter. Längst hatten die Späher des Königs Ferroderich die Ankommenden entdeckt und ihrem Gebieter vermeldet. Mit großem Aufgebot und vielen Reitern auf prunkvoll gesattelten Pferden kam er aus dem Königsberg, dem Rubigraba, herangeritten, um die Weitgereisten gebührend zu empfangen: »Herzlich willkommen!«, rief er ihnen entgegen. Dann sprang er von seinem prachtvollen Schimmel herunter und lief freudig auf sie zu. Vielen schüttelte er die Hand, andere drückte er an sich, weiteren entbot er den Arm zum Gruß.

Der gesamte Zug wurde in die Speisesäle des Palastes geführt, in denen es die leckersten Kuchen zu essen und die schmackhaftesten Tees zu trinken gab. Ferroderich saß mit dem Rat der Sieben auf einer großen Tribüne. Links davon, ebenfalls auf einem Podest, jedoch etwas niedriger, ließ eine Kapelle nach alter Weise Lieder aus längst vergangenen Tagen erklingen. Harfe, Fidel und Flöte spielten gar lustig auf. Tanzende, lachende Wichte überall. Der König führte mit Buri, Kreuzhard und den anderen ein Gespräch über das, was das Volk in den nächsten Tagen erwarten würde: »Es gibt noch viel Platz für euch im nördlichen Zipfel unseres Landes. Der Schein des großen Karfunkelsteins leuchtet dort besonders hell. Zu später Stunde ziehen Nordlichter wie magische Vorhänge in schillerndsten Farben über den Nachthimmel. Das Gebirge, das ich eurem Volk zugeteilt habe, grenzt mit seinen Ausläufern an meinen Palastberg. Es ist reich an Gold, Silber und anderen edlen Metallen. Überall, wo Täler und Almen sind, wachsen Edelsteine in großer Zahl aus dem Boden. Nirgends drohen Gefahren. Hier werdet ihr es gut haben bis ans Ende eurer Zeit.«

»Wann dürfen wir aufbrechen?«, frug Wiegand, der es kaum erwarten konnte loszuziehen. Er dachte an all die Dinge, die er aus den in der neuen Heimat geschürften Metallen schmieden würde, an mächtige Schwerter und schmuckvolle Gegenstände des täglichen Bedarfs wie Schalen und Besteck.

»Gleich morgen gebe ich euch den Lageplan«, antwortete Ferroderich, »dann könnt ihr sofort aufbrechen, falls ihr mögt.«

Noch ein letztes Mal brachen unsere Kennin auf. Ihre Zelte brauchten sie nicht mehr abzubrechen, denn der König hatte ihnen prunkvolle Gemächer zugewiesen, in denen sie eine entspannte, erholsame Nacht verbrachten. Ihre neue Heimstatt lag zwei Tagesmärsche von Ferroderichs Palast entfernt. Überall trafen sie auf geschäftige Familien, die ihnen herzlich beiderseits des Weges zuwinkten. Gerade, als sie einen kristallklaren Gebirgsbach überquerten und eine dahinterliegende Biegung passierten, tat sich ihnen der Blick in ein gewaltiges langgestrecktes Tal auf, umsäumt von zwei Bergketten, die sich hoch in einsame Regionen, wo nur der Adler seine Kreise zog, erstreckten. Unterhalb der Baumgrenze bedeckten Mischwälder mit ihrem satten Grün die Hügel und Höhen. Von den schneebedeckten felsigen Gipfeln kommend, schoss die Gischt tobend und schäumend in turmhohen Wasserfällen hinunter ins Tal.

Vereinzelt konnte man schon aus großer Entfernung erkennen, dass einige wenige Kennin in diesem Landstrich wohnten, bot das Land doch die besten Lebensvoraussetzungen für die kleinen Kerle. Kniff man die Augen zusammen, um die steinigen Ausbuchtungen der oberen Gefilde besser erkennen zu können, sah man mit etwas Glück an einigen einsam gelegenen Stellen Stolleneingänge in den Berg hineinführen.

Buri Bautermann rief sein Volk zur großen Schlussversammlung zusammen. Rechts des Weges lag ein flacher Felsblock, auf den er kletterte. Als alle erwartungsvoll zu ihm aufblickten, begann er seine Rede: »Ehrwürdige Kennin, mutige Männer, holde Frauen unseres Hügels vom Vorland des Koselgebirges!«, sprach er mit ergriffener Stimme in feierlichem Ton. »Dies ist unsere neue Heimat, frei von Menschen, frei von dem Unhold, der um ein Haar unser Volk vernichtet hätte. Aber auch der, der unter den Menschen wandelt, wandelt nicht im Land der Kennin. Wisset: Wir können an diesem Platz Jahrhunderte verweilen. Viele unter uns werden meinen, dies sei unser Platz für alle Ewigkeit. Doch da muss ich euch enttäuschen: Heute, wo wir den Tag des Anfangs erleben, müsst ihr wissen, dass auch unser Land der Zeit unterworfen ist und ein Ende erleben wird, wenn auch in ferner Zukunft. Was sind schon tausend Jahre oder mehr für einen Kennin? Unser Alter steht jenseits von Jahr und Tag. Gerade deshalb offenbare ich euch, dass wir eines Tages zurück in die Welt der Menschen ziehen müssen. Allein an uns ist es, den Zeitpunkt dafür festzulegen. Truksvalin besitzt keine unendliche Zukunft. Unser Land wird sich in Nebel auflösen, irgendwann. Und falls wir uns nicht rechtzeitig davon lösen, gehen wir mit ihm unter. Bedenket dies, so steht es im ewigen Gesetz der Zwerge geschrieben. Wir sollten deshalb den Blick auf unsere alte Heimat nicht verlieren und den Menschen zu Hilfe eilen, wenn ihr Ruf eines Tages an unser Ohr dringt. So entlasse ich euch heute, an diesem bedeutsamen Tag, in ein neues Leben.

Möge ein jeder in diesem Tal nach den vielen gemeinsam erlebten Abenteuern seinen Platz finden und Erfolg in der langen Tradition unseres Berufes haben: dem Schürfen nach den Schätzen der Erde.«

Er fügte noch hinzu: »Jeder darf sich noch etwas vom Rest des Gorgonenschatzes mitnehmen.« Großer, nicht enden wollender Beifall brandete dem weisen Kennin entgegen. Es dauerte noch Stunden an diesem Abend, bis sich die ersten Wichte auf die Suche nach geeigneten Wohnplätzen machten, Plätzen, an denen sie neue Stollen in das Innere der Berge treiben konnten.

Nicht alle aber gruben in den Bergen nach Erzen und Edelsteinen. Buri Bautermann konstruierte nach der alten Tradition seiner Sippe, der Klabautermänner, ein Schiff. Mit diesem setzte er die Kennin über den großen Gebirgssee in der Talmitte. Wiegand gelangte durch die einmalige Qualität seiner Schwerter, die er in seiner eigenhändig errichteten Schmiede am Eingang des Tales fertigte, zu größtem Ruhm. Humanus Kreuzhard von Rosenhügel verbrachte einige Jahre in den Bergwerken seiner Freunde, bevor er schließlich das Land verließ. Es zog ihn zurück in das Reich der Menschen. Er ließ sich als Hausgeist auf dem Apfel-Rosenhof von Leslie, Fynn und ihren Eltern nieder. In einer kleinen Erdhöhle unter der riesigen alten Kastanie vor dem Wohnhaus machte er es sich gemütlich. Von dort aus wachte er über Sardonyx, das berühmte Schwert des Zauberers Geffrim.

Alle anderen Freunde arbeiteten im Bergbau. Manche von ihnen heirateten und bekamen Kinder. Sie lebten noch viele Jahre glücklich und zufrieden. Einmal jährlich, in der Zeit der dreizehn heiligen Nächte, traf sich das ganze Volk des Kenninhügels vom Vorland des Koselgebirges, so nannte man sich immer noch, zu einem großen Fest. Das fand stets am Fährhaus von Buri Bautermann statt. Und jedes Mal schien die Nacht für alle nicht enden zu wollen, so lange schwelgte man in den Erinnerungen und Geschichten von der langen Reise, nach Truksvalin, ins Reich der Zwerge im hohen Norden ...

Zitatnachweis

Justinus Kerner, *Im Eisenbahnhofe*, Strophe 11 (S. 130)

Johann Wolfgang von Goethe, *Das Göttliche*, Strophen 4–8 und 10 (S. 156 und S. 157)

Johann Wolfgang von Goethe, *Faust. Der Tragödie erster Teil*, *Prolog im Himmel* (S. 200)

Die Kennin haben das Albenland erreicht. Der Pogolch konnte sie nicht aufhalten.

Den Bewohnern des Koselgebirges jedoch ist keine Ruhe vergönnt. Am Horizont hinter Truksvalin braut sich Unheil zusammen. Klingsor, ein Magier der Schatten, greift nach der Macht. Durch den Zorobaster, das große Buch der Zauberer, kommt er seinem Ziel gefährlich nahe.

Geffrim, einst Klingsors Lehrer, der Mönch Gerwasius von Tilbury und einige Freunde stellen sich ihm in den Weg.

Aber der Gegner ist stark. Und er hat einen Verbündeten, der auf Rache sinnt: den Pogolch ...

Rolf Clostermann
Truksvalin
Band II: Das Buch
Roman
250 S., gebunden mit Schutzumschlag,
19.90 EUR
ISBN 978-3-940884-47-3

Der zweite Teil der
Truksvalin-Trilogie erscheint im Oktober 2011
im VAT Verlag André Thiele, Mainz

www.vat-mainz.de